D1727212

Heidi Hollmann

Der Pensionär

edition
nove

Dieses Buch wurde digital nach dem neuen „book on demand" Verfahren gedruckt.
Für den Inhalt und die Korrektur zeigt der Autor verantwortlich.

© 2007 edition nove, Neckenmarkt
Printed in the European Union
ISBN 978-3-85251-194-8

Gedruckt auf umweltfreundlichem, chlor- und säurefrei gebleichtem Papier

www.editionnove.de

Für Wolfgang

„Hör zu! Es gibt Dinge zwischen Mann und
Frau, die sind so, wie sie sind und werden
sich niemals ändern.
Jedenfalls bei uns nicht."

Al Pacino (Michael Corleone) in
„Der Pate II" USA 1974

GRIECHISCH RÖMISCH

„Rumms," machte es.

Herta sprang von ihrem Computer auf, nahm aber gleich wieder Platz.

Es rummste noch einmal. Ihre beiden Katzen kamen hoch gehetzt, sprangen über ihre Schultern, umkreisten gewohnheitsmäßig den Computer, stürmten weiter ins Schlafzimmer, wo sie sich auf den Betten niederließen.

Die Topfdeckel drehten unten auf dem gefliesten Küchenboden ihre einsamen Runden, bis sie endlich mit einem nicht zu beschreibenden Scheppern zum Stillstand kamen. Hertas gespitzte Ohren dröhnten, sie spitzte sie nach unten. Ihr war klar, dass eine Kanonade von Flüchen alsbald zu ihr heraufdringen würde. So war es.

„Wenn das Weib doch endlich einmal die Töpfe richtig stapeln würde," schrie ihr lieber Ehemann, der zur Zeit alles andere, als lieb war. Er brüllte in der Hoffnung, die ihn nicht trog, dass das vertrackte Weib ihn hören möge.

Das vertrackte Weib, die arme Herta also, stapelte die Töpfe schon seit mindestens vierzig Jahren auf diese Art und Weise und war damit äußerst zufrieden. Niemand hatte sich, die beiden nichtsnutzigen Katzen ausgenommen, bisher darüber gestört gefühlt.

„Was hat Rudolf eigentlich neuerdings und überhaupt in deiner Küche zu suchen?" fragte sie sich nicht zum erstenmal.

Selbstkritisch behauptete sie ja nicht, was altgewohnt auch gut getan wäre, aber wozu sollte sie ihre liebgewordenen Gewohnheiten seinetwegen ändern, wo sie bisher immer bestens mit ihren hausfraulichen Dingen zurecht gekommen war. Vor allem ohne ihn! Zugegeben, bevor sie den

Topfschrank öffnete, sondierte sie erst einmal die Lage. Sie horchte, angestrengt wie ein Panzerknacker, auf etwaige Innengeräusche. Blieb alles ruhig, geschah beim nachfolgenden Öffnen nichts. Sollte sie überhastet gehandelt haben, blieb immer noch Zeit die Topfdeckel aufzufangen. Wozu sollte sie ihre Verrichtungen seinetwegen anders handhaben? Das wäre ja gelacht! Wie Pyramiden wollte er sie aufgeschichtet sehen, „mit einem soliden Sockel," hatte er sich erregt.
„Von unten nach oben zulaufend, und nicht umgekehrt!"

„Auf griechisch-römisch", vielleicht? hatte sie den Wütenden aus einem Impuls heraus gefragt. Alles, was er geändert haben wollte, nannte sie seit dem griechisch-römisch, womit sie ihn augenblicklich aus dem Lot zu bringen vermochte. Sie wusste selbst nicht genau, was der Ausdruck bedeutete, glaubte aber, dass er so viel wie ordnungsgemäß heißen könnte.
Wann immer ihr Mann sie maßregelte und etwas in seinem Sinn verändert haben wollte, nervte sie ihn mit der Frage: „Auf griechisch-römisch vielleicht?"
Die Aufzucht ihrer beiden Kinder lag weit hinter ihr, so dass sie nicht die geringste Lust verspürte, noch einmal von vorn anzufangen. Deshalb gab sie in vielen Dingen nach. Nicht zuletzt, weil sie gegen die Flut von Anordnungen des Neupensionärs ohnehin machtlos war.
Im Keller hing z. B. über der Waschmaschine ein Schild mit der Aufschrift.
BITTE DEN KRAN NACH DEM GEBRAUCH DER WASCHMASCHINE ZUDREHEN!
Was denn wäre, wenn der Kran offen bliebe, hatte sie sich doof gestellt, wobei ihm schon anzusehen war, wie ihm der

Kamm mächtig schwoll.

„Dumme Frage" brummte er und übertrieb wie so häufig. Machte ihr klar, dass der gesamte Keller unter Wasser stehen könnte.

„Könnte, könnte, immer alles im Konjunktiv" meinte sie schnippisch. Und weil sie gern das letzte Wort hatte, stellte sie fest:

„Und nebenbei bemerkt, lieber Rudolf, kann ich im Falle eines Falles, und im Gegensatz zu dir, schwimmen!" Eine kindische Feststellung, sie wusste darum.

Dafür unterließ sie es zu fragen, ob der Kran vielleicht nicht doch noch auf griechisch-römisch zuzudrehen sei, weil seine Steilfalte zwischen den beiden Brauen sich vertiefte und ihr ganz mulmig ums Herz wurde.

Selbst mit dem Mittagessen war er seit kurzem nicht mehr zufrieden.

Früher hatte er achtlos die Bissen heruntergewürgt, dabei die Zeitung gelesen in seiner knappen Zeit, die er sich selbst verordnete. Immerzu hatte er gleich Katchup auf fast jedes Essen geschüttet, ohne es überhaupt nur angerührt zu haben, so dass sie sich fragte, wozu sie sich eigentlich der Mühe unterzog, überhaupt noch schmackhafte und zeitaufwendige Saucen zuzubereiten. Vielleicht hing sein übersteigerter Verzehr der roten Scheußlichkeit mit seiner Prostata zusammen. Sie wusste es nicht. Er ließ sich sowieso niemals in die Karten gucken. Sie hatte irgendwo gelesen, Tomaten seien ein gutes Vorbeugemittel   gegen Krebs. Möglicherweise auch gegen jenen unterhalb der Gürtellinie?

Nach dem „Genuss" von Katch-up und etwas, das ihm nicht mehr zu analysieren gelang, war der Unzufriedene wieder eilig, wie immer, ins Büro zu seinen Leuten gefahren, denen er mit seinen Anordnungen auf den Geist gehen mochte.

Rudolf war schon immer ein Mann, der das Sagen haben musste. Er tat allerdings auch eine Menge dafür und schonte sich nicht. Jedoch so viel Einsatz wollte er durch Einsicht, sprich Gehorsam, belohnt wissen.

Als sie beide jung verheiratet waren, hatte Rudolf sie in einer stillen Stunde beiseite genommen und ihr jovial mitgeteilt:

„Ich denke, in einer Ehe kann nur einer das Sagen haben! Bitte, stimme dem bei, Hertalein!" Hertalein hatte das nicht so recht einsehen wollen, bei ihren Eltern war das nämlich ganz anders. Da hatte ihre Mutter das Heft in der Hand. Aber verliebt wie sie nun mal war, bat sie um Bedenkzeit, die der um fünf Jahre ältere Rudolf diesem Dummchen gern gewährte, zumal er ihr klar gemacht hatte, dass es ähnlich war wie bei einem Schiffskapitän, der ja auch nur als Einziger Befehle erteilen würde.

„Nun ja, bei einem Kapitän ist das was ganz anderes," hatte sich Herta gedacht, aber gründlich wie sie war, überlegte sie sich seinen Vorschlag in aller Ruhe, war auch zu einem guten Resultat gekommen. Nach einigen Tagen hakte Rudolf noch einmal nach.

„Na, hast du dich entschieden meine Kleine?" Wieder dieser blöde Tonfall. Der große blonde Mann beugte sich zu seiner kleinen dunklen Herta herunter, die ihre randlose Brille zurecht rückte und sich zunächst nicht an das Gespräch zu erinnern gedachte.

„Wofür soll ich mich entschieden haben, Rudolf?" Mit ihren dunklen treuen Augen sah sie Rudolf so lieb an, dass er förmlich dahinschmolz. Er erinnerte sie an sein Vorhaben allein das eheliche Steuer in die Hand nehmen zu wollen, weil wie schon erwähnt, nur einer, na, sie wüsste schon.

„Du hast Recht, Rudolf, in einer Ehe sollte nur einer das Sagen haben!" säuselte sie.

Ach, wie Rudolf sie in diesem Moment liebte. Er hatte einen guten Griff getan, obwohl ihn seine Mutter, ihren einzigen und einzigartigen Sohn seinerzeit gewarnt hatte mit der Feststellung:

„So eine aufmüpfige Frau heiratet man nicht!"

„Ich möchte dir bitte einen Vorschlag machen," vernahm Rudolf, war ganz Ohr und sein Glücksgefühl kannte keine Grenzen.

„Aber gern, meine Liebe!" Er rückte näher an sie heran. Welches Glück hatte er doch mit dieser kleinen Frau, die man noch so richtig zurechtbiegen konnte.

Er reckte sich, fiel aber gleich wie ein Hefeteig zusammen, als er die nunmehr feste Stimme seiner jungen Frau vernahm, die forderte: „Dann lass mich das Sagen haben!"

In den über fünfundvierzig Ehejahren wurde das Thema nicht ein einziges Mal mehr angeschnitten.

„Meine Güte, wo ist die Zeit geblieben?"

Hertas monatliches Treffen fand wieder einmal statt.

Gern ließ Rudolf sie nicht ziehen. Für seinen Geschmack hatte Herta einen viel zu großen Freundes- und Bekanntenkreis. Er selbst war eher introvertiert und außer mit Herta ausschließlich mit seinem Beruf verheiratet gewesen, bisher jedenfalls. Das genügte ihm vollauf. Deshalb ängstigte ihn der Gedanke an die baldige Pensionierung nicht wenig.

„Du musst dich darauf vorbereiten" hatte Herta ihm gepredigt. Schon lange, bevor es tatsächlich der Fall war, hatte sie verschlagen und nicht ohne Eigennutz versucht, ihn für irgendein Hobby zu begeistern. Nicht auszudenken, wenn sie diesen Pedanten in Zukunft als Arbeitsvorbereiter in ihrem Haushalt, tagaus und tagein und bis zu ihrem Lebensende um sich haben würde.

„Du könntest einen Fotokurs besuchen im „Hermannhaus", oder zu malen anfangen.

Er hatte sie wild angesehen, sein energisches Kinn vorgeschoben und gebrüllt:

„Ich will diese Vorschläge niemals mehr hören," und sein: „Basta!" hätte Tote erwecken können. Im Zeichen des Löwen geboren, war das Gebrüll für ihn ein Muss, im Gegensatz zu Herta, der es als Wassermannfrau nicht einfiel, jemanden bevormunden, oder gar ändern zu wollen. Beides hielt sie für genauso unmöglich, wie wenn sie versuchen wollte, Schneeflocken zu rösten.

Sie hatte schon immer viel von Sprichwörtern gehalten.

„Jedem Tierchen sein Pläsierchen" war ihre Maxime, die sie selbstverständlich auch bei ihren Kindern vertrat.

„Und was du nicht willst, was man dir tu, das füg auch keinem andren zu!" war für sie ein ebenso wichtiger Grundsatz, den sie auch Rudolf gern vermittelt hätte.

Wie gut man sich doch kannte im Laufe der vielen Jahre. Zu gut für ihren Geschmack. Schon deshalb war es für Herta unerlässlich, ihren Kreis aufrecht zu halten. Es hätte schon längst kaum mehr einen Gesprächsstoff gegeben. Eindrücke bekam man von außen, von Freunden zum Beispiel und die wuchsen nun mal nicht am Wegesrand. Um alles im Leben musste man sich mühen und bemühen. Rudolf dachte da ganz anders. Das mit der Mühe war er nicht imstande einzusehen. Er brauchte keine Freunde, höchstens seinen Computer, der ihm schon vor der Pensionierung und jetzt erst recht Freude machte. Das technische Wunderwerk tat

11

nur das, was sein technisch versierter Meister ihm befahl, nicht mehr und nicht weniger. Auch waren keine Widerworte zu erwarten. Er brauchte im Grunde genommen vor der Pensionierung keine Angst zu haben. Nicht mit einem solchen Freund im Rücken, dem er noch nicht einmal zu antworten brauchte, und den er vor allem durch Ausschalten ruhig stellen konnte. Zudem, wie sollte er sich auf seinen letzten Lebensabschnitt vorbereiten? „Da kann ich mich ja gleich auf den Tod einstellen" hatte er unwirsch geknurrt.

Herta wusste, wovon sie sprach. Sie war im Kreis ihrer langjährigen Freundinnen die Jüngste. Sie waren ihr alle durch ihre mehr oder weniger leidvollen Erfahrungen mit ihren Männern und deren Ruhestand, ein gutes Stück voraus. Bei ihrer Freundin Lotte hatte das Schicksal sich bewährt und positiv nachgeholfen. Ihr Mann, Chef-Arzt und ein Arbeitstier sondergleichen, so ähnlich wie Rudolf, hatte den berühmten Löffel kurz vor seiner Pensionierung abgegeben, möglicherweise noch bevor es zu Missstimmungen hätte kommen können. Herzinfarkt!

Lotte lief fast täglich zum Grab ihres Mannes, leistete Abbitte und hatte ihren Anton nur in allerbester Erinnerung. Er war sozusagen durch sein Ableben zur rechten Zeit, von jetzt auf gleich zum Engel mutiert, obwohl Lotte an seiner Seite zwar ein Luxusleben, dafür aber das der mehrfach betrogenen Ehefrau geführt hatte, was sie nicht im Geringsten zu stören schien.

„Was ich nicht weiß, macht mich nicht heiß" war der Spruch der molligen Lotte, die stets Optimistin geblieben war. Die anderen Damen waren mokiert, beinahe schokkiert gewesen, aber sie hielten sich zurück. Ganz sicher waren sie sich nicht. Möglicherweise wäre ihnen auch hier und da heiß unter ihrem Pony geworden, wenn sie von den Eskapaden ihrer Ehemänner gewusst hätten. Bekanntermaßen erfuhren die meisten Ehefrauen von den „Verfehlungen" ihrer Männer zuletzt, oder zum Glück überhaupt nicht.

Wie dem auch sei, Herta jedenfalls stünde etwas bevor, meinten die Damen einmütig und warfen sich Blicke zu, als bräche jeden Augenblick der dritte Weltkrieg über sie herein. Beim vierwöchentlichen Gedankenaustausch holte Herta sich die Informationen und Ratschläge, die sie brauchte. Sie war ja immerhin eine blutige „Anfängerin", noch, jedenfalls. Aber alles praktisch Durchzuführende beruhte schließlich auf Theorien, oder? Herta war lernfähig.

Wie an dem Freitag, an dem es in ihrem christlichen Haushalt Fisch gab. Rotbarsch, genauer gesagt. Rudolf stocherte lustlos im weichen weißen Fleisch des Fisches herum. Ihm fehlte augenscheinlich etwas. Hurtig sprang Herta zum Kühlschrank, gleich neben ihrem Essplatz und reichte ihm, wie eine geweihte Hostie, die rote Katchupflasche. Rudolfs Miene erhellte sich. Ohne ein „Dankeschön", das war während der langen Ehejahre auf der Strecke geblieben, goss er den Inhalt der fast vollen Flasche auf den armen Fisch, begrub ihn regelrecht darunter. Auch die saftig grünen Frühlingszwiebeln verloren ihre schöne Farbe, wurden ebenfalls rot ertränkt. Es war für Herta, die nicht nur gern kochte, sondern auch gern aß, zum Verzweifeln. Wie sehr hatte sie sich bemüht, eine anständige Köchin zu werden. In der ersten Zeit ihrer Ehe hatte Rudolf alles, wirklich alles aufgefuttert, und damals, Respekt!, gab es noch keinen Katchup. Er verzog zwar manchmal den Mund, so dass er seinem kleinen Sohn der Spinat missachtete, auffallend glich, aber er spuckte nichts an die Wand. Auch später dachte er niemals daran, ihre mittlerweile respektablen Kochkünste zu loben. Lob konnte man von einem Mann wie Rudolf sowieso nicht erwarten, aber immerhin und ohne zu murren oder zu tadeln, hatte er seine Teller damals leergeputzt. Mal mit hoher Geschwindigkeit und mal piano, je nach Genießbarkeit. Herta hatte herausgefunden, wenn es ihm besonders gut schmeckte, er sich in wilder Besessenheit Gabel für Gabel in den Mund schob. Er benutzte dazu so gut wie niemals ein Messer. Wenn Herta sah, wie er sich verrenkte, um ohne Messer klar zu kommen, ging ihr der Hut hoch. Sie nahm sich zusammen, versuchte ruhig zu bleiben, kam dennoch nicht umhin, ihm vorzuschlagen:

„Ich würde es einmal mit einem Messer versuchen!" Das war zu viel des Guten! Rudolf geriet außer sich.

„Ich habe gelernt, mit Messer und Gabel umzugehen. Ein Messer benutzt man nur, wenn man Fleisch zu zerschneiden hat. Kein Fleisch, kein Messer!" schrie er und war kaum zu beruhigen. Wutschnaubend düste er ab.

„O.k." dachte Herta. „Wo er Recht hat, hat er Recht!" Am nächsten Tag gab es Spaghetti, was für Rudolf eher die Ausnahme, als die Regel war. Er schwärmte nahezu in manischer Weise von Kartoffeln. Komischerweise schnitt er puppenlustig die langen Nudelfäden durch. Dazu musste er sich allerdings selbst um ein Schneidewerkzeug kümmern, denn kein Fleisch.............

Zu Zeiten seiner Kindheit wurden ihm Speisen aufgezwungen, die er einfach nicht runterkriegen konnte. Ihm wurde der Teller so lange vorgesetzt, bis das Essen, Kohlrabi etwa, an dem Teller festklebte, wie vorverdaut aussah und nicht mehr genießbar war. Zwischendurch gab es natürlich nichts. Es sei denn, das Mädchen hätte vor lauter Mitleid dem ohnehin dürren Heranwachsenden, heimlich einen Bissen zugesteckt.

Bei seinen beiden Kindern verstand Rudolf es kaum, dass sie essen durften, was ihnen schmeckte. Solchen Firlefanz gab es in seinem Elternhaus nicht. Der Vater, das wäre ja gelacht, hatte natürlich die Oberherrschaft. Kam er vom Amt, eilte ihm seine Angetraute mit angewärmten Pantoffeln an der Tür entgegen, um ihm die Puschen über seine knöchernen und stets kalten Füße zu stülpen. Sonntags schnitt der Herr Amtsrat den Braten auf und mit größter Selbstverständlichkeit jonglierte er das größte Stück auf seinen Teller. Erst dann reichte das Mädchen den anderen Familienmitgliedern das, was noch übrig geblieben war und ergatterte selbst meist nur noch ein winziges Stückchen, zu dem man fast eine Lupe gebraucht hätte, um es wahrnehmen zu können. Schmeckte Rudolfs Vater das Essen nicht, oder war ihm im Amt eine Laus über die Leber gelaufen, kippte er den ganzen „Salat" unter Fluchen auf den Teppich, und scheute sich auch nicht, den nunmehr leeren Teller wie einen Diskus gegen die Wand zu schleudern. Einmal steuerte ein solches Geschoss auf die hübschhässliche „Idylle von Heiligenblut, einem Erbstück seiner verstorbenen Eltern, die sich womöglich im Grab herumgedreht haben würden, wären sie nicht eingeäschert worden.

Auch Rudolf hatte nach einer Langmut von vielleicht drei Monaten in seiner jungen Ehe seinem Vater nachgeeifert und einmal einen Teller an die Wand geklatscht. Herta war zutiefst erschrocken, wäre aber eher gestorben, als dass sie den Teller aufgehoben hätte. Schließlich bückte Rudolf sich, sprang über seinen Schatten, weil es sonst niemand hätte tun können, und beseitigte die Spuren seines unseligen geerbten Jähzorns.

Ja der Jähzorn. Herta ging ihrem Rudolf gern aus dem Weg, obwohl sich im Lauf der vielen Jahre diese Charakterschwäche gelegt hatte, beinahe ganz verschwunden war, aber durch seine Pensionierung wieder aufzuflammen drohte.

Wie sehr genoss sie es, sich im Kreis ihrer Freundinnen aussprechen zu können.

Denen ging es auch nicht viel besser, nur dass sie einen erheblichen Vorsprung in Sachen Trouble mit ihren Pensionären hatten, wie schon erwähnt, Herta war die Jüngste. Sie wurde von den Damen nicht unbedingt wegen ihres Mannes an sich, aber um dessen anscheinend überdurchschnittliches technische Verständnis beneidet.

VERFLIXTE TECHNIK

Wie bei ihrem nächsten Treffen, an dem Herta zum besten gab, was Rudolf mit einer wie er behauptete, revolutionären Neuerung in ihrem Haus, mal wieder bewerkstelligt hatte. „Herta, du solltest dich nicht mehr so im Haushalt quälen, du bist ja nun auch nicht mehr die Jüngste! Ich habe mir etwas durch den Kopf gehen lassen!" freute Rudolf sich. „Oh Gott, entfuhr es mir, dennoch hörte ich mir so geduldig es mir möglich war an, um was es ging. Ich nickte, verstand aber leider wieder einmal nur Bahnhof und Rudolf machte sich ans Werk. So nahmen die Dinge ihren verhängnisvollen Lauf!

Schellt seit dem in unserem Haus das Telefon mehr als dreimal, schaltet sich neuerdings der von mir besprochene Anrufbeantworter ein und belügt den Anrufer, niemand befände sich im Haus und man möge sich ihm anvertrauen.

Wie ihr alle wisst, Lügen liegen mir nun mal nicht," teilte Herta augenzwinkernd ihren Freundinnen mit und erklärte ihnen, ihr wäre nichts anderes übrig geblieben, als in drei, je nach Entfernung auch manchmal vier Sprüngen zu versuchen, den Hörer noch vor dem vierten Klingelzeichen zu erreichen.

„Mittlerweile bin ich so geübt, dass ich locker mit einem Känguru konkurrieren könnte!"

Herta griff zu ihrem Sektglas, tat einen vollen Zug und berichtete weiter:

„Läutet das verflixte Telefon mehr als dreimal, vernehme ich ein tiefes Brummen, als wenn ein brünstiger Bär mit mir anbändeln wollte. Mein verzweifeltes: Hallo, so melden Sie sich doch! bleibt ohne Wirkung, dafür springt aber unser Faxgerät an.

Wisst ihr, ein weniger Versierter als Rudolf, würde einfach eine Weiche eingebaut haben, ließ ich mir sagen. Nicht so mein technisch Hochbegabter, der lehnt es strikt ab, sich mit solchen Kinkerlitzchen abzugeben."

Sein Kommentar dazu: „ Lächerlich!" Und „Es muss auch ohne gehen!"

„Ein paar Tage später, ich hatte mich gerade dieser Neuerung angepasst, geschah wieder etwas, was mich fertig machte.

Ich habe voller Frühlingsahnen unseren kleinen Garten begutachtet und war erstaunt, wie fleißig die Natur schon wieder in diesem Jahr war. Bei all dem Grünen und Blühen überfiel mich eine ungewohnte Heiterkeit. Die Luft wie Seide, dieser Blütenduft, ich kann euch sagen, mein Glücksgefühl schmiss mich fast um und auch das merkwürdige Rumpeln, das aus der Richtung unseres Wohnzimmers kam. Ich sah, dass sich unser Rolladen wie von Geisterhand mit ziemlicher Geschwindigkeit herab senkte.

„Um Himmelswillen," schrie ich. „Mir blieb nur noch der Kängurusprut!

Die Türöffnung wurde kleiner und kleiner. Im allerletzten Augenblick stürzte ich im wahrsten Sinne des Wortes ins Zimmer. Ich landete schmerzhaft auf meinen Knien. Ringsum völlige Dunkelheit. Mit vorgestreckten Armen tastete ich mich voran, in Richtung Kamin, wo ich die Fernbedienung für den Dimmer vermutete.

Sie lag Gott sei Dank griechisch-römisch an der Stelle, wofür ich diesmal Rudolf dankbar war. Mit zittrigen Händen betätigte ich die Tasten. Nach und nach flammten die Lampen auf und im gleichen Augenblick hörte ich, wie sich der Schlüssel im Schloss drehte."

„Na ist mir die Überraschung gelungen?" fragte Rudolf. „Das Leuchten in seinen Augen hättet ihr sehen sollen. Ich kann es euch nicht beschreiben!"

„Und ob" konnte ich nur wahrheitsgetreu keuchen und war völlig am Ende mit meinen Nerven.

„Ich habe dir einen Motor eingebaut, bist ja wirklich nicht mehr die Jüngste. Du sollst dich ab heute nicht mehr so mit dem Rollladen abplagen müssen! Und noch etwas, Ich habe sogar eine Zeitschaltuhr eingebaut! Da bist du sprachlos, was?" hörte ich Rudolf frohlocken.

„Ihr kennt mich, ich war tatsächlich sprachlos und ihr wisst, was das bei mir bedeutet!"

Herta wurde von einer Hitzewelle überrumpelt, als sie den Rest ihrer Episode vom technischen Genie raus ließ.

„Rudolf war ziemlich bepackt. Unter anderem hielt er zwei prall gefüllte Tragetaschen mit der Aufschrift „Dortmunder Baumarkt" in den Händen. Ich habe geschockt nur noch denken können:

„Welche revolutionäre Neuerung wird er dir wohl noch demnächst antun?"

Solche und ähnliche Geschichten über ihr „Genie" gab Herta gern zum besten. Auch betonte sie stets, ihre bessere Hälfte meine es ja nur gut!

„Ich hab noch vergessen zu erwähnen, dass wir seit Rudolfs Pensionierung neuerdings einen „sprechenden" Briefkasten haben!" Die mollige Lotto meinte sich verhört zu haben.

„Ein sprechender Briefkasten?" fragte sie verdutzt.

„In der Tat, sobald ein auch noch so leichtes Fitzelchen Papier eingeworfen wird, gibt das Ding Alarm, was mich schon einige Male fast zu Tode erschreckt hat, kann ich euch sagen!

Rudolf muss wohl unter großer Langeweile leiden. Er hat es

sich zur Gewohnheit gemacht, klammheimlich und mehrmals am Tag etwas in den Kasten zu werfen, der sofort zu plärren anfängt und mir den allerletzten Nerv raubt!"

HOPPLA HOPP

Wenn Rudolf abgelenkt würde, seinem Tag einen Sinn zu geben vermöchte und somit unsinnig oder nicht, Beschäftigung fände, würde alle Unbill, die vor allem auf ihre Kappe ging, vergehen, so hoffte Herta jedenfalls.

Sie und er waren schon immer von starken Gegensätzen geprägt. Deshalb war der Bestand dieser Ehe Eingeweihten ein Rätsel. In ihrem Umkreis gab es Scheidungen wie Sand am Meer bei Leuten, die an sich ganz manierlich miteinander umgegangen waren.

„Gegensätze ziehen sich an," wie der Volksmund sagt, in ihrer beider Fall schien das zu stimmen. Allerdings bestätigt die Ausnahme die Regel, wobei sie wohl die Ausnahme waren.

Viele Ehen waren aus vielschichtigen Gründen gescheitert. Kaum aufzuzählen. Die Witwenschaft hatten nur wenige Frauen erreicht, deren Männer zu Staub zerfallen waren, der Rest hatte sich aus dem Staub gemacht.

Man wunderte sich deshalb, dass gerade diese beiden Menschenkinder, die so extrem unterschiedlich in allem möglichen waren, überhaupt miteinander konnten. Sie konnten offensichtlich, wie die langjährige Ehe bewies.

„In drei Jahren könnten wir, wenn nicht der Teufel einen von uns beiden schon vorher holen wird, die Goldene feiern," gab Herta mit einem Seufzer, aber nicht ohne Stolz von sich, wobei sie stets mit der Bewunderung ihrer Freundinnen rechnen konnte.

Rudolf war ziemlich kompliziert, wie sie fanden. Keine von ihnen wäre mit ihm auf Dauer ausgekommen, waren sie sich einig. Das banden sie aber der Herta nicht auf die Nase.

Erst neununddreißigjährig war Herta Großmutter geworden und ihr Mann mit seinen vierundvierzig Jährchen ein noch jugendlicher Opa, was zu ihrer Zeit fast einer kleinen Sensation gleich kam. Genauso sensationell und dazu auch noch ehrenrührig war es zu ihrer Zeit gewesen, mit gerade mal achtzehn Jährchen, Mutter zu werden. Hertas eigene Mutter hatte sich nach der „Offenbarung" und dem gemeinsamen sonntäglichen Mittagessen, das ihre unselige Tochter wieder „ausgespuckt" hatte, aufs Sofa geschleppt, wo sie ihren Tod erwartete. Diese Schmach!

„Was werden die Leute dazu sagen," war ihre bange Frage und ihr einziger Kommentar, nachdem ihr bewusst wurde, überlebt zu haben.

Natürlich wurde hoppla hopp geheiratet, was soviel hieß wie: Mit Rückenwind! Schließlich war Rudolf ein Mann, ein Ehrenmann. Gerade diejenige, die den Schock überlebt hatte, ließ diesem ersten Enkel später alles durchgehen, was ihm überhaupt nicht gut bekam. Als der kleine Knirps um die zwei Jahre alt war, meinte seine Großmutter unvermittelt eines Tages in ihrem rheinischen Dialekt:

„Ich mach nit mehr lang!" was auch immer sie darunter verstand. Dieser Enkel hat die Fünfundvierzig bereits überschritten und seine Oma erfreut sich bis auf wenige Zipperlein immer noch bester Gesundheit. Lang ist ein relativer Begriff. Aber das Getue mit dem erstgeborenen Enkel war keineswegs relativ. Herta dachte gar nicht gern an die vielen Eskapaden zurück. Eine in den Enkel vernarrte Großmutter ist schlimmer als ein Erdbeben der Stärke Sieben der nach der oben offenen Richter Skala, stellte sie immer wieder fest.

DIE NICHSNUTZE

Rudolf war ein Eigenbrötler geblieben. Erst recht nach seinem beruflichen Ausscheiden. Er tüftelte weiter an revolutionären Neuerungen an ihrem gemeinsamen kleinen Reihenhaus.

Seine beiden Katzen beschäftigten ihn mindestens so, wie seine technischen Dinge. Neben Freude machten sie ihm viel Arbeit und bereiteten ihm auch manchen Kummer. Auf jeder Etage standen für die hohen Herrschaften Plastik-Schüsseln aufdrapiert, wie bei reichen Leuten chinesische Mingh-Vasen. Seine Lieblinge konnten nach Herzenslust ihre Exkremente dort hineinpurzeln lassen, ganz nach Belieben. Sie hatten die freie Auswahl! Gefiel es ihnen im Parterre nicht, hatten sie noch weitere Möglichkeiten auf der ersten Etage und wenn es genehm war, auch noch unter dem Dach ihre Duftwolken verströmen zu lassen.

Neuerdings begann sich ihre Verdauung mit ziemlicher Regelmäßigkeit um fünf Uhr morgens zu regen. Mit anhaltendem scharren wurde diese Prozedur eröffnet. Herta nahm sie im Halbschlaf wahr. Den Langschläfer Rudolf trieb der bestialische Geruch aus den Federn. Er sprang auf, was für einen Morgenmuffel ein hartes Geschäft ist. Flugs beseitigte er das, was ihm Übelkeit verursachte. Herta duselte wieder ein und wusste, gleich wird sich der Geruch verflüchtigen. Jeden Morgen dasselbe Spielchen. Sie wunderte sich über Rudolfs Geduld, aber was blieb ihm anders übrig. Er war nicht unbedingt auf frühes Aufstehen erpicht, aber danach fragen diese eigenwilligen Kreaturen nicht. Sie suchen sich ihre Leutchen nach Belieben aus und biegen sie sich zurecht. Rudolf hatte sie allesamt in sein verkümmertes Herz geschlossen. Mit ihnen ließ sich reden, ohne dass er auf Widerworte oder Missverständnisse gestoßen wäre. Katzen waren für ihn einfach die besseren Menschen. Das empfand Herta ganz und gar nicht. Diese kleinen Biester hatten die Angewohnheit, sie als erste zu wecken, was ihnen regelmäßig gelang. Das über beide Betten von Rudolf angebrachte Regal, auf dem vor allem Hertas Abendlektüre ihren Platz fand, diente den Katzen als Liegeplatz, sobald sie aufgewacht waren. Von dort bombardierten sie speziell die Herta mit den Büchern, die sie im Liegen mit ihren Tatzen ein wenig schoben, bis sie herunterfielen, geradewegs auf Herta, die sich unter dem Oberbett in Sicherheit brachte. Stand dann immer noch niemand auf, sprang der schwarze Kater auf Hertas Nachtisch, wo er sich an ihrem Schmuck zu schaffen machte. Herta räumte das Zeug so gut wie nie weg, was aber für sie meist der ordentliche Rudolf besorgte. Schon aus dem Grund, weil die Katzen den Verschluss aus kleinen Diamanten an der Perlenkette (ein Erbstück) mir nichts, dir nichts, immer wieder anknabberten. Ihr ehemaliger Glanz war erloschen, was Herta aber nicht störte. Die Kette war deshalb ja nicht unbrauchbar und ließ sich gut schließen.

Das erste, dieser für ihn beinahe anbetungswürdigen Tiere, ein halbverhungerter kleiner Tiger war Rudolf kurz vor Mitternacht vor seinem fünfzigsten Geburtstag entgegen gelaufen. Eigentlich eher der Herta. Vorher hatte es einen kleinen Umtrunk mit wenigen Freunden gegeben. Man war nach Hause geeilt, um den Geburtstag dort mit den beiden fast erwachsenen Kindern zu feiern. Auf dem Weg am völlig im Dunklen gelegenen Bahndamm schrie Herta auf. Ihr war irgendetwas über ihre offenen Schuhe gelaufen. Sie vermutete, eine Maus und schrie gellend durch die Nacht.

Wieder diese Berührung, die sich eine Maus niemals erlauben würde. Beim genauen Hinsehen, entdeckten sie den kleinen Kerl, der nahezu dreizehn Jahre bei ihnen blieb, bis ihn eine Tierärztin von seiner Krebserkrankung erlöste. Zwei seiner „Lieblingstiger," hatte Rudolf mit denen er besser konnte, als mit jedem Menschen, schon beerdigen müssen. Die kleinen Gräber wurden von ihm mit Steinen markiert und auf jedes Grab pflanzte er winterharte Stauden aus Zuneigung und auch zur Markierung.

Herta beschlich der Gedanke, Rudolf müsse doch ein Herz haben und sie freute sich im Grunde genommen über seine Liebe zu diesen Pelztieren, die er sogar öffentlich zeigte. Sie selbst verbot sich, ein böses Wort fallen zu lassen, wenn es um seine Katzen ging.

Kurz vor seiner Pensionierung hatte ihr Schwiegersohn ihnen ein Junges gebracht, das partout nicht aus seinem Motorraum zu entfernen war. Während er an seinem Auto bastelte, saß das Tierchen wie angeklebt dort und beobachtete sein Tun. Wohin nur mit dem maunzenden Beobachter?

Zur nächsten Auffangstation, also zu Rudolf. Herta weigerte sich vehement, das Tierchen ins Haus zu nehmen, was zu erbitterten Diskussionen mit Rudolf geführt hatte.

„Hier kommt mir kein Tier mehr rein, Rudolf, nicht mal `ne Scheißhausfliege!" sagte sie drastisch.

Schließlich erbarmte Herta sich doch und gönnte Rudolf die Strapazen, die das Tier ihm später aufbürdete.

Zunächst benahm es sich recht ordentlich, das heißt, es schlief sehr viel, aß sehr wenig und war kaum wahrzunehmen. Mit wachsendem Verstand ging es Rudolf aber tüchtig auf sein ohnehin nervöses Gemüt.

Das Tier war urplötzlich nicht mehr mit seinem Dasein zufrieden, der Garten schien ihm zu klein zu werden und es verstand es, mit großem Erfolg, auszubüchsen.. In einer verkehrsreichen Strasse ist eine Katze Freiwild für Autofahrer. Bisher hatten alle ihre Getigerten Glück, fielen keinem Auto zum Opfer. Bei dem Verkehr und dem Gesetz der Serie zufolge musste irgendwann mal irgendetwas passieren. Gegenüber ihres Hauses befand sich ein Haselnussbaum, den ein Nachbar vor ewigen Zeiten dort gepflanzt hatte, weil er keinen Platz mehr in seinem Reihenhausgarten für ihn fand.

Dieser Baum zog die Eichhörnchen magisch an und so manches Braune lag zur Flunder mutiert auf dem Mittelstreifen der Fahrbahn.

Das befürchtete auch Rudolf für sein kleines Findelkind.

Sein sonst so üppiger Nachtschlaf wollte ihn vor lauter Sorge nicht mehr beehren. Normalerweise brauchte er nur ins Bett zu klettern, ein „Gute Nacht" zu brummeln, falls ihm das noch gelang, bevor Morpheus ihn in seine Arme nahm.

Er sann darüber nach, was er tun könnte, um die Kleine, wie er sie voller Zärtlichkeit nannte, vor diesem Unheil, vor dem sie anscheinend noch nicht einmal bewahrt sein wollte, zu retten.

Er zog ringsum mit viel Mühe und viel Geld, was ihn besonders schmerzte, einen Zaun hoch, einen, mit einem Überhang, wie er es bei den Affen im Zoo gesehen hatte. Das Tier würde es kaum schaffen, das Hindernis zu überbrücken.

Denkste! Schon nach wenigen Minuten war die liebe kleine Henry, die eigentlich eine Henriette war, verschwunden.

Rudolf hatte beim ersten Tierarztbesuch erfahren, dass es sich um ein weibliches Tier handelte. Dennoch behielt er den Namen Henry bei, um sein Tierchen nur ja nicht zu irritieren.

Seine Henry intelligent wie fleißig, strich geschäftig an den Zäunen entlang, schaute verdächtig oft nach oben, plante mal wieder einen Ausbruch aus „Alcatraz." Prompt war sie kurz darauf auch schon wieder verschwunden. Rudolf wurde es ganz übel vor Aufregung. Tagelang bastelte er an den Schwachstellen. Unter anderem fällte er den einzigen Fliederbaum, entfernte einige Zypressen und ihr kleiner Garten wirkte, wie von Heuschrecken heimgesucht und „kahlgefressen".

Es half alles nichts, der kleine Ausreißer, leicht wie eine Feder, hangelte sich am Efeu des Zaunes hoch und schwupp, war er mal wieder auf Reisen. Wegen seiner Winzigkeit hatte Rudolf davon abgesehen, sein Herzblatt kastrieren zu lassen. Er fürchtete aber, in kurzer Zeit „Großvater" zu werden, wenn das „Vögelchen" weiterhin auf Wanderschaft ging. Herta musste schmunzeln. Wie sehr er sich doch mit diesen Biestern identifizierte, dachte sie halb gerührt und halb verärgert. Auch sie liebte die Katzen, obwohl es ihr so manches Mal über die Hutschnur ging, wie sehr sich ihr Mann um diese beiden Wesen ein Bein ausriss.

Sie durften so gut wie alles. Ob sie mit ihren Schmutzpfoten auf den Tisch sprangen, dort unappetitliche Spuren hinterließen, an der Butter schleckten, wenn Herta mal vergessen hatte, sie abzudecken, oder auch, wenn sie schon mal ihr dünnes übelriechendes Geschäftchen auf den Treppenstufen tätigten, wurde alles von Rudolf geduldet und erlaubt. Kurzum, vor ihren Machenschaften in Sachen Unhygiene war nichts sicher. Vor allem Rudolfs Mutter ekelte sich sehr vor den Tieren. Seinetwegen und weil ihr Sohn sie vermutlich niemals mehr empfangen hätte, strich sie mal kurz auf sein Verlangen hin über das „ach so weiche Fell" wie Rudolf zurecht behauptete. Danach wusch sie sich im Gästeklo stundenlang die Hände, bis sie krebsrot wurden.

Katzen merken sehr wohl, wenn sie nicht angenommen werden. Henry machte da keine Ausnahme und mit einem gehörigen Bocksprung wich sie Rudolfs Mutter aus, als wenn sie mit einem Elektrozaun in Berührung gekommen wäre.

In dem Moment bekam Rudolf eine zündende Idee, während die Katze aus Protest noch einmal den Tisch aufsuchte und ihren Schwanz um die Kaffeetasse der Angeekelten schlang, deren Antlitz grün wie eine Seegurke wurde. Damit nicht genug, schleckte das Tier auch noch an dem Sahnehäubchen der alten Dame und ihr Sohn Rudolf, der dies alles mit Argusaugen verfolgte, tat nichts, um dieses Untier zu vertreiben, im Gegenteil, er tauchte auch noch seinen Kaffeelöffel in die Sahne und ließ seinen Liebling davon schlecken. Das war ja nun doch die Höhe!

„Ja, so werde ich es machen!" dachte Rudolf und ihm kam eine Idee. Dabei stippte er seinen Kaffeelöffel in Gedanken nochmals, gerade jenen, an dem dieses Biest gerade geschleckt hatte, in den Zuckertopf. „Welche Schweinerei!" dachte seine Mutter erregt.

Nachdem Rudolf alles Grün radikal abgeschnitten hatte in ihrem Gärtchen, setzte er seine Gedanken in die Tat um.

Er würde den Draht unter Strom zu setzen, damit diese Ausbruchsversuche ein Ende nähmen.

Es ging seiner ungehorsamen Henry offensichtlich nicht darum, umherzustreunen, sie blieb nur wenige Minuten aus, sondern vielmehr darum, ihrem Herrchen zu beweisen, wer der Schlauere von beiden war. Niederlagen konnte Rudolf, wie sattsam bekannt, noch nie ertragen. Er würde seiner Henry jedenfalls beikommen.

Zum Glück war sie bisher immer wieder über die Regentonne des Nachbarn, die sie auf dem Rückweg als Sprungbrett benutzte, zurück gekehrt und auf dem „Kamm" des Zaunes gelandet, von wo aus sie wie eine Drahtseilartistin die letzten Meter balancierte, bis sie zur sicheren Landung auf dem heimischen Rasen ansetzten konnte.

Gleich am nächsten Tag kaufte Rudolf die erforderlichen Dinge, die eine Stange Geld und damit nicht genug, auch noch viel Mühe kosteten. Über viel Zeit verfügte Rudolf ja zum Glück. Er würde es seinem „Frolleinchen" schon zeigen, trompetete er Herta ins Ohr, wobei ein grimmiges Lächeln seine Züge härter werden ließen.

Nach der geglückten Installation, wovon sich Rudolf ungewollt noch am gleichen Tag selbst überzeugen konnte, war der Spuk vorbei. Er hätte gern einen Schmetterling aus dem Netz einer Spinne befreit. Schwupp stieß er an den Draht und bekam einen gehörigen Stromschlag den er nicht so leicht vergaß. Jedenfalls war er nun absolut sicher: „Das Ding funktioniert!"

„Alles für die Katz!" sinnierte die Sprücheklopferin Herta, doppelsinnig. Wagte es aber nicht, sich laut zu äußern oder über Rudolfs Missgeschick zu lachen. Dabei dachte sie an ihr Kränzchen, dem sie diese spaßige Geschichte würde am nächsten Mittwoch auftischen können.

Das mit dem gut funktionierenden Elektrozaun muss auch Henry, die Ausbrecherkönigin sehr bald darauf schmerzhaft erfahren haben. Sie hat zu Rudolfs Zufriedenheit niemals mehr einen Ausbruchversuch gestartet. Das wäre ja auch gelacht, er war schließlich das Alphatier! Rudolf hatte durch seinen mühsamen und aufwendigen Erfolg jedenfalls sein seelisches Gleichgewicht wiedergefunden, worüber Herta besonders erfreut war. Wenn es ihm nicht so gut ging, ließ sie ihn nämlich nicht gern allein.

Somit konnte sie beruhigt und ohne schlechtes Gewissen ihre Aktivitäten wieder aufnehmen.

Ein großer Lyrikabend war in der hiesigen Bibliothek am kommenden Dienstag angesagt. Allein machte es ihr weniger Spaß, als mit Gleichgesinnten. Wen könnte sie mitnehmen? Ihr fiel Lotte ein, Lotte, die anpassungsfähige Witwe, die sicher auch froh sein würde, einmal einen Abend mal nicht vor der Glotze verbringen zu müssen.

DER LYRISCHE ABEND

„Der Krümel", sagte die Rothaarige auf dem Podium und deutete eine Verbeugung an.

Herta lehnte sich zurück. Die Vortragende, so um die Vierzig, hob und senkte ihre Stimme. Ihr wechselhaftes Mienenspiel war faszinierend. Mal schien die gute Frau zu leiden, mal in Verzückung zu geraten, wobei sie auf und nieder wippte.

Von dem, was sie vortrug verstand Herta zwar akustisch alles, aber inhaltlich so gut wie nichts. Die mollige Lotte neben ihr, zum neunundneunzigsten Mal mit einer Diätkur zugange, bot ihr ein Stück Knäckebrot an, dass Herta nervös in ihren Mund schob. Auf dem unbequemen Sitz wurde sie zappelig.

„Ja, hört die denn überhaupt nicht mehr auf," dachte sie verzweifelt und „warum tust du dir das an?" Sie lenkte sich ab, zupfte ein paar Katzenhaare von Rudolfs Nichtsnutzen von ihrer Jacke und dachte aufseufzend, wie gut es denen doch unter Rudolfs Fürsorge daheim ging.

Als die Lyrikerin endlich unter frenetischem Applaus ihren Krümel losgeworden war, blieb Herta ihr eigener im Halse stecken. Sie hustete unaufhaltsam, was im Allgemeinen in solchen Kreisen als gesteigerte Aufmerksamkeit gelten soll, hatte sie sich jedenfalls sagen lassen.

Zu ihrem Entsetzen sprang die nächste Lyrikerin fast übergangslos aufs Podium. Herta schloss die Augen, übte sich in autogenem Training, was diesmal versagte.

Auch dieser Vortrag wurde von ihr nur akustisch wahrgenommen. Auch er wurde begeistert beklatscht. Sie verkniff sich als Einzige, weit und breit, zu applaudieren, selbst auf die Gefahr hin, als geistiger Tieflieger zu gelten. Was sie nicht verstand, konnte sie unmöglich bejubeln!

Sie grübelte selbst zerstörerisch „Bist nur du so doof, oder sind die anderen soooo schlau?"

Es nagte an ihr. Selbstkritisch, wie sie immer schon war, musste sie der Sache unbedingt und unverzüglich auf den Grund gehen.

In der Pause vernahm sie pausenlos Lobgesänge über den schon sattsam erwähnten „Krümel."

Was die Leute da hineininterpretierten erschütterte ihr Selbstvertrauen zu tiefst. Sie kam nicht umhin, sie im Stillen ob ihrer Intelligenz, Kombinationsgabe und die Fähigkeit etwas zu deuten, was ihr völlig abging, zu bewundern, ja, zu beneiden!

Sie hielt nach Lotte Ausschau. Sie war vermutlich zum stillen Örtchen unterwegs oder gabelte sich wieder einmal was Essbares auf.

„Was halten Sie von dem Beitrag?" wurde Herta von einer völlig durchgeistigten Dame mittleren Alters gefragt. Sie war offensichtlich angeheitert, ohne Begleitung und schien Kontakt zu suchen. Ein bereits leeres Sektglas in der Rechten, „Intelligenz säuft," dachte Herta und eine schwarze Zigarette mit goldenem Mundstück in der Linken, wartete die Durchgeistigte auf ihren Kommentar.

„Welchen Beitrag meinen Sie?" tat sie interessiert, wollte auf gar keinen Fall unhöflich erscheinen. Die hatte ihr noch gefehlt! Sie versuchte Zeit zu gewinnen.

„Den hervorragenden über den Krümel".

Herta verschluckte ihre eigene Spucke, hustete erneut und anhaltend, was ihr Gegenüber entzückt als gesteigerte Aufmerksamkeit deutete. Hertas weniger intellektuelle Mutter würde dieses Gehuste als „Friedhofsjodler" bezeichnet haben.

Die Intellektuelle zwinkerte ihr aufmunternd und erwartungsvoll zu, was so viel wie:

„Nun trau dich schon!" heißen sollte. Ewig konnte Herta sich nicht an ihrem Hüsteln festhalten. Sie sagte bloß: „Och!" Dabei zog sie die Stirn kraus, schob ihre Brille zurecht, versuchte einen möglichst gescheiten Gesichtsausdruck zu vermitteln.

Das Ende der ersehnten Pause enthob sie jedweder, vermutlich auch dümmlichen Antwort.

Sie sah Lotte auf sich zukommen, die wieder ausgiebig mit ihrem Knäckebrot beschäftigt war. Wieder holte sie ein Sprichwort ein. „Dummheit frisst", schoss es Herta ungewollt durch den Kopf. Sie schämte sich dieser Feststellung. Sie nahmen ihre Plätze wieder ein.

„Hoffentlich geht diese lyrische Sintflut und vor allem unbeschadet an dir vorbei", war ihr einziger frommer Wunsch.

Sie musste unbedingt und unverzüglich die mit einem praktischen Verstand gesegnete Lotte um ihre Meinung fragen.

Der Schlussapplaus erlöste sie. Erschöpft, wie missmutig wandte sie sich dem Ausgang zu. Lotte trottete aufgeräumt hinter ihr her.

Im Auto überfiel sie ihre Freundin mit den Worten:

„Sag mal ehrlich Lotte, hast du von dem Krümelmist eigentlich etwas verstanden? Weißt du vielleicht, um was es dabei ging?"

„Na, um Krümel natürlich, du Dummchen lachte die Unkomplizierte und bemerkte zu Hertas Freude:

„ Ja, glaubst du im Ernst, ich hätte ein Wort von diesem Scheißkrümel verstanden?"

„Warum hast du aber um Gottes Willen geklatscht?"

„Einmal mehr oder weniger geklatscht, was macht das schon, zudem kostet es keinen Cent mehr!" Herta hätte jubeln mögen. Lotte hielt ihr das Knäckebrotpäckchen hin, holte tief Luft und schmetterte:

„Eins sage ich dir, liebe Herta, wenn dir meine Freundschaft in Zukunft etwas wert ist, dann versprich mir, mich nie wieder, wirklich niemals mehr zu einer solchen Lesung mitzunehmen!"

Das Versprechen konnte Herta ihr geben, nicht hundert-, nein tausendprozentig, schon im eigenen Interesse!

Ihrem Pensionär hat sie von dem verkorksten Abend niemals erzählt. Er lag schon im Bett, majestätisch wie die Sphinx, links und rechts von seinen treuesten Begleitern flankiert, der Beneidenswerte!

Herta blieb noch lange wach, konnte nicht abschalten.

Am nächsten Morgen bemühte sie sich erfolgreich um die Mail-Adresse dieser Lyrikerin. Verfasste ein Spottgedicht, wie sie es schon zu ihren Schulzeiten gehalten hatte und schrieb:

Griff ich nach einem Lyrikband
lag er mir schwer im Magen.
Vielleicht fehlt dir der Sachverstand?
Musst ich mich oftmals fragen.

So mancher aber scheint ganz Ohr,
täuscht vor, er würd verstehen.
Dabei macht er sich selbst was vor.
Aus meiner Sicht gesehen.

Er fühlt sich klug und auch bereit,
die Texte zu erkennen.
Liest Wörter nur, schön aufgereiht.
Wird sie dann Lyrik nennen.

Es erinnert sehr an jene Zeit,
wo in des „Kaisers neue Kleider"
die Dummen taten sehr gescheit.
Manipuliert vom schlauen Schneider!

Falls es eine Antwort geben würde, sähe die nicht gut aus, konnte sich Herta vorstellen und in der Tat, sie bekam keine.

„Nicht nur Lyrik, sondern auch Ignoranz spricht für sich," stellte sie nicht unzufrieden fest.
Beim nächsten Treffen konnte Herta den Krümel zum besten geben und so manches über ihren Pensionär. Durch ihn hatte sie immer wieder ein Geschichtchen parat. Auch ihre Freundinnen hatten in der Zwischenzeit, ein Monat ist lang, so einiges erlebt. Es war nicht immer nur zum Lachen.

DER VERRÄTER

Edda, diejenige, die sooo stolz auf ihren, man muss der Wahrheit halber sagen, sehr attraktiven Mann war, hatte Schiffbruch erlitten. Dieser Mann war Herta immer schon ein wenig zu schön gewesen. Man kennt den Spruch von der schönen Frau, die ein Mann nie allein haben kann. Warum sollte er nicht auch auf schöne Männer zutreffen? Edda war noch heute mit ihren über sechzig Jahren eine Frau, die sich sehen lassen konnte mit ihren roten (wenn auch gefärbten Haaren). Er mit seinen grauen Schläfen wie es sich für einen fast Siebzigjährigen gehört und sie, waren ein tolles Paar, das immer noch Aufsehen erregte.

Sie lebten wie die Turteltauben, wie Edda selbst immer wieder freudig und dankbar erwähnte. Kinder waren ihnen leider nicht geschenkt worden, dafür aber „Purzel", ein mittlerweile zehn Jahre alter Dackel mit treuen Augen und den typischen krummen Beinchen.

Ihr Krummbein liebten sie mindestens so, wie Rudolf seine Katzen, wenn nicht noch mehr, falls eine Steigerung überhaupt möglich war.

Der Kleine musst gleich in die Pulle-Wanne, wenn er verschmutzt und müde mit seinem Herrchen angetrabt kam. Es verging kaum ein Tag, an dem Heinz nicht mit seinem besten Freund bei Wind und Wetter lange Spaziergänge durch die angrenzenden Wälder durchführte. Edda war in den letzten Jahren ein wenig bequem geworden und froh, dass Heinz endlich pensioniert, sich dem Tier vollends widmen konnte. Sie verlangte, in die Jahre gekommen, nach nichts anderem, als nach ihrem meist opulenten Essen ein ausgedehntes Schläfchen machen zu können, während der Hund just, wie verabredet an zu jaulen fing, um sein

Geschäft zu erledigen. Früher drehte sie zwangsläufig mit dem Tier ihre Runden und meist kam ihre beste Freundin Charlotte, schon lange Witwe, gern mit. Auch sonst verstanden sich die beiden Frauen prächtig. Schade, dass Heinz sie nicht leiden konnte. Sie wunderte sich oft darüber, weil er ansonsten ein sehr humaner und liebenswürdiger Mensch war und überall beliebt. Wirklich schade!

„Wie schön, dass Heinz pensioniert ist," dachte sie glücklich und schickte sich an, ihr Mittagsschläfchen zu halten.
„Ach, du meine Güte, schon vier Uhr?" Zeit zum Kaffeetrinken.
Sie schaute im ganzen Haus nach. Heinz und Purzel waren immer noch nicht zurück.

Draußen war es bitterkalt. Sie hatte vorsorglich ihrem Liebling ein Mäntelchen übergestülpt und ihrem Heinz seinen dicksten Wintermantel herausgehängt.
Es wurde Fünf, es würde Sechs. Es war schon längst dunkel.
Immer noch war keine Nasenspitze, weder vom Hund noch vom Herrchen, zu sehen.
Langsam sorgte Edda sich um ihre beiden Lieblinge. Es fror draußen Stein und Bein.
„Na, endlich!".
„Wir sind wieder daha" hörte sie die stets fröhliche Stimme ihres Mannes.
Sie bot ihm ihre Schokoladenseite und er küsste ihr andächtig, wie immer, die Wange. Schnell setzte sie die Kaffeemaschine in Gang.
„Sicher bist du total durchfroren, mein Lieber", ich mach uns einen kräftigen Kaffee und der Kleine kommt gleich in die Pulle-Wanne.

Heinz brummte etwas, was sie nicht verstand und setzte sich mit seiner Zeitung in seinen Lieblingssessel.

Sie tätschelte ihrem Purzel die Flanken, die aufgebläht schienen. Das Tier sprang jaulend auf.

„Ist was mit dem Hund?" fragte Edda ihren Mann.

„Was soll schon mit ihm sein?" Heinz blickte von seiner Zeitung auf.

„Welch schöne braune Augen er hat", dachte Edda voller Entzücken. Sie war verliebt, wie am ersten Tag. Das Schicksal hatte es gut gemeint. Ein lieber, und vor allem treuer Mann! Man hörte ja so viel in letzter Zeit über Ehebruch. Ein schönes Haus, Zeit und Geld zum Reisen, nur hätte sie sich gewünscht, die Jahre mögen stehen bleiben. In dem Alter müssten sie beide bleiben dürfen. Ihr Glücksgefühl überwältigte sie fast. Womit nur hatte sie das verdient? Sie bezog wie immer, ihren Purzel mit ein, streichelte noch einmal dankbar über seine Lenden, worauf das Tier einen Satz machte und sich in sein Körbchen verzog.

„Mit dem armen kleinen Kerl ist doch was nicht in Ordnung!" stellte Edda besorgt fest und ihr war auf einmal ganz weh ums Herz.

Aus der Kehle des armen kleinen Kerls lösten sich Würgelaute. Er öffnete und schloss sein armes Mäulchen und endlich kam etwas zum Vorschein, was Edda als Erdnüsse identifizierte.

Sie fing an zu frieren. Diese Dickmacher waren das Letzte, was sie ihrem Tier erlaubt hätte.

Sie hatten nur ein einziges Mal einen echten Streit in den nunmehr vierzig Ehejahren gehabt.

Es ging um Erdnüsse. Sie wollte nicht, dass das Tier welche bekam. Sie waren ungeeignet und weder für Mensch noch Tier ihrer Meinung nach, empfehlenswert.

Sie war hartnäckig geblieben. Ihr kam so`n Zeug nicht ins Haus und Heinz hatte sich gefügt.

„Daher wehte also der Wind! Bei Charlotte quoll die Schale mit Erdnüssen nahezu über und wieso ihr Heinz mit dem armen Tier bei Wind und Wetter immer länger unterwegs war, wunderte sie nun überhaupt nicht mehr. Ihr fiel es wie Schuppen von den Augen. Einmal hatte sie in einer Anwandlung von Einsamkeit, weil gerade ihr Heinz und auch der Purzel sich anschickten, das Haus zu verlassen, ihre beste Freundin angerufen.

„Nein, Edda, ich fühle mich nicht gut, danke für die gute Besserung. Ich kann wirklich nicht kommen." In dem Augenblick hatte Edda gehört, wie es bei Charlotte schellte. Die Wehleidigkeit war aus Charlottes Stimme gewichen. Sie wirkte auf einmal beschwingt, als sie sagte: „Wer kann das denn noch sein?" Dieses Luder!

Sie stellte ihren Mann zur Rede, der gar nicht erst den Versuch machte ihr zu verklickern, er wäre zufällig bei Charlotte vorbeigekommen. Er sagte überhaupt nichts mehr und sie hörte ihn im Nebenzimmer seine Koffer pakken.

Wie er so dastand in Hut und Mantel, gab es Edda einen Stich. Sie war völlig bewegungsunfähig.

Purzel ging es wieder besser, er schnüffelte an den Hosenbeinen seines Herrchens. Heinz schob das Tier ziemlich brutal von sich. Bevor er die Tür von außen schloss, schoss er einen letzten Pfeil auf seine Frau ab, die ihm schon längst mit ihrem Getue zum Hals heraus hing.

„Deinen Verräter kannst du behalten!" sagte er. „Charlotte mag nämlich keine Hunde!"

„Wieder einmal eine Scheidung," musste Herta feststellen. „Wer hätte das gedacht?" Völlig überrascht war sie allerdings

nicht. Sie hatte es ja schon immer gewusst:
„Der Mann ist einfach zu schön!"

DIE KUR

Herta fragte sich manchmal, ob ihr Rudolf zu solch einem Verrat imstande wäre.

Ihr Verstand sagte ihr, nichts wäre unmöglich. Wenn er auch ein introvertierter Morgenmuffel war, von Freunden nicht viel hielt, pedantisch an allem rumnörgelte was ihr heilig war, bisher jedenfalls, das würde sie ihm aber nun wirklich nicht zutrauen.

Oder vielleicht doch?

Es wurde Herbst. Rudolfs Magen spielte wieder verrückt. Eine Kur schien angezeigt. Der Arzt hatte sie dringend empfohlen. Herta war keine Frau, die es nicht versuchte auf ihren Mann einzuwirken, wenn es um seine Gesundheit ging. Sie empfahl Rudolf händeringend, sich endlich in Kur zu begeben. Schon wegen der Katzen, die ihm so manchen Tag vermiesten.

Um fünf Uhr morgens musste konsequent ihr Geschäft beseitigt werden, was vor allem für einen Langschläfer eine Zumutung war. Herta schlief um die Uhrzeit noch selig und süß und bekam von dem bestialischen Geruch nichts mit. Natürlich rebellierte Rudolfs empfindlicher Magen, so dass er sich gezwungen sah, für Abhilfe zu sorgen. Er lag gerade wieder in seinem Bett, als die Kleine ihn mit ihrem Gejammer beinahe zum Wahnsinn trieb. Sie verfügte über einen fast unstillbaren Appetit und schlug solange Krach, bis ihr Schälchen gefüllt wurde. Kater Leo spielte sein Spielchen gegen sieben Uhr am Morgen, wenn Rudolf wieder im Land der Träume war, was er durch heftiges Schnarchen bewies. Nun lag Herta wach und bekam die Quälereien des Katers Leo am eigenen Leib zu spüren. Er saß wieder einmal über ihr auf der Bücherleiste, fegte alles runter, was sich runterfegen ließ. Mal ein Buch, mal den Wecker, mal den Blutdruckmesser. Herta kroch wieder unter ihre Bettdecke. Nur ihre Nasenspitze ragte heraus, die manchmal etwas abkriegte. Sie sah vielleicht aus danach!

Herta hatte wirklich Angst um Rudolf, der partout nicht die Kur antreten wollte. Es wäre seine erste gewesen, falls er sich hätte überwinden können.

Sie kannte ihren Mann ziemlich genau. Mit Druck war bei ihm sowieso nichts zu machen. Mutter Natur in Form einer Magenkolik kam ihr entgegen.

Endlich ließ sich Rudolf eine Kur verordnen. Bad Driburg wurde ihm zugeteilt.

Er stand auf dem kleinen Balkon von etwa zwei mal zwei Meter, nicht viel größer als ein Laufstall. Ein leichter Nieselregen ging nieder. Am Waldessaum tauchten Nebelschwaden auf. Rudolf fühlte sich deprimiert. Auf was hatte er sich da eingelassen. Er nahm eine Schlaftablette um dem Elend zu entgehen.

Am nächsten Morgen fühlte er sich besser und auch ausgeruht. Auf dem noch feuchten Rasen wurde Gymnastik betrieben. Der nicht mehr ganz so junge Übungsleiter schritt auf Storchenbeinen hin und her. Er überwachte die Teilnehmer und spreizte seinen Mund, so dass seine Prothese voll zur Geltung kam.

„Es fehlt nur noch, dass er mit dem Ding zu klappern beginnt!" dachte Rudolf. „Es würde zu seinen Storchenbeinen passen." Er konnte sich ein Grinsen nicht verkneifen.

„Das wär`s für heute!" sagte der Storch und bleckte erneut die Zähne.

„Die Gallen bitte nach dem Frühstück in das Erdgeschoss, die Mägen zur ersten Etage. Die Nieren......" Wohin die Nieren zu gehen hatten, bekam Rudolf nicht mehr mit, er wollte endlich frühstücken. Er verspürte einen sagenhaften Hunger, wie schon lange nicht mehr.

„Na Jupp, haste nu endlich Verdauung gehabt?" hörte er eine tiefe Stimme hinter sich.

„Nein," hörte er den Jupp antworten.

„Aber ich werde mich gleich an die Dürrpflaumen ranmachen, die bringen`s bestimmt!"

Rudolf stand auf, wollte sich an dem reichgedeckten Büfett gütlich tun. In dem Moment erschien eine im weißen Kittel, die befahl:„ Die Mägen, die noch nicht gefrühstückt haben, bitte mir nach!"

Rudolf und noch ein paar andere folgten der Frau.

„Kommen Sie bitte mit zur Magenspiegelung!" Rudolf durchzuckte ein eisiger Schreck. In seiner Erwartungsangst wurde es ihm ganz schlecht. Endlich kam er dran. Eine nicht unansehnliche Schwarzhaarige, so um die Fünfundvierzig reichte ihm eine braune Flüssigkeit, die sie scherzhaft mit „Cognac" bezeichnete. Dieses Sauzeug konsumierte er nicht zum erstenmal. Er hätte gern darauf verzichtet und war ziemlich auf der Palme.

Gewohnheitsmäßig setzte die Ärztin ihr verträumtes Patientenlächeln auf, das sich durchaus mit dem der Mona Lisa messen ließ und ordnete an:

„Wir legen uns jetzt bitte auf die Seite!" Da brannte bei Rudolf die Sicherung durch.

„Sie auch?" fragte er unwirsch. Die Angesprochene zuckte zusammen. Selten redete ein Patient mit ihr.

„Wieso ich auch?" fragte sie konsterniert.

„Sie haben eben gesagt, wir sollten uns auf die Seite legen," half Rudolf ihr auf die Sprünge.

Das Gesicht der Ärztin wurde von einer dicken Röte überzogen. Sie musste sich in acht nehmen. Dieser Patient schien nicht nur wachsam, sondern auch noch couragiert zu sein. Gut, dass es davon nicht allzu viele gab.

„Kommt zum Glück nicht oft vor," tröstete sie sich und nahm sich zusammen.

„Sie haben Recht, Entschuldigung! Würden Sie sich bitte allein auf die Seite drehen.?" Das Wort „allein" betonte sie.

„Das hört sich schon besser an," meinte ihr Patient und merkte im gleichen Augenblick, wie seine Zunge steif wurde. Er bekam einen harten Plastik-Ring in den Mund bugsiert, durch dessen Öffnung eine feiner Schlauch geschoben wurde.

„Jetzt schlucken wir, Pardon, jetzt schlucken Sie bitte tüchtig!" Rudolf fühlte, wie sein Magen aufgepumpt wurde. Sobald der Schlauch weitergeschoben wurde, überfiel ihn Brechreiz. Er gab Geräusche von sich, die an das Muhen einer Kuh erinnerten. Ihm war das sehr unangenehm und er konnte sich noch nicht einmal dafür entschuldigen. Es schallte in dem Raum entsetzlich. Er wollte nur noch eins, raus hier!

Endlich war die Prozedur überstanden. Die Medizinerin permanent unter Zeitdruck ließ in einem Ruck die Luft aus seinem Magen entweichen. Ohne sein Dazutun stieß der Gequälte Geräusche aus, wie neulich der brünstige Löwe im Dortmunder Zoo.

Jetzt erst wurde ihm klar, wie er auf seine Herta wirken musste, wenn mit ihm mal wieder der Jähzorn durchging. Ihm wurde wehmütig ums Herz. Wäre er erst wieder zuhause.

„`Nen schönen Tag noch," plapperte die Ärztin gewohnheitsmäßig und „der Nächste bitte!"

„Wie kann man in einem solchen Irrenhaus einen schönen Tag haben?" fragte sich Rudolf.

Im Frühstücksraum lernte er einen dürren Grauhaarigen kennen, der sich mit „Tanz-Ede" vorstellte. Durch ihn wendete sich das Blatt. Am Abend suchten die beiden das nächstgelegene Tanzlokal auf. Von seinem Platz aus sah Rudolf eine etwa Vierzigjährige auf Krücken quer über die Strasse humpeln. Noch nicht ganz angekommen, schleuderte die Frau ihre Gehilfen routiniert in den Schirmständer. Sie steuerte auf Tanz-Ede und ihn zu.

Ein paar Sekunden später schwebten Tanz-Ede und die Krückenfrau über dem Parkett und schienen Raum und Zeit vergessen zu haben. Rudolf sah es mit Erstaunen.

„Plötzlich kann der Lahme loofen" dachte er amüsiert.

„Damenwahl" hörte er einen von der Kapelle vorschlagen und neben ihm bellte eine Stimme :

„Darf ich bitten!" Rudolf erhob sich. Selbst Einmeterfünfundachtzig groß, kam er sich plötzlich sehr klein vor. Eine Mitsechzigerin, um die zwei Meter, nahm sofort von ihm Besitz. Klar, dass sie führte.

Ziemlich verwirrt, überließ er sich ihr und ihrer rohen Gewalt, ein Ausbruchversuch war zwecklos. Sie hielt ihn fest, als würde sie ihn niemals mehr wieder hergeben wollen.

„Erbarmen" flehte sein Inneres. Er hing im Ausschnitt dieser Person, bekam kaum Luft. Nebelschwaden wabberten vor seinen Augen, verflüchtigten sich. Er hätte sich ihnen liebend gern angeschlossen. Seine Tanzpartnerin erahnte seine Gedanken und drückte ihn noch ein Quäntchen fester an sich.

Obwohl nicht besonders religiös flehte Rudolf:

„Herr rette mich, lass irgendwas geschehen, befreie mich

aus diesen Fängen"

„Bitte abklatschen!" vernahm er aus weiter Ferne und konnte es kaum glauben. Das war Rettung aus höchster Not.

Er ging in Richtung für „Herren" und stieß auf dem Weg fast mit einer Dame zusammen, die wie seine Herta zu ihrer Jugendzeit aussah. Sofort war er hin und weg.

Klar, dass er mit ihr tanzen wollte. Auch würde sie für ihn zum Bollwerk gegen die Walküre werden. Er hatte noch keine zwei Minuten mit der Schönen verbracht, als eine Stimme erneut „Abklatschen" befahl. Umgehend hing er wieder in den Armen derer, der er für immer zu entfliehen geglaubt hatte.

Rudolf wünschte sich, dass die Musiker ohnmächtig würden, oder aber, dass die Mafia sie kidnappen möchte, oder dass irgendetwas geschähe, damit dieser Kelch an ihm vorüber ginge. Die große Frau drückte ihn wieder und wieder an sich, bettete seinen Kopf zwischen ihren Brüsten und nur das wiederholte Abklatschen bewahrte ihn vor Sauerstoffmangel mit all seinen Folgen.

Es ging auf das Ende der Veranstaltung zu. Wie das Leben so spielt, Rudolfs Schöne wohnte im gleichen Haus wie er. Ganz Kavalier, begleitete er sie bis zu ihrem Appartement. Noch am selben Abend packte er seine Koffer.

Herta verstand die Welt nicht mehr. „Nun, du musst es wissen," sagte sie knapp und war eigentlich froh, ihn wieder bei sich zu haben. Schon wegen der lästigen Katzen und allem Drum und Dran. Er erzählte ihr, wie es war.

Von der Schönen sagte er bewusst nichts, wer weiß, wie die an und für sich und von Haus aus zu wenig Eifersucht neigende Herta reagiert hätte?

Er wusste selbst nicht genau, was mit ihm geschehen wäre, wenn er sich nicht zur Rückfahrt hätte entschließen können. Doch, er wusste es!

„Wer sich in Gefahr begibt, kommt darin um!" würde Herta garantiert posaunt haben. Gut, dass er zurückgekommen war.

DAS UNFEHLBARE FOSSIL

Einen Tag drauf war seine Mutter verstorben. Sie wollte sich im Badezimmer frisch machen. Sie kam und kam nicht zurück. Rudolf rief, klopfte an die Tür, keine Antwort. Er versuchte die Tür aufzudrücken, die sich keinen Zentimeter breit bewegte. Endlich konnte er sie aufschieben. Seine Mutter lag mit dem Gesicht nach unten hinter der Tür. Sie war bläulich verfärbt.

„Mama, was machst du für Sachen?"

Irgendwie ahnte er, dass seine Frau Mama keine Sachen mehr machen konnte. Ihm wurde übel. Seine unseligen Erinnerungen kamen zurück.

„Ihr könnt alles mit mir machen," hatte seine Mutter immer wieder gesagt, „nur bitte, widersprecht mir nicht.!" War das der Fall, meistens widersprach Rudolfs einzige Schwester, die sich nicht die Butter vom Brot nehmen ließ und die wesentlich resoluter als Rudolf war, dann spielte die Frau Mama „Toter Mann", besser gesagt, „Tote Frau".

Ihre Kinder rüttelten an ihrem langausgestreckten Körper, weinten herzerweichend, was die „Tote" mit Wohlwollen aufnahm. Die Geschwister waren beim erstenmal in Panik auf die Straße gerannt. Sie kehrten mit aufgeregten Nachbarn zurück, die allesamt die arme „Verstorbene" quietschlebendig vor einer Tasse mit dampfendem Kaffee vorfanden.

„Ja, sagen Sie mal, Sie machen aber Sachen", stellte Frau Meierberg ihre Nachbarin zur Rede.

„Ein kleiner Schwächeanfall" winkte die Simulantin ab und hatte bei ihren Kindern den Zweck erfüllt.

Sie selbst stand völlig unter der Fuchtel ihres wesentlich älteren Amtsrates, dem sie seit Jahren schon in stiller

Dankbarkeit dem Schicksal gegenüber keine angewärmten Pantoffeln mehr reichen musste. Exitus! Seine Demütigungen hatte sie zu seinen Lebzeiten an ihren Kindern ausgelassen, in dem sie versuchte, die wiederum unter ihre Fuchtel zu bekommen. Ihren Kindern waren schmerzhafte und tiefgreifenden Kindheitserinnerungen geblieben. Vor allem dem armen Rudolf, dem Herta so manches nicht übel nahm, nicht übel nehmen konnte.

Das erste, was die Frau Amtsrat in den Müll gab, waren seine ausgefransten Pantoffeln, die immer noch nach seinen Ausdünstungen rochen, obwohl sie den Alten schon seit geraumer Zeit unter die Erde gebaggert hatten. Vielleicht bildete sie sich auch den lästigen Geruch nur ein.

Irmtrud war zeitlebens eine gute Schauspielerin gewesen. Hinter ihrem Witwenschleier hatte sie sich jedoch bei der Beerdigung ein Grinsen nicht verkneifen können.

Frohgemut ging sie danach ans Werk und beseitigte alle Spuren des Verblichenen, wie der Pfarrer dieses Ekel bezeichnet hatte, die sie nur beseitigen konnte.

Auch seine dämlichen Bilder, die überall im Haus herumhingen, warf sie kurzerhand in den Kamin. Die teuren Rahmen behielt sie.

„Nun gibt es auch keine Frau Amtsrat mehr," frohlockte Herta und hörte, wie der Pfarrer zurecht behauptete:„ Einundneunzig, ein gesegnetes Alter!"

Sie, Rudolf und ihre beiden Kinder saßen als naheste Angehörige wie üblich in der ersten Reihe, dahinter hockten die wenigen Verwandten, die noch übriggeblieben waren. Die Damen fast allesamt grau bis weißhaarig, die Herren dafür kahl.

Herta stierte auf den Eichensarg mit seinen kunstvollen Verzierungen.

„Viel zu wertvoll für das alte Fossil", dachte sie. „So nimm denn meine Hände" spielte die Orgelspielerin, die als letzte die Kapelle betreten hatte und ungeduldig vom Pfarrer erwartet wurde. Der schaute auf seine Armbanduhr und begann voller Erleichterung die Beerdigung einzuläuten. Schließlich hatte er noch drei Leutchen unter die Erde zu bringen.

„Ach du meine Güte!" Was war das doch für eine tolle Tote. Herta hätte schreien mögen, musste sich sehr an die Kandare nehmen, um nicht laut aufzuheulen.

„Wenn der Kerl wüsste!" Es war nicht zum Aushalten! Kurz darauf hätte sie weinen mögen, weinen vor Zorn. Diese Frau, die ihren Rudolf so verbogen hatte, dass er allzu gern Menschen aus dem Weg ging, lieber mit seinen Katzen „kommunizierte" und den der Rest der Welt etwas könnte, was er nie zu Haus in den Mund hatte nehmen dürfen.

Seine Eltern für alles verantwortlich machen zu wollen, wäre ungerecht. Man musste in erster Linie die Verantwortung für sich und sein Handeln selbst tragen, das war Herta klar. Aber was diese Alte mit ihren Kindern fabriziert hatte, war der Gipfel. Als der Geistliche überhaupt nicht mehr mit der Lobhudelei aufhörte, merkte sie, wie ihr die Luft ausging. Sie war kurz vor dem Platzen.

„So wollen wir denn die liebe Verstorbene zur ewigen Ruhe begleiten," hörte sie wie durch eine Wand.

Das „Zur ewigen Ruhe", klang wie Musik in Hertas Ohren. Gleich würde sie es hinter sich haben. Sie wurde von einer freudigen Erregung erfasst, musste sich zurückhalten, um nicht wie eine Lerche zu jubeln. Dieses Wechselbad der Gefühle irritierte sie und bekam ihr nicht wirklich. Sie fing an zu schwitzen, schielte zu ihrer Tochter.

Als Ärztin gewohnt, sich ihre Gefühle nicht anmerken zu lassen, wirkte die junge blonde Frau völlig gefasst und ruhig, obwohl auch ihr Herz beschwingt war, was niemand ihrer aufgesetzten Trauermiene entnehmen konnte. Sie glich rein äußerlich sehr ihrem Vater.

Herta wusste nicht, wieso ihr Riesenbaby so groß geworden war. In ihrer Familie waren alle klein im Gegensatz zu der von Rudolf. Zum Glück hatten sich seine Gene durchgesetzt, jedenfalls im Hinblick auf die Körpergröße.

Das Riesenbaby und ihr Bruder, der eher Herta glich und etwas kleiner als seine Schwester geraten war, was ihn mächtig störte, hatten immer wieder mal Stuss mit ihrer Oma gehabt. Auch sie durften ihr keineswegs widersprechen. Sie ließ sich postwendend Sanktionen der besonderen Art einfallen.

Sie petzte vor allem ihrem Rudolf sämtliche Missetaten ihrer beiden Enkelkinder, der sich wiederum Strafen überlegte, damit seine Kinder zu brauchbaren Menschen erzogen würden. Zum Beispiel hielt er einen Fernseh- noch besser und nicht uneigennützig, einen Taschengeldentzug für die ideale Maßnahme.

Dabei fiel ihm seine intrigante Frau Mutter so richtig in den Rücken.

Wenn sie erfolgreich in der Schitte gewühlt hatte bis sie stank und ihr Mütchen gekühlt war, bedauerte sie, ihrem Sohn Rapport gemacht zu haben. Sie schleimte sich bei den Enkeln ein, ließ sie heimlich bei sich Fernsehen oder steckte ihnen just nach dem Entzug des Taschengeldes einen dicken Betrag zu. Zu einer Zeit, wo in den Schulen mit Drogen gehandelt wurde.

Einmal bekam Herta die „Zuwendungen" mit und stellte ihre Schwiegermutter zur Rede. Die leugnete wie immer. „Ich habe den Kindern nicht eine einzige müde Mark gegeben, Hertalein!", entrüstete sie sich, womit sie nicht gelogen hatte. Es war eine Menge „müder Marken!"

„Diese Schlange!" Wie viel Intrigenspielchen hatte das Weib durchgeführt und wenn alle sich in den Haaren lagen, stimmte die Welt dieser Person erst wieder.

Wenn sie nur noch daran dachte, was das alte Ungeheuer ihren Kindern während ihres Klinikaufenthaltes angetan hatte.

Erst wieder zu Hause, wurde ihr klar, was in dieser Woche mit ihren Kindern passiert war. Vor allem Rebecca hatte gelitten. Beim ersten gemeinsamen Mittagessen schrie das Kind ganz schrecklich, war nicht zu beruhigen. Rudolf erklärte die Reaktion des Kindes damit, dass seine Mutter die arme Rebecca tagtäglich zum Essen gezwungen hätte. Vor allem wurde dem armen Kind Fisch in den Mund gepresst, den die alte Frau, nicht dem Verderben Preis geben wollte. Sie war immer schon geizig, was sich mit zunehmendem Alter steigerte. Rebecca mochte vieles nicht und Fisch mochte sie schon gar nicht. Normalerweise würde Herta ihr die Kinder niemals überlassen haben und sie betete vor ihrer Blinddarm OP, der liebe Gott möge sie nur ja am Leben lassen, schon wegen dieser Großmutter, die das Leben ihrer Kinder ruinieren würde im Falle eines Falles.

Mit dieser „Fischnudelei" nicht genug, hatte diese Frau, die sich für unfehlbar hielt, auch noch ihre Unfehlbarkeit unter Beweis gestellt, in dem sie Tatsachen einfach ignorierte.

„Was nicht sein darf, das nicht sein kann!" nannte Herta diese Taktik.

Beide Kinder wollten jedenfalls den angebrannten Pudding, den die Oma gekocht hatte, nicht essen, als ihr Vater zum Mittagessen erschien.

„Nein und nochmals nein, Rudolf, der Pudding ist nicht angebrannt," hörte er seine Mutter versichern. Er wusste aus leidvoller Erfahrung, sie konnte noch nie etwas zugeben, was ihr in die Hose gegangen war. Rudolf, ziemlich abgespannt war nicht Willens, sich mit seiner Mutter anzulegen. Er bekam sowieso bei der Unfehlbaren kein Bein auf die Erde.

„Nun esst den Pudding schon," forderte er seine Kinder ungehalten auf, um endlich Ruhe zu haben, während seine Mutter wie ein Papagei weitere Unschuldsbekundungen von sich gab.

Weil die Gebetsmühle vom einwandfreien Pudding sich weiter drehte, probierte Rudolf endlich den Nachtisch selbst, rannte zum Spülbecken, um den schlechten Geschmack loszuwerden. Er drehte sich nach seiner Mutter um, die wie ein Racheengel vor den Kindern stand.

„Nein und nochmals nein," begann die alte Frau erneut ihren Sing-Sang. Rudolf schnitt ihr das Wort ab, richtete es an seine verstörten Kinder.

„Wie ihr wisst, ist der Pudding eurer Oma nicht angebrannt, obwohl er so schmeckt. Auch müsste euch sattsam bekannt sein, dass eurer Oma niemals ein Fehler unterläuft. Bei dieser Feststellung konnte die Unfehlbare ein süffisantes Lächeln nicht unterdrücken, was Rudolf die Zornesfalten zwischen die Augenbrauen trieb. In dem Moment hätte er sie umbringen mögen.

Früher schon versuchte er seinen Kindern zu erklären, dass es Dinge zwischen Himmel und Erde gab, die sich einfach nicht erklären ließen, wenn seiner Mutter mal wieder irgendein Malheur passiert war. Im Falle des unseligen Puddings aber, versuchte er, seinen Kindern beizubringen, wie schier Unerklärliches eben doch erklärbar wird.

„Also, der Pudding ist nicht angebrannt, wie eure Oma behauptet." Rudolf blickte in die Runde, hielt sein Kinn in den Händen, als wenn er eine außerordentlich schwierige Aufgabe zu lösen hätte.

„Dann kann es nur eine Tatsache geben, um den widerlichen Geschmack zu erklären, nämlich die," Rudolf machte eine bedeutungsvolle Pause. Die Kinder waren ganz Ohr, starrten ihrem Vater auf die Lippen. Rudolf räusperte sich.

„Es kann dann definitiv nur sein, dass die bedauernswerte Kuh, die edle Spenderin der Puddingmilch, Fieber gehabt haben muss, hohes sogar!"

Die Kinder lachten sich halbtot, kannten ihren Vater kaum wieder, der in das allgemeine Gelächter einstimmte. Wer allerdings der allgemeinen Heiterkeit nicht den geringsten Geschmack abgewinnen konnte, war die Unfehlbare, die sich in der Küche beim Ausschaben des Topfes abreagierte.

Herta verließ beschwingt den Friedhof, niemals mehr würde sie das Grab dieser bösartigen Frau besuchen, nur über ihre Leiche.

„Nabob" Rudolf kaufte eine Gruft in der Nähe der Ruhestätte seines verstorbenen Vaters, weil seine Mutter zu Lebzeiten schon davon gesprochen hatte, nicht in einem Grab mit ihrem Mann liegen zu wollen. Zudem, so glaubte er, könnten ja später er und Herta in der Gruft seiner Mutter beigesetzt werden.

„Wenn du jemals mehr von mir besucht werden willst,

Rudolf, dann sorge dafür, dass du dich nicht neben dieser Xanthippe beerdigen lässt. Aber wer weiß schon, was wird, es ist durchaus möglich, du siehst es an der Langlebigkeit dieser Person, dass du mich um Längen überlebst. Nur eins bedinge ich mir in dem Fall aus:
Egal was kommt, mich knallt man bitte nicht neben dieses Weib!"

Rudolf fuhr hoch: „Wie kannst du so von meiner Mutter sprechen, wo sie gerade erst ein paar Tag unter der Erde liegt?"

„Ich spreche über deine Mutter wie ich will, merke dir das und allein die Tatsache, dass sie jetzt endlich keinen Schaden mehr anrichten kann, macht sie noch lange nicht zur Heiligen!"

Rudolf hatte nach Luft geschnappt, war ausgebüchst und nach Stunden erst wieder nach Hause gekommen. Vielleicht hatte seine Mutter doch recht.

„Eine solche aufmüpfige Frau heiratet man nicht, „hörte er die Stimme seiner Mutter und bekam ein schlechtes Gewissen Herta gegenüber. Wäre seine Mutter aufmüpfiger gewesen, wäre ihm vieles erspart geblieben.

Rudolf hatte viel Zeit., zu viel Zeit Hertas Geschmack nach. Grübeln hatte noch nie was gebracht und sie zum Teil mit Friedhofsbesuchen auszufüllen, war purer Schwachsinn.

„Da kommst du noch früh genug hin," spottete sie. Er aber brauchte das „Gespräch" mit seiner verstorbenen Mutter, das er zu ihren Lebzeiten niemals haben konnte. Er wollte ihr zu verzeihen lernen. Ein hartes Stück Arbeit, dass X-Friedhofsgänge nötig machte.

IRMTRUDS BEICHTE

Wie barsch und unleidlich war die Verstorbene oft gewesen, dachte Rudolf. Aber auch sie musste einmal ein junger hoffnungsfroher Mensch gewesen sein, der lieben konnte. Ob sie seinen Vater geliebt hatte?

Er glaubte es kaum. Irgendwer in der kleinen Verwandtschaft hatte einmal eine Äußerung fallen lassen, die den wachsamen Rudolf aufhorchen ließ. Bei der Beerdigung von Onkel Gustav bekam er mit, wie eine seiner Tanten sagte:

„Wenn ich aus solchen Verhältnissen wie Irmtrud käme, würde ich nicht so auf den Putz hauen!" Rudolf horchte auf und fragte sich, aus welchen Verhältnissen seine Mutter wohl kam. Sie sprang mit dem Dienstmädchen um, als wenn sie im Leben nichts anderes getan hätte. Auch war sie eine gute Gastgeberin, mit allem was dazugehörte. Sein Vater war immerhin wer in diesem Kaff und seine Mutter als seine Leibeigene sozusagen, stellte sich zwangsläufig auf den Herrn Amtsrat ein. Was ihn schon immer wunderte, war die Tatsache, dass seine Eltern kein gemeinsames Schlafzimmer benutzten. Aber warum auch nicht, seine Schwester und er schliefen ja auch in getrennten Zimmern. Im Gymnasium und später in der Tanzstunde, wozu er genötigt wurde, erkundigte er sich und erfuhr, dass die meisten der Eltern ein gemeinsames Schlafzimmer besaßen.

Fragen zu stellen, wagte er nicht. Vom introvertierten Vater, dem er sein introvertiertes Wesen verdankte, wäre er nur scharf angeblickt worden und seine Mutter wäre völlig ausgeflippt.

Also ließ er es lieber bleiben. Mit seiner Schwester verband ihn nichts Vertrautes. Sie sprachen kaum miteinander, eine merkwürdige Familie, da waren sich die Nachbarn einig.

Herta allerdings hätte Rudolf wegen „solcher Verhältnisse" aufklären können.

Das behielt sie sich aber vor. Sie konnte warten. Kurz vor ihrem Tod war Schwiegermutter Irmtrud nicht mehr in der Lage gewesen, ihren Haushalt allein zu führen. Ihre einzige Hilfe war verstorben. Sie verkaufte mit Rudolfs Unterstützung das große Haus und wohl oder übel wurde sie zu Rudolfs und vor allem zu Hertas größtem Kummer, ihrer beider „Dauergast".
Eine solche Intrigantin im Haus zu haben, war nicht leicht für Herta, die Mensch blieb in dieser Situation und Rudolfs wegen auch einwilligte, diese Frau zu betreuen, zumal seine Pensionierung in Aussicht stand. Mochte er sich später mit der alten Frau abplagen.

Er hatte ja neuerdings viel Zeit und wenn seine Frau Mutter Herta mal wieder tüchtig auf die Nerven ging, forderte sie ihn einfach auf, einen Spaziergang mit der alten Frau zu machen.
„Was man sich einbrockt, muss man auch auslöffeln Rudolf" erklärte sie ihm lakonisch.
Unterwegs mit seiner Mutter sprachen sie kaum ein Wort miteinander, wie eh und je. Dennoch ließ die Greisin sich von Rudolf stützen, den sie manchmal in ihrer Verwirrtheit für ihren Ehemann hielt. Sie rückte dann weit von ihm ab, kam so manches Mal fast zu Fall.
Einmal war sie beinahe unter den Bus gelaufen.
Herta überließ sich derweil dem süßen Nichtstun, hörte

Musik, oder las. Nach dem Spaziergang war Irmtrud fast immer aufgeräumt und verlangte nach ihrem Wachholder, einem Doppelten.

Aus Eigennutz und weil sie wusste, wie sehr Irmtrud auf dieses Gesöff schwor, dem sie vor allem ihr hohes Alter zuschrieb, trank Herta vorbeugend ein Gläschen mit. Sie hatte an sich wenig Ehrgeiz für sich selbst in ihrem Leben entwickelt, war fast immer nur für andere da gewesen, vergaß sich bisweilen sogar dabei. Aber den Ehrgeiz, Irmtrud zu überleben, den hatte sie immerhin. Also, nichts wie ran an den Wacholder. Ein Sauzeug war das, aber offensichtlich gesund und lebensverlängernd. Sie schüttelte sich regelmäßig nach dem „Genuss" und nannte den Geschmack: „Pervers schön!"

An diesem Nachmittag wollte Rudolf mal wieder ein technisches Gerät kaufen, wozu er immer hübsch lang ausblieb. Irmtrud und Herta saßen neuerdings in seltener Harmonie und vereint beim Wacholder.

„Na, wie war der Spaziergang, Mutter?" fragte Herta nach dem zweiten Gläschen aufgeräumt!

„Wieso reden Sie mich mit Mutter an?" Irmtrud schien wieder einmal verwirrt. Herta stellte die Flasche in die Vitrine zurück.

„Ich muss Ihnen etwas sagen," vernahm sie gleich darauf die raue und emotionslose Stimme ihrer Schwiegermutter und bekam eine tüchtige Gänsehaut.

„Diese Herta Wächtermann, das ist eine!" Herta blieb fast das Herz stehen. Sie fasste sich, beugte sich zu der alten Frau rüber, legte alle Wärme in ihren Ton und fragte vertraulich: „Was ist das denn für eine?" Frau Wächtermann senior packte aus.

Sie holte tief Luft, plauderte eloquent über Frau

Wächtermann junior, ihre verhasste Schwiegertochter, die neben ihr saß und dem „Affen Zucker," sprich, Wacholder gab. Aber immer noch wusste Herta zu ihrem Bedauern nicht, was für eine sie denn war. Zu allem Überfluss verstummte Irmtrud, fiel von jetzt auf gleich in ein Nickerchen. Herta rüttelte sie wach.

Sie insistierte noch einmal, wollte endlich wissen, in welchem Licht diese alte Kobra sie sah. Die alte Frau zierte sich nicht. Mit verächtlich herabgezogenen Mundwinkeln stellte sie fest:

„Die, die hat sich meinen Sohn geangelt dieses kleine miese Etwas!"

„Was Sie nicht sagen," stellte Herta fest und bat um einen kleinen Augenblick Geduld. Die Zeit saß ihr im Nacken. Sie hetzte ins Schlafzimmer, kam mit einem Tonbandgerät unter dem Arm zurück. Nochmals bat sie um Geduld und schwups war das Gerät aufnahmebereit.

Herta schämte sich ein bisschen und fand sich selbst unmöglich. Diesmal würde sie Rudolf beweisen können, wie seine Mutter zu ihr stand. Bei ihm hielt sich diese Alte zurück und wenn mit Herta mal der „Gaul" durchgegangen war und sie die Zügel hatte schleifen lassen, beschwerte sich dieses alte Weib gleich bei ihrem Rudolf, weil ihre Schwiegertochter mal wieder dieses oder jenes gelassen, oder schlimmer noch, getan hatte. Stellte Herta sie zur Rede, stritt sie, aalglatt wie sie war, alles ab. Man konnte sie einfach nicht packen. Herta musste sich häufig so erregen über diese Intrigantin, so dass sie manchmal dem Wacholder mehr zusprach, als es ihr selbst lieb war. Sie musste jedenfalls diese Furie überleben, wozu sie glaubte, dass ihr der Fusel verhelfen könnte.

Diesmal hatte Herta alle Karten in der Hand. Sie würde das Band vorerst aus dem Verkehr ziehen, aber es irgendwann einmal Rudolf präsentieren, wenn der wieder behauptete, sie wäre mit der alten Frau zu wüst umgesprungen!

„Alter schützt vor Strafe nicht!" war Herta unerbittlich geblieben und er hatte geschmollt, in dem er sie ignorierte und sie wie so häufig auf ihre Fragen keine Antworten bekam. Er „strafte" sie durch Schweigen, was sie insgeheim als lächerliche, wenn nicht sogar infantile Handlung abtat.

„Sicher hatten sie eine andere Frau für ihren Sohn vorgesehen?" Herta musste das wissen.

„Na, was denken Sie? Sooo eine hätte er jeden Tag haben können. Die ist aufmüpfig, kann ich Ihnen sagen. Sagt mein bedauernswerter Sohn „Hüh", sagt die „ Hott! Schon aus Protest!"

„Ja, ist denn das so schlimm? Gegensätze ziehen sich doch bekanntlich an, Frau Wächtermann!?"

„Woher kennen Sie meinen Namen?" fragte die alte Frau, blinzelte in Hertas Richtung, die vorsichtiger wurde. Es schien, als wenn ihre Schwiegermutter immer wieder mal einen lichten Moment bekäme. Der Arzt meinte noch vor kurzem:

„Der klassische Alzheimer scheint es bei ihrer Frau Schwiegermutter nicht zu sein. Sie hat durchaus Zeiten, in denen sie völlig klar ist.

„Vorsicht!" sagte sich Herta, ließ aber nicht locker:

„Es heißt doch, Gegensätze ziehen sich an, was denken Sie darüber liebe Irmtrud?" nahm Herta das Gespräch wieder auf.

„Wieso Irmtrud?", fragte die Verwirrte.

„Na, Sie heißen doch Irmtrud, oder, ich darf Sie doch wohl beim Vornamen nennen?"

„Aber sicher," Sie, Sie dürfen alles!" Irmtrud tätschelte Hertas schweißnasse Hände. Sie sind mir nämlich sehr sympathisch, eine solche Schwiegertochter würde ich mir wünschen!" Wieder griff die alte Dame zum Glas. Herta hielt ihr das Mikrophon dicht vor den Mund, der sich wie bei einem Spätzchen, das Futter erwartete, öffnete. Wieder überkam Herta das schlechte Gewissen. Beinahe tat die alte Frau ihr leid und sie wollte aus Anstand ihr Experiment abbrechen, als sie zu hören bekam:

„Dieses nichtsnutzige Weibstück hat sich in all den vielen Jahren auf Knochen meines Sohnes ausgeruht. Zwei Kinder hat sie ihm geschenkt, dass ich nicht lache. Geschenkt! An die kommt man doch eher als an einen Zwanzigmarkschein! Wenn Sie wüssten, aus welchen Verhältnissen die kommt, Sie würden es nicht glauben!"

Herta wurde es langsam zu bunt. Am liebsten hätte sie das Gerät abgestellt. Sie beherrschte sich, nahm sich aber vor, bei nächster Gelegenheit ihr Gegenüber zu fragen, aus welchen Verhältnissen denn die liebe Irmtrud selbst käme. Vertraulich beugte sich die Seniorin vor.

„Wie wäre es mit noch einem Schnäpschen?" Herta beeilte sich dem Wunsch nachzukommen.

„Aus welchen Verhältnissen kommt denn ihre Schwiegertochter? setzte sie das „Interview" fort.

„Aus ganz ganz kleinen, wissen Sie." Die alte Frau zog verächtlich die Lippen kraus, schüttete das Glas in einem Ruck in sich hinein

„Der Vater ein kleiner Geigen- und Klavierlehrer, der kaum das Salz in der Suppe verdient hat. Die Mutter Hausfrau, dazu noch eine Schwester, aus der auch nicht viel geworden ist. Schmalhans muss bei denen Küchenmeister gewesen sein!"

„Bei ihnen ging es sicher zu Hause anders zu oder?" Die alte Frau fing an zu kichern.

„Und ob! Ganz anders, aber das sage ich nur Ihnen unter vier Ohren. Bisher habe ich das noch niemandem erzählt, niemandem! Ihnen kann ich vertrauen, ich war schon immer ein guter Menschenkenner!"

Die alte Frau tätschelte Hertas Rücken.

„Ihr Vertrauen ehrt mich!" säuselte Herta, obwohl sie sich in dem Moment selbst fremd und schäbig vorkam. Sie musste diese Nuss jedenfalls knacken.

„Wir zu Hause waren sehr gut situiert. Meine Mutter ging, nun ja, sie ging auf den Strich, bis sie sich etablieren konnte, in einem „ordentlichen Haus!" Mein Vater wurde ihr Beschützer. Louis oder Loddel nannte man das damals. Wie man heute sagt, weiß ich leider nicht mehr.

In reiferen Jahren leitete meine Mutter das Haus, als Puffmutter, wie..........

„Wie man das heute nennt, Frau Wächtermann, ist nicht wichtig!" Herta schaute gequält auf die Uhr. Die Zeit drängte, es war kurz vor Vier. Jeden Augenblick musste Rudolf zurück sein.

„Und haben Sie je geheiratet, oder vielleicht studiert?"

Die alte Frau fing an zu lachen. Es klang gekünstelt. Herta wurde es unheimlich. Noch nie hatte sie diese Frau lachen hören, konnte sich jedenfalls nicht daran erinnern.

„Nun, was dachten denn Sie, was eine, deren Mutter aus dem Gewerbe kommt und dabei finanziell immer gut dagestanden ist, wohl machen würde? Studieren, um

Himmelswillen, nein! Dreimal dürfen Sie raten!" Die alte Frau lachte sich halbtot und Herta starb fast vor Neugier. Von einem Kichern begleitet gab die Greisin zu, doch noch studiert zu haben:

„Aber nur die Männer!"

„Haben Sie denn nie geheiratet?"

„Na gewiss, doch! Zu mir kamen fast nur Gutbetuchte, die mit ihren Weibern nichts anfangen konnten. Im Bett jedenfalls nicht und auch sonst nicht. Manchmal wollten sie sogar nur ein Gespräch und manchmal eben mehr. Mir war das egal, ich wurde mit allen fertig!

Eines Tages kam einer zu mir. Ein ganz seriös aussehender Mann von vielleicht vierzig Jahren. Ich war damals zwanzig. Er wusste gar nicht, wie er es anstellen sollte, mit mir ins Geschäft, sprich, Bett zu kommen. Noch bevor es hätte passieren können, war schon alles vorbei. Leicht verdientes Geld für mich. Erst beim nächsten Mal verlor er an mich seine neununddreißgjährige Unschuld!"

Hertas Schwiegermutter schien vor Lachen zu platzen.

„Und der Trottel hat mich geehelicht und zweimal geschwängert, als es ihm allerdings noch möglich war und trotz unserer getrennter Schlafzimmer, die einzige Bedingung die ich damals stellte.

Zunächst war er gut und nett. Er schien vor Kraft zu bersten, war unersättlich, was mir auf die Nerven ging. Ich kam sozusagen vom Regen in die Traufe. Dafür tat er mir aber jeden Gefallen, natürlich nur, wenn auch ich ihm gefällig war, Sie verstehen! Urplötzlich wurde er impotent, an mir desinteressiert und ich hatte keinen Einfluss mehr auf ihn. Er aber auf mich, er hielt mich knapp. Ich hatte zu parieren. Er selbst widmete sich ganz seiner Karriere.

Fühlte ich mich schlecht behandelt, behandelte ich seine Kinder mies. Auflehnung hätte nichts genutzt. Er drohte mir dann mit Scheidung und damit, mir die Kinder zu nehmen. Ehrlich gesagt," grinste die Greisin, „auf die hätte ich liebend gern verzichtet, nur nicht auf den bequemen Alltag. Leben im Wohlstand, kein Putzen, Kochen, Spülen, na, Sie können es sich denken! Dazu noch ein Status, den ich mir niemals hätte erträumen lassen!" Und ob Herta sich das denken konnte. Die Alte lebte wie die Made im Speck.

Wieder schaute Herta auf die Uhr. Jeden Augenblick konnte Rudolf eintreffen. Vorsorglich räumte sie das Tonbandgerät fort, gerade rechtzeitig, als Rudolf reingeschneit kam.

„Puh, wenn der wüsste!"

Seine Mutter war ja ein schönes Früchtchen!

„Man kann den Leuten nur vor den Kopf sehen!" stellte Herta insgeheim fest.

Spätestens nach dem Tod der alten Frau wollte sie das Band vernichten, tat es dann doch nicht. Irgendwas hielt sie davor zurück. Vielleicht konnte sie es noch mal gebrauchen.

„Da bist du ja, Rudolf!" Ein Strahlen verjüngte das Gesicht der Senilen.

Herta war baff. Noch nie hatte sie erlebt, dass ihr Mann von seiner Mutter mit so viel Freundlichkeit überschüttet worden war. Er hatte niemals mütterliche Wärme von ihr erhalten und deshalb vermutlich auch nicht an seine Kinder weitergeben können, so wie Herta das gern gehabt hätte. Es war eine Tatsache, dass diejenigen, die so gut wie niemals Liebe bekamen auch keine zu geben imstande waren. Herta kapierte das nicht so ganz. Sie selbst war stets bemüht, nicht wie ihre Mutter Emilie zu werden, die häufig lieblos, ja rücksichtslos ihren Kindern gegenüber gewesen war und versuchte all die Dinge, die sie zeitlebens an ihr gestört hatten, nicht an ihren eigenen Kindern zu wiederholen.

EMILIE

Herta versuchte immer wieder diese Kühle auszugleichen, die aus Rudolfs Richtung kam, wusste letztlich aber nicht, ob ihr der Ausgleich gelungen war. Ihrer beider Sohn war ebenso verschlossen wie sein Vater. Ihre Tochter Rebecca wurde ein offenes, humorvolles und humanes Menschenkind, zu Hertas größter Freude. Die Tochter blieb leider kinderlos, widmete sich ganz ihrem Beruf und vor allem war der Zulauf von Kleinpatienten nicht unerheblich. Sie wusste mit Kindern umzugehen. Herta wunderte sich, dass ihre Tochter nicht im Clownskostüm „ihre" besonders ängstlichen Kinder behandelte.

Witze machte sie genug und war sich nicht zu schade, zeitraubende Clownerien vorzuführen, einzig und allein, um den Kleinen die Angst zu nehmen.

Herta selbst wusste, was Kinderängste waren. Diese schrecklichen Sirenen, die sie zu einer Salzsäule hatten erstarren lassen. Mitten im Spiel oder aus den Klassenräumen sausten die Kinder ihrer Generation in die Luftschutzkeller.

Rudolf erzählte ihr sogar einmal, dass er und andere Kinder während ihrer Ferien, auf den überfluteten und gefrorenen Lippewiesen beim Schlittschuhlaufen von feindlichen Bordschützen aufs Korn genommen worden war.

Aus den Propellermaschinen, die ziemlich nah den Boden anflogen und als Tieflieger gefürchtet waren, schossen sie auf die Kinder, was das Zeug hielt. Zum Glück wurde niemand getroffen, allerdings das Eis ringsum durch die Einschläge durchlöchert, war zur Gefahrenquelle geworden, so dass die Kinder in panischer Hast auseinanderstoben, von den unheimlichen Schützen noch eine ganze Weile hartnäckig aus der Luft verfolgt.

Herta erinnerte sich ihrer Kriegskindheit, je älter sie wurde und auch ihres feinsinnigen Vaters, der nach dem Krieg als Geigenlehrer seine Brötchen verdiente, obwohl er vordem auf der Düsseldorfer Kunstakademie Kunst studiert hatte. Eine brotlose, wie er leidvoll feststellen musste. Sie erinnerte sich ihrer weniger feinsinnigen Mutter, deren Ziel, Schauspielerin zu werden, durch ihre Eltern vereitelt worden war. Sie hatte sich nicht durchsetzen können, was Herta noch heute wunderte. Allerdings ihre schauspielerischen Fähigkeiten verlor sie nie. Emilie konnte so überzeugend den Leuten etwas verklickern, dass sie begeistert waren von dieser tollen Frau. Auch war Emilie humorvoll, aber meistens auf Kosten anderer, die sie ob gewollt oder nicht, häufig blamierte und woraus sie sich noch nicht einmal etwas machte.

Herta hatte ihre Mutter „studiert." Die konnte total anteilnahms- und salbungsvoll wirken, so dass Herta manchmal glaubte, ihr vielleicht doch Unrecht getan zu haben, bis ihr dann immer wieder klar wurde, was für eine oberflächliche Frau Emilie in Wirklichkeit war.

Wer selbst ohne große Menschenkenntnis war, verfiel fast ausnahmslos in helle Begeisterung, über diese sensationell nette Frau, die für jedes Pöttchen ein passendes Deckelchen und somit immer gleich den richtigen Ton fand. Herta wusste von dem Schubladendenken ihrer Mutter und sie wusste auch, dass diese oder jene Lade nur aufgezogen zu werden brauchte, um die passenden Platitüden rauszukramen.

Herta und ihre Schwester Marie waren, und es war ein Glück für die beiden Mädchen, von ihrer Großmutter, eine gestandene Frau, erzogen worden. Nicht auszudenken, wie vielleicht ihre Entwicklung unter der „Regie" ihrer Mutter

Emilie ausgesehen hätte. Herta mochte gar keine Überlegungen darüber anstellen.

Sie konnte sich so lange sie auch nachdachte, nicht erinnern, dass ihre Mutter ihr oder auch ihrer Schwester Marie irgendetwas beigebracht hätte. Ihrer beider Mutter spielte zum Beispiel gar nicht mal so schlecht Geige, gab aber ihre Fähigkeiten nicht an ihre Töchter weiter. Hertas Oma sorgte dafür, dass Marie bei einer Musiklehrerin in einem anderen Stadtteil Geigenunterricht bekam, weil die eigene Mutter es aus Zeitgründen ablehnte, sich mit dem Kind zu beschäftigen. Ein Glück für Marie!

Herta entsann sich des hysterischen Anfalls ihrer Mutter, als sie im ersten Schuljahr nicht imstande war, ein kleines E von einem kleinen L zu unterscheiden. Sie kannte diese Frau nicht wieder, die sich die Haare raufte und völlig irre wirkte, so dass das Kind sich zur Großmutter flüchtete, die voller Geduld und Güte dafür sorgte, dass die Schwäche des Lernanfängers ausgebügelt wurde. Die Oma hatte ein Bäumchen gezeichnet in dem sie die Buchstaben versteckte, die das Kind im nu als große oder kleine Buchstaben, spielend also, zu unterscheiden wusste. Herta selbst lernte viel dabei, vor allem sich in Geduld zu üben, was ihren eigenen Kindern später zugute kam.

Auch Rudolf war ein Musterexemplar an Ungeduld. Er vertrat die These, geduldige Menschen müssten einen Schaden haben. Dabei zeigte er auf sein Oberstübchen. Herta wäre beinahe geplatzt, bei soviel männlicher Arroganz und es hatte einen handfesten Krach gegeben.

„Das hieße de facto, Geduld mit einem geistigen Defizit gleichzusetzen, oder, liebster Rudolf?" Wenn sie „liebster Rudolf" sagte, war Herta gefährlich. Sie sagte es nicht einmal so selten.

„Na klar," war seine Antwort und Herta hätte sich am liebsten die Kleider vom Leib gerissen vor lauter Empörung. Sie war ein Mensch, der sich selten gehen ließ, aber das hier führte dann doch zu weit. In Erziehungsfragen waren die Eheleute per se konträr, was den Kindern nicht immer gut bekam. Es war ein „Hick-Hack", und machte niemandem Freude. Rudolf war der festen Überzeugung, seine Kinder hätten zu parieren. Ihm wäre es nicht anders gegangen.

„Ich bringe dir von der Versteigerung aus dem Theaterfundus ein Pult mit und zum Dirigieren deiner Kinder kannst du meine Stricknadeln nehmen!"
Wenn sie ironisch wurde, zog er sich lieber, ganz Mann, zurück. In jungen Jahren suchte er seine Stammkneipe auf, wo er sich so richtig einen packte, sich bei Thekengesprächen ausquatschte und in später Stunde erst nach Hause gewackelt kam. Er zog dabei den Buckel krumm, wie heute seine Katzen und es hatte lange gedauert, bis Herta merkte, dass er angesäuselt war. Auch in dem Punkt ließ er sich nicht in die Karten gucken. Alkohol bekam ihm schon lange nicht mehr und die Kinder, deretwegen früher herzlich gern und oft gezankt wurde, waren längst aus dem Haus.

NEUE WEGE

Dennoch gab es immer wieder Momente, in denen die Eheleute heftig aneinander gerieten. Eigentlich verpuffte Zeit, bedauerte Herta, die keine Lust hatte, ihr Wertvollstes, nämlich ihre Zeit mit Streiten zu verplempern. Sie besuchte statt dessen lieber Kunstausstellungen, vor allem, seit sie selbst mit dem Malen begonnen hatte.

Ihr Literaturkreis, den Herta früher gern besuchte, war mittlerweile Luft für sie. Ihre Dozentin gefiel ihr nicht mehr und auch nicht die Frauen, die sie in letzter als deren Speichellecker empfand. Diese Kursleiterin genoss offensichtlich Narrenfreiheit. Von Haus aus zwar gutmütig, geduldig und anpassungsfähig, hatte Herta die Schnauze voll. Es gab schließlich Grenzen und ein gravierendes Ereignis sorgte dafür, dass Herta diesen Speichelleckern fern blieb. Eine Neue sollte vorgestellt werden. Eine, mit der Herta in Verbindung getreten war und die selbst als Dozentin in der gleichen Organisation einen Theaterkurs leitete. Herta hatte vorab ihre Kursleiterin gefragt, und deren OK bekommen. Sie brachte diese Frau also mit, deren jugendliche Rosabekleidung in Verbindung mit ihren weißen Haaren die Leiterin veranlassten, ein paar spöttische Bemerkungen darüber fallen zu lassen. Auch verbot sie der etwas Schwerhörigen, Zwischenfragen, und zwar ziemlich rüde. „Dafür ist in unserem Schreibkurs keine Zeit!" gab sie barsch von sich. Immerhin fand die Dozentin, und es war unglaublich, Zeit genug, ihren Sermon abzulassen und sich selbst in schillernden Farben ins rechte Licht zu rücken und zu beweihräuchern. Vermutlich nicht laut genug für die Neue, die sich an die neben ihr sitzende Herta wandte, was gleich mit der Bemerkung:

„Die Damen sind zu laut!" geahndet wurde. Kurz und gut, Herta war so entsetzt über das im Grunde genommen infantile Verhalten der Dozentin, dass sie nach Beendigung dieser blamablen Vorkommnisse die neue Dame um Entschuldigung bat für das, was man ihr hier zugemutet hatte. Ihr wurde versichert, sie käme sowieso kein zweites Mal mehr, hätte genug gesehen und gehört. Sie, Herta möge sich bitte keine Sorgen machen, sie könne schließlich nichts dazu. Herta, die immer lieber etwas auszubügeln versuchte, als noch mehr Knitter zu verursachen, bat die Dozentin, sich bei dieser miserabel behandelten Frau noch einmal zu melden und gab ihr deren Telefonadresse durch. In ihrer Sturheit lehnte die Leiterin, wie zu erwarten, das Ansinnen zunächst ab. Später rief sie aber dann doch noch an, was Herta durch die Geschmähte erfuhr, mit der sie sich nach ihrem eigenen Ausscheiden angefreundet hatte.

Herta hatte es satt, schickte ihrer alten Dozentin per Mail ein der Sachlage entsprechendes und treffendes Spottgedicht, worauf sie postwendend eine R-Mail erhielt, mit der Aufforderung, sie nicht mehr in dieser Angelegenheit zu belästigen.

„Schreibverbot" schmunzelte Herta und tat ihre Meinung darüber noch einmal per PC bei einer dieser Speichelleckerinnen kund, die auch prompt, wie gewünscht, exakt das weitergab, was sie loszuwerden beabsichtigte.

Kurz darauf meldete sich der Senior dieser Schreibgruppe telefonisch bei Herta, der diese weiblichen Querelen nicht mitbekommen hatte und der vor allem Herta sehr verbunden war. Er hatte sich gewundert, wieso sie nicht mehr kam und machte ihr den Vorschlag, doch ohne Leitung weiterzumachen. Ruck-Zuck bildeten Herta und er eine private

Gruppe mit sorgfältig ausgesuchten Leuten, die größer wurde als die in der alten Organisation, und die zudem noch keinen einzigen Cent kostete. Der alte Herr stellte sein Haus als Treffpunkt zur Verfügung. Allerdings traf man sich neuerdings nur einmal im Monat, aber arbeitete desto effektiver. Auch für ein Schwätzchen blieb natürlich Zeit. Es durfte außerdem gelacht werden! Und es wurde viel Gebrauch davon gemacht. Klar, dass die „Neue" deretwegen es zum Knall gekommen war, herzlich aufgenommen wurde.

Herta verfügte nunmehr über mehr Zeit und wollte neue Erfahrungen machen. Sie belegte kurzentschlossen und erstmalig einen Malkurs.

Im Grunde genommen, konnte sie bisher jedenfalls und zwar unter Zuhilfenahme eines Lineals einen einigermaßen geraden Strich ziehen. Sie war selbst erstaunt, wie ihr das Malen Freude bereitete und auch gelang. Sie bekam so manches schöne Bild zustande. Eine ihrer Enkelinnen, Kunststudentin, lobte sie in den höchsten Tönen, hielt sie an, nur ja weiterzumachen.

Herta wurde sogar nach einer etwa einjährigen Malerfahrung eine Ausstellung in Aussicht gestellt. Abwarten! Sie wusste nicht, ob sie sich diesem Stress aussetzen wollte. Schließlich musste alles organisiert werden.

„Der Weg ist das Ziel" dachte Herta wieder einmal und war für ihre bisher nicht erkannten Gaben dankbar. Vermutlich waren sie ihr von ihrem leiblichen Vater vererbt worden.

Hertas Schwester Marie staunte nicht schlecht, führte Hertas Fähigkeiten tatsächlich auf das Erbe ihrer beider längst verstorbenem Vater zurück, der ja von Haus aus Künstler war.

Marie sagte einmal, dass es sie nicht wundern würde, wenn

Herta im Alter auch noch zu fiedeln begänne.

Herta war erstaunt und überrascht, wie sehr gerade Rudolf ihre Malambitionen unterstützte. Er richtete ihr im Dachgeschoss, im früheren Reich ihrer Tochter ein Atelier ein. Im Internet besorgte er sich Pläne, wonach er für sie eine prima Staffelei bastelte. Von ihrer Tochter Rebecca bekam die eifrige Malerin, gestaffelt in Größen, diverse Pinsel in einem Köcher geschenkt. Liebesgaben, für die sie allen dankbar war.

Schon in den ersten beiden Jahren entstanden um die achtzig Bilder, die zum Teil sehr farbenfroh ausfielen. Rebecca scheute sich zur Freude ihrer Mutter nicht, einige davon in ihrer Praxis am Empfang aufzuhängen. Patienten erkundigten sich nach der Malerin und hätten gern so manches Bild ergattert. „Verschenken ja, verkaufen nein!" war Hertas nicht uneigennützige Einstellung. So konnte sie ihre verschenkten Lieblinge immer wieder mal aufsuchen. Marie bedauerte sehr, nichts von der Begabung ihres gemeinsamen Vater mitbekommen zu haben. Eins war den Schwestern aber gemeinsam. Ihre katastrophale Orientierungslosigkeit.

DIE GRAUGANS

Herta hatte sich schon immer gern „ziehen lassen", war hinter ihren Familienmitgliedern wie eine Graugans hergetrottet, wie an jenem Tag, den sie so bald nicht würde vergessen können.

Durch Rudolfs Pensionierung verlief ihrer beider Tagesablauf nach gewissen Mustern ab.

Um 12.00 Uhr wurde zu Mittag gegessen, um 12.05 ein Bäuerchen gemacht, dem sich das Mittagsschläfchen anschloss. Danach ein Tässchen Kaffee für jeden und ab ging es zum Spaziergang.

An einem Mittwoch wollten die Eheleute in der „Bittermark," einem großen Waldstück vielleicht fünfzehn Autominuten entfernt, einen Rundgang absolvieren. Unter einer Stunde Fußmarsch ließ sich der bewegungsfreudige Rudolf erst gar nicht erweichen, mitzugehen.

„Noch 35 Minuten," sagte Rudolf. Er atmete heftig. Sie gingen neuerdings in forschem Schritt nebeneinander her, um Kalorien zu verbrennen. Herta schaute ebenfalls auf ihre Uhr und behauptete: „ 25."

Seinem Gesichtsausdruck konnte sie entnehmen, dass er gleich losbrüllen würde.

Wider Erwarten folgte kein Orkan, nur seine herablassende Bemerkung:

„Du kannst wieder mal nicht rechnen!" Herta gewöhnte sich niemals an diesen Ton. Sie merkte, wie sie innerlich zu vibrieren begann.

„Wieso kann ich mal wieder nicht rechnen?" fragte sie unwillig und trabte weiter.

„Sieh mal her,". Er hielt ihr seine Armbanduhr unverschämt nah ans Auge.

„Um 14.20 Uhr sind wir gestartet und wie viel Uhr ist es jetzt?"

Herta fühlte sich examiniert wie damals, als ihre ungeduldige Mutter ihr die Uhr beizubringen versuchte. Sie war auf hundert, versuchte, sich zu beherrschen.

„Es ist genau 14.21 Uhr sagte er und sie spöttelte: „Was du nicht sagst!"

„Jetzt sind es nur noch 43 Minuten" behauptete er und sie war es diesmal, die explodierte.

„Meinst du vielleicht, ich wäre ein Idiot?!" schrie sie, worauf er einen Buckel zog, wie sein Kater daheim und von hinnen trabte.

Er war immer schon einer, der eher flüchtete wenn es unmelodisch zuging, als sich unangenehmen Situationen auszusetzen, stellte sie voller Groll fest.

„Wenn die Runde zu Ende ist, fahre ich mit dem Wagen nach Hause" rief sie ihm noch nach. Er tat so, als hätte er sie nicht gehört. „Typisch für ihn," dachte Herta.

„Na, du wirst dich wundern!" Sie konnte ein hämisches Grinsen nicht unterdrücken.

„Warte, Freundchen, um dich ist es schlecht bestellt, nur, du weißt es noch nicht!"

Sein Handy hatte er zwar dabei, aber keinen müden Cent in der Tasche. Normalerweise ging er niemals ohne Geld aus dem Haus. Vermutlich war es ihm selbst auf den Geist gegangen, dass Herta wie so oft vor der Tür auf und ab ging, um die Zeit totzuschlagen, die er brauchte, um endlich seine sieben Sachen beisammen zu bekommen. Sein Geld konnte er nicht mehr einstecken. Herta hatte in einem Fernsehfilm vor vielen Jahren ein altes Ehepaar gesehen, das in einer alten abgelegenen Villa wohnte und bei dem es ähnlich zugegangen war. Die Frau reisebereit, stand sich den Bauch in den Leib, während der Ehemann wieder einmal seine Dinge nicht geregelt bekam.

Man sah zum Ende des Films die alte Frau den Aufzug außer Betrieb setzen, die Haustür abschließen und seelenruhig mit ihrem Gepäck in das wartende Taxi einsteigen. Rache einer lebenslänglich wartenden Frau. Wie gut Herta die alte Dame verstehen konnte.

Entgegen der landläufigen Meinung, die armen Männer müssten auf ihre rücksichtslosen Frauen warten, kannte Herta das aus eigener Anschauung besser.

Schon, als ihre Kinder noch klein waren, gestiefelt und gespornt, zum Ausgehen am Sonntagnachmittag bereit, fiel es dem Familienvater in fast regelmäßiger Unverschämtheit ein, noch einmal das WC aufzusuchen. Es dauerte und dauerte. Rudolf ging niemals ohne etwas Lesbares in sein Allerheiligstes und die Kinder hatten sich inzwischen dermaßen eingesaut, dass Herta noch einmal ins Haus zurück musste, um sie erneut salonfähig zu machen.

Das alles war glücklicherweise längst Vergangenheit, der Groll aber war geblieben, weil auch Rudolfs Rücksichtslosigkeit in der Weise von Bestand blieb.

Herta musste sich also ändern, im eigenen Interesse. Die schwere Arbeit des Wartens überbrückte sie durch ihren PC, er lenkte sie ab. War sie aber erst einmal draußen, konnte sie sich kaum mehr beherrschen, so dass sie ihm Vorwürfe machte. Wenn er endlich angetrabt kam und dennoch die Hälfte dessen was er benötigte vergaß, machte er sie dafür verantwortlich, weil er sich gehetzt vorgekommen wäre. Wenn es ihm reichte, bot er ihr an, doch gefälligst alleine ihren Rundgang zu machen und zog sich schmollend und mimosenhaft zurück, wobei Herta fast vor Wut aus den

Fugen geriet.

Mit Busfahren, war ihr klar, war also nix. Bei dem Tempo, das er angeschlagen hatte, könnte er bequem in ca. fünfzig Minuten zu Hause sein, überlegte sie, ein zusätzliches Training für ihn. Sie merkte, wie sich ihre Laune hob. Notgedrungen trabte sie noch eine Weile hinter ihm her. Sie kam sich wie eine der Graugänse von Prof. Lorenz vor. Sie trat in die Fußstapfen ihres Mannes, der bewusst durch morastige und verschlammte Wege schritt. Insgeheim nannte sie ihn ab dato „ihren Prof. Lorenz!"

„Wie du mir, so ich dir!" mag er gedacht haben. Er schritt weiter durch den dicken Morast. Sie hatten sich immer gegenseitig zu ärgern gewusst, kannten sich einfach zu gut. Er nutzte schlichtweg ihre Orientierungslosigkeit aus. Also nix wie hinter ihm her!

Der Abstand vergrößerte sich. An einer Kehre sah er sich verstohlen nach ihr um. Sie war hellwach. „Der Wagen musste hier irgendwo in der Nähe stehen," dachte sie messerscharf. Noch zwanzig Minuten müsste sie gehen, wenn sie sich nicht ganz verausgaben wollte. Eine Stunde und keine Sekunde länger!

Ihr Pulsmesser piepte. Sie war zu schnell. „Über 130 sollte Ihr Puls nicht gehen," hatte der Sportarzt ihr empfohlen. „Auch das noch!" Was tun?

Wieder sah Rudolf sich nach ihr um. Sie tat, als wäre er Luft für sie. War er ja auch. Dennoch missbrauchte sie ihn als „Scout." Noch fünf Minuten. Sie schienen im Kreis gegangen zu sein. Ein paar hundert Meter weiter, direkt hinter der Biegung sah sie ihren Wagen stehen.

Jetzt erst wurde ihr klar, was er vor ihrem Streit gemeint hatte. Nämlich:

„In 35 Minuten ist die Stunde um, während sie ihm klarmachen wollte, dass sie schon 25 Minuten hinter sich hatten.

„Das ist wie mit dem vollen und dem leeren Glas", philosophierte sie ziemlich erschöpft. „Es scheint auf die Perspektive anzukommen!" Sie ließ sich in den Sitz fallen.

„Weißt du was, das machen wir öfter," schlug sie Rudolf vor.

„Ich habe den Alleingang so richtig genossen!" rieb sie ihrem Prof. Lorenz unter die Nase. Sie konnte es nicht für sich behalten.

„Da kann ich dir nur beipflichten," spottete er.

Na prima! „Wie schön, endlich sind wir mal einer Meinung, meinst du nicht auch, Rudolf!"

Sie bekam natürlich keine Antwort. „Wie schön, das letzte Wort zu haben!"

ALTHERRENTREFF

In jungen Jahren war Herta bereits alten Leuten zugetan. Sie fand sie einfach faszinierend.

Schon als Kind sagte man ihr nach, ein stiller Beobachter zu sein. Still, daran konnte sie sich nicht erinnern, aber mit dem Beobachten das stimmte.

Rudolf und sie waren mit den Rädern zur Stadt gefahren. Sie hätten auch zu Fuß gehen können, aber die Radwege waren hervorragend ausgebaut. Normalerweise dürfte nichts passieren, wenn es nicht die vielen Radfahrer gäbe, die meist ohne zu klingeln überholten und dabei haarscharf an den anderen Pedalrittern vorbeifuhren, wobei es häufig krachte.

Herta passte höllisch auf, damit sie nicht zu den Bedauernswerten gehörte. Sie ermahnte Rudolf ständig, vor dem Abbiegen nach hinten zu schauen.

„Gefahr erkannt, Gefahr gebannt" machte sie ihm klar.

Gefahr hin, Gefahr her, Rudolf konnte seinen Kopf nicht mehr so geschmeidig bewegen, wie es nötig gewesen wäre. Natürlich wurde von ihm das verdammte Alter wieder einmal lautstark und kräftig beleidigt. Auch das führte nicht dazu, dass er sich ausreichend nach hinten informieren konnte.

Herta empfahl ihm einen Rückspiegel, oder sogar links und rechts einen, den er verächtlich ablehnte.

„So alt bin ich ja nun wieder auch nicht!" Ein wenn auch leiser Funke von männlicher Arroganz war wieder einmal herauszuhören.

Er entging Herta nicht. Für sie waren Dummheit und Arroganz Zwillinge, nicht nur eineiige, sondern siamesische, die dringend der Trennung bedurften.

In der Stadt, wie konnte es anders sein, verschwand Rudolf in seinem Technik-Laden und Herta in „Kreativ-Kunst", wo sie neue Keilrahmen kaufte.

Vorher wurden die Räder gewissenhaft aneinander gebunden und mit einem dicken Schloss versehen. Sie besaßen nur eins und somit war es üblich, dass sie sich zu einem bestimmten Zeitpunkt bei ihren „angepflockten" Rädern trafen. Hertas Einkauf war schnell und problemlos verlaufen, so dass sie als Erste auftauchte.

Alle Bänke rings um die Kaufhäuser waren belegt an diesem schönen Herbstnachmittag. Sie steuerte auf eine Bank zu, auf der drei alte Herren ein Schwätzchen hielten. Gleich machten sie ihr höflich Platz. Herta vertiefte sich in den Kunst-Prospekt, um die Zeit zu überbrücken. Gleichwohl hörte sie genau, was die alten Herrschaften sich erzählten.

„Morgen geh ich zum Friedhof woll, dat Grab is mal wieder fällig". Herta gab der Stimme die Kategorie eins.

„Ich muss noch watt einkaufen, hab so gut wie nix mehr im Haus!"

Das war Kategorie zwei.

Nummer drei folgte mit:„ Ich mach mich auch auf die Socken. Meine Frau wartet bestimmt schon. Um die Zeit hat die nämlich Kaffeedurst. Ich hau lieber ab, sonst gibt et wieder Terz!"

Herta legte den Prospekt beiseite und nun schnatterten die alten Herren ihrer Aufmerksamkeit gewiss, erst richtig drauf los, vergaßen allesamt ihre Vorhaben.   .

Nummer drei, der mit dem Kaffeedurst tönte ziemlich laut:„ Nich der Durst allein treibt mich, sondern noch watt ganz anderet!"

Nummer zwei daraufhin: „Na, watt denn, na watt denn, da war doch noch watt? Meinste datt?"

Die alten Herren lachten und Herta musste sich bremsen, um sich nicht anzuschließen. Denen durfte sie aber um kein Zentimeterchen entgegen kommen. Für die war sie vermutlich ein junges Piepelchen mit ihren fünfundsechzig Jahren, das sie vielleicht in Verlegenheit bringen konnten und offensichtlich auch wollten.

„Bellende Hunde beißen nicht!" nistete sich in Hertas sprichworterprobtes Hirn ein und sie versuchte, nicht mehr hinzuhören. Tat es aber dann doch und Nummer eins bemerkte dazu:

„Datt is bei mich passee, meine Alte is ja nich mehr, woll. Et sei denn, ich fänd `ne Neue, so watt Hübschet wie die hier nebenan vielleicht!" Herta fühlte die seitlichen Blicke des Mannes und räusperte sich.

Immer, wenn sie angespannt war, sei es in der Kirche oder bevor der Arzt sie ins Sprechzimmer rief, schaffte ihr dieses Räuspern Erleichterung. Dem Himmel sei Dank! Ein kleiner dunkelhaariger Mann kam auf die Rentner zugeeilt.

„Na, Giovanni, watt rennste wieder so?" fragte Nr. 1.

„Isse musse zu die Banke, is gleich Schlusse, wünsche die Herren eine schöne Nachmittag!" Damit war Giovanni verschwunden.

„Wünschen wir dir auch" riefen sie ihm nach.

„Ein Blödmann is dat," stellte Nr. 2 fest.

„Watt der wohl immer in die Bank zu suchen hat" fragte sich Nr. 2 und Nr. 3 meinte:

„Is vielleicht ein Geldwäscher, heutzutage ist allet möglich, woll!"

„So Jungs, ich muss los!" hörte sie den Witwer sagen.

Dieses „Ich muss los," hing Herta mindestens drei Mal wöchentlich aus dem Hals heraus. Diese saudummen Sprüche kannte sie aus den Fernsehserien. Früher hatte sie sich immer beim Anbieten eines Kaffees oder einer kräftigen Brühe für Genesende in Filmen über das:

„Es wird dir gut tun!" geärgert. Sie war geistvollen Sprüchen niemals abgeneigt. Aber wenn jemand, wie im wirklichen Leben, einen billigen Trost abließ, wie etwa:

„Es wird schon werden, oder die Zeit heilt Wunden, dann sah Herta regelrecht Rot.

Der Witwer schickte sich an, zu gehen.

Auch Nr. 2 entfernte sich. Herta schätzte, er würde seinem Einkauf endlich nachkommen.

Nr. 3 der Prahlhans, der offensichtlich noch bei seiner Frau eine imaginäre Handlung durchzuführen beabsichtigte, schloss sich ihnen zum Glück an. Wie sie so daherschlurften, schätzte sie jeden Einzelnen auf weit über 80 Jahre. In dem Moment sah sie ihren Rudolf um die Ecke biegen. Sie sprang erfreut auf. Er wirkte mit seinen 68 Jahren erfreulich jugendlich im Gegensatz zu diesen alten Knaben.

Sie wusste wieder einmal, was sie an ihm hatte. Auch konnte sie sich kaum vorstellen, dass er derartig geistlose Sprüche und schon gar nicht im Beisein von Frauen ablassen würde.

WER BIN ICH?

Am nächsten Tag fragte Herta sich, wieso so viele Männer Morgenmuffel waren. Bei Rudolf war seine Muffeligkeit in der Frühe erst nach seiner Pensionierung offenkundig geworden.

Klar, dass er als schwerarbeitender Familienvater, der schließlich alleine für die Heranschaffung der Brötchen in vorderster Front stand, seinen Samstag und Sonntag zum Ausschlafen beanspruchte.

Dementsprechend wurde spät gefrühstückt und der Tagesablauf war an den Wochenenden ganz auf Rudolfs Bedürfnisse ausgerichtet. Ihre kleine Tochter stand früher auf, ohne ihre Eltern in irgendeiner Weise zu behelligen. Sie begann sofort in ihrem Zimmer zu spielen. Als sie noch sehr klein war, kaum laufen konnte, beobachtete Herta, wie das Kind sich mit einer kleinen Feder vergnügte. Mal pustete es das kleine Spielzeug in die Luft, versuchte es wieder aufzufangen, was meistens misslang, bis das Teil unansehnlich geworden war und das Interesse des Kindes verebbte.

Ihr Sohn dagegen konnte sich noch nie mit sich selbst beschäftigen, auch im späteren Leben nicht, was seinen drei Frauen die Trennung erleichtert haben mochte. Er stand stundenlang am Fenster, wenn er seine kleine Schwester mal hüten musste und wartete gelangweilt wie immer, auf die Rückkehr seiner Eltern. Vor allem an Sonntagen, wenn auch seine Mama gern mal ausgeschlafen hätte, wusste er mal wieder nichts mit sich anzufangen. Er schabte mit seinen kräftigen Fingernägeln solange an Hertas Kopfkissen, bis sie erwachte. Bei seinem Papa hätte er ein Donnerwetter erzeugt.

Herta blieb also damals in grauer Vorzeit nichts anderes übrig, als ihren Pflichten als Hausfrau und Mutter nachzukommen.

Wie gut es ihr doch im Alter ging! Schon lange, ohne Verpflichtungen ihren Kindern gegenüber, hätte sie ausschlafen können, bis zum „Sankt Nimmerleinstag." Zu ihrem Bedauern, ließ ihr Schlafbedürfnis mit wachsendem Alter nach und so manches andere auch.

Nicht selten, lag sie schon gegen sechs Uhr am Morgen wach in ihrem Bett, fand keinen Schlaf mehr. Sie fühlte sich häufig von der Natur betrogen. Jetzt hätte sie sich so richtig ausgiebig im Bett aalen können, aber das Verlangen fehlte einfach.

Die erste Zeit, als ihre Tochter nur noch zu den Semesterferien zu Hause weilte, wusste Herta nicht, was sie alles mit ihrem Tag und ihrer neugewonnenen Freiheit anfangen sollte. Sie jagte von Kaffeekranz zu Kaffeekranz, was ihr alles nichts brachte. Rudolf kam sehr spät heim und so mancher Tag wurde ihr lang. Auch besuchte sie Kinos, schlief bisweilen dort ein, wenn es gerade um die Mittagszeit war und ihr Körper nach dem gewohnten Nickerchen verlangte.

Was sie auch tat, es war keine Dauerlösung. Bis sie auf den Trichter kam und als erstes einen Kurs für „Autogenes Training aufsuchte."

Die Leiterin, eine angehende Psychologin, führte zum Abschluss der Stunde und als Leckerbissen sozusagen, ihre Hörer in wundersame Gefilde. Sie durchschritt mit ihnen Wälder, Seen und Flüsse. Herta fühlte sich entspannt, wie noch nie in ihrem Leben. Wie schön die Welt doch sein konnte!

Allerdings, bei diesen Traumreisen fiel ihr auf, dass die junge Psychologin, wenn es darum ging, ein anmutig plätscherndes Bächlein zu durchqueren, wobei sie nicht aufzufordern vergaß:

„Bitte die Schuhe und Strümpfe ausziehen!" höchst persönlich im selben Augenblick wie von Furien gehetzt in Richtung WC verschwand. Natürlich wurde die ganze Illusion schlagartig zerstört. Offensichtlich plagte die Neurotikerin selbst eine Reizblase.

Sie erzählte Rudolf davon, der wieder nur mit halbem Ohr hinhörte und sowieso solche Sachen als Firlefanz, für den man nicht einen einzigen Groschen ausgeben sollte, abtat.

Sein zusätzlicher abschließender Kommentar: „Ja, ja, ich weiß, mein Arm wird ganz steif, hab von dem Quatsch auch schon gehört!"

Der nachfolgende Philosophiekurs stellte Herta auf eine harte Probe. Fünf Leute entschieden sich für das Thema „Ich und meine Welt!"

Zunächst wollte einer der Teilnehmer ausscheren, der schon einmal das gleiche Thema in einem anderen Kurs behandelt hatte. Herta gab nicht Ruhe, bis das Thema in „Wer bin ich?" umgewandelt wurde, wozu sie vollversammelt loslegen konnten.

Nirgendwo hatte Herta, die selbst keine akademische Bildung besaß, soviel Blödsinn auf einmal zu hören bekommen. Gegenseitig fiel man sich ins Wort. U. a. drei Studenten, die darum buhlten, ihre Sprechblasen loszuwerden. Ebenso ein älterer Herr, der nicht so leicht zu durchschauen war. Sie war zu ihrem Bedauern die einzige Frau in diesem hochidiotischen Kreis und auch noch die Älteste.

Einer der Studenten versicherte sich rundum der Aufmerksamkeit der übrigen, bat einen jeden geflissentlich um die Erlaubnis, an seinem Strumpf stricken zu dürfen. Natürlich bekam er die Bewilligung, und als er Herta darum bat, blickte sie an ihm vorbei, um nicht lachen zu müssen, sagte aber ziemlich streng:

„Aber bitte leise!" Gelächter ringsum. Ach Gott, wenigstens ihr Lachen war echt.

Mit seinen vier Nadeln klimperte der Kerl so leise es ihm möglich war, sog hin und wieder an seiner saxophonähnlichen Pfeife, die ihm bis zur Brust reichte und wirkte ziemlich gaga. Ab und zu hielt er beim Wechseln der Nadeln die rechte Hand hoch, um seinen Anspruch aufs Mitmischen anzumelden.

Wenn der Vorredner endlich mit seinen Thesen Ruhe gab, kam der Stricker dran und musste passen:

„Ich habe vergessen, was ich sagen wollte!"

Klar, dass Herta den Kurs nicht zu Ende führte. Rudolf meinte dazu, Pragmatiker der er war:

„Gut, dass du dir diesen Dünnschiss nicht mehr anzuhören brauchst!"

Rudolf war solchen Dingen abhold. Für Spinner hatte er noch nie was übrig.

Auch sonst war er eher in seiner Haltung konservativ.

KARO, NEIN DANKE

Wie gerne hätte Herta ihren Konservativen einmal in karierten Hosen gesehen. Sie gefielen ihr einfach zu gut. Jetzt, wo er nicht mehr ins Büro ging, könnte er ihr zuliebe doch einmal eine Karierte anprobieren, und wenigstens im Haus tragen, um sich vielleicht dran zu gewöhnen.

„Nein und nochmals nein," schrie dieser Mensch.

„So eine Dandyhose ziehe ich nicht an! Auch wenn du dich auf den Kopf stellst nicht!" Herta konterte pikiert:

„Für dich einen Kopfstand auszuführen lohnt sich nun wirklich nicht!" und wollte gerade von dem Spruch:„ Jedem Tierchen........Gebrauch machen, worauf sie sich besann und unwirsch blökte:

„Dann eben nicht!"

Sie war beinahe manisch von einer Karierten besessen, so dass sie sich selbst eine zu kaufen gedachte.

Am Karnevalssamstag durchstöberte sie die Läden. Außer in den eigens dafür eingerichteten Karnevalsabteilungen war nicht viel los. Herta hatte Muße, in Ruhe die Lage zu sondieren. Endlich erspähte sie in der Damenabteilung eine Hose nach ihrem Geschmack. Sie stürzte auf das Prachtstück in Schwarz-Grün-Rotem Karo zu. Ihre Errungenschaft passte wie angegossen. Sie zog sie voller Stolz zu Hause vor dem großen Spiegel im Schlafzimmer noch einmal an. Gerade als sie in einem Bein steckte, wie konnte es anders sein, schellte es. Sie verlor fast die Balance, stieg schnell in den anderen Tunnel und öffnete. Ihre Tochter prallte zurück.

Ihre Rebecca, von Kindesbeinen an schon mit einem analytischen Verstand gesegnet, nicht immer zu Hertas Erbauung, beugte sich zu ihrer wesentlich kleineren Mutter herunter, stellte spöttisch fest:

„Mama, ich fasse es nicht! Ich vermute zurecht, du willst mit dem Ding zum Karneval. Sie schoss einen weiteren Pfeil ab: „Weißt du eigentlich, dass alle alten Tanten so was tragen?" Herta wusste es nicht, nur dass auch sie eine alte Tante war. Was sprach also dagegen?

Sie fühlte sich keineswegs verstimmt, wollte aber feststellen, ob wirklich nur Fossilien mit solchen Hosen herumliefen, behielt das Bekleidungsstück gleich an, empfahl sich bewusst kurz angebunden ihrer Tochter und suchte den Aldi auf.

Tatsächlich, es stimmte. Rebecca hatte mal wieder Recht. Viele der alten Damen stachen ihr gleich mit ihren Karos ins Auge. Nicht eine einzige war ihrer Schätzung nach unter sechzig.

„Na, wenn auch!" Herta war unerbittlich in diesem Punkt. Sie stand immer zu dem, was ihr lieb und heilig war.

„Donn watte willst, de Lütt reden doch!" sagte man bei ihnen im Rheinland und sie hatte diesen Spruch immer beherzigt, ja nahezu geliebt.

Sie war sich stets treu geblieben, auch wenn getuschelt wurde über sie, nicht immer freundlich, was sie nicht im mindesten gestört hatte. Bisher jedenfalls nicht. Jedem konnte es man sowieso nicht recht machen. Nur, man sollte darauf achten, dass man bei dem was man tat oder auch ließ, niemanden verletzte. Das hatte vor allen Dingen Priorität.

Am Rosenmontag trafen sie und ihre Freundinnen sich traditionell in der Stadt. Verkleidungen lagen ihnen sowieso nicht. Narren gab es genug, das ganze Jahr über!

Hertas Herz machte einen Sprung. Fast ausnahmslos, bis auf die mollige Lotte, die fand, dass Karo sie dick mache, trugen ihre fünf Freundinnen allesamt, na was wohl! Die Karierte erklärte Herta ab dato zu ihrer Lieblingshose aller Zeiten. Am zehnten Geburtstag ihrer Enkelin Julia trug sie das Teil zum letzten Mal. Zuhause angekommen, nach einem Gang zur Toilette hatte die Vielstrapazierte ausgedient. Es machte Ratsch und Herta stand unten ohne da. Nicht auszudenken, wenn ihr das vorher passiert wäre.

Herta musste herzlich lachen und sogar Rudolf schmunzelte, war das verhasste Teil endlich hin.

HOCHZEITSGLOCKEN UND PAILLETTEN

Grosse Ereignisse werfen ihre Schatten voraus!

Ihre Rebecca hielt nicht viel von der Ehe. Abergläubisch veranlagt, ein Erbe Rudolfs, wollte ihre Tochter das dreizehnte Jahr ihres Zusammenseins dennoch nicht unverheiratet verstreichen lassen.

So offenbarte sie ihren aufs höchste erstaunten Eltern, in den Hafen der Ehe segeln zu wollen, mit Mann natürlich.

Für Herta stellte sich nach dem ersten Schock die Frage aller Frauen und vor allem aller Brautmütter:

„Was ziehe ich an!" Rebecca um Rat gefragt, meinte:

„Kaufe irgendetwas mit Pailletten Mama, das wirkt immer festlich!"

Gleich am nächsten Tag fragte Herta sich in dem engen Viereck:

„Warum tust du dir das an? Und diese Luft hier drin!"

Sie hatte schon das neunundneunzigste Teil in fast sämtlichen Läden auf dem Westenhellweg anprobiert. Rudolf brachte ihr die Größen, von denen er annahm, dass sie passen könnten. Sie fand es rührend, dass er sich so sehr bemühte und sie dabei freundlicherweise gewichtsmäßig unterschätzte. Auch er liebte seine Tochter und wollte dazu beitragen, ihr eine Mutter, auf die sie zu diesem Ereignis stolz sein konnte, zu präsentieren. Ansonsten hasste er aus vielschichtigen Gründen, wie fast alle Männer, Modeläden aufzusuchen.

Unter Ächzen versuchte sich Herta aus einem engen Oberteil herauszuschrauben.

„Sollst du die Verkäuferin rufen, oder das Teil sprengen" fragte sie sich voller Panik.

Von Haus aus geduldig, versuchte sie es noch einmal, überkreuzte ihre Arme, versuchte von unten nach oben das vor Pailletten strotzende Shirt loszuwerden.

Über Kopf hätte es geklappt, wenn Brust nicht gewesen wäre, ein Übel, an dem alle weiblichen Familienmitglieder ihrer Sippe im Doppelsinn schwer zu tragen hatten.

Im Geiste sah sie schon die Pailletten nach der Sprengung auf dem Boden weiterglitzern. Sie litt unter einer entsetzlichen Atemnot, hatte keinen sehnlicheren Wunsch, als diesen gefährlichen Brustpanzer loszuwerden. Sie drehte und wand sich, kam sich wie eine sich häutende Schlange vor.

Sie empfand zum erstenmal in ihrem Leben Respekt und auch Mitleid vor diesen armen, schwerarbeitenden Geschöpfen. Nach dem Abtrocknen ihrer Schweißperlen startete sie einen letzten, verzweifelten Versuch, der von Erfolg gekrönt wurde. Puh! Sie war frei, frei, wie „der Geist im Glas!"

Herta gab so schnell nicht auf. Gerade ihrem Schicksal entronnen, nahm sie von Rudolf dem Guten, ein weiteres Bekleidungsstück entgegen, wovon er annahm, es könnte ihr vielleicht gefallen. Dabei so schien es ihr, als ginge es Rudolf in erster Linie um die Passform.

Er reichte ihr, und sie schätzte seine Bemühungen, Oberteile, mit denen sie noch nicht einmal hätte begraben sein mögen.

Rudolf und sie waren sehr unterschiedlich in Auffassung und Geschmack. Er liebte elegante Sachen, möglichst mit Schleifchen und Rüschen, wie damals, als ihrer beider erster Enkel getauft wurde. Herta hatte ein klassisches Flanellkostüm für geeignet gehalten. Die festliche weiße Rüschenbluse schien die Sache abzurunden.

Die andere Oma, mütterlicherseits, hatte Herta damals diskret beiseite genommen und ihr zu verstehen gegeben, dass sie, also Herta, ihrer Zeit um mindestens zwanzig Jahre voraus wäre.

Diese Bekleidung stünde eher Fünfundsechzigjährigen und wäre völlig ungeeignet für eine Vierzigjährige, wie sie!

Noch heute war Herta der Frau, einer der heutigen Exschwiegermütter ihres Sohnes dankbar.

Auf einem Oberteil aus dunkelblauer Seide erspähte sie silbrige Drachen die zu tanzen schienen. Schon von Kindesbeinen fernöstlich angehaucht, wusste Herta: „Das ist es!" Sie betete: „ Lieber Gott, lass das Teil passen!" Ihr Gebet wurde erhört. Sie wuchtete sich durch den Tunnel ans Licht, fand sich im Spiegel ganz passabel. Sie wäre hochzufrieden mit sich und der Welt gewesen, wenn sie nicht dem menschlichen Bedürfnis und der Notwendigkeit zu atmen, Tribut hätte zollen müssen.

In Stößen holte sie hörbar Luft, worauf eine Verkäuferin besorgt rief: „Geht es Ihnen nicht gut?"

„Doch, doch," keuchte Herta. Ein Krachen und mit letzter Kraft und viel Geschick entledigte sie sich dieses Teils, ohne es völlig zu zerstören. Auch gefiel sie sich bei diesem aufdringlichen Licht nicht mehr so recht in ihrer dreifachen Ausführung und stellte bei sich verärgert fest:

„Die Spiegel sind auch nicht mehr das, was sie früher einmal waren!"

„Na, Mama, hast du was Passendes gefunden?"
Herta wollte ihre Tochter nicht beunruhigen, das Ereignis drohte in Kürze und sie sagte aufseufzend:
„Ach Kind, heute war es mir zu warm, morgen werde ich mich ganz bestimmt weiterbemühen und mich darum kümmern!"
„Morgen morgen, nur nicht heute, sagen alle faulen Leute!" stellte die nicht mehr ganz so junge Braut fest, die genauso gern mit Sprichwörtern jonglierte, wie ihre arme Mutter, die, nachdem ihre Tochter den Hörer wütend aufgeknallt hatte, zu ihrem Allheilmittel, ihrem geliebten Tässchen Cappuccino griff. Auch verschmähte sie ihren selbstgebackenen Pflaumenkuchen vom Vortag nicht und das klitzekleine Sahnehäubchen, das sich auch ruhig einmal zur Haube auftürmen durfte, gab Herta ihr seelisches Gleichgewicht zurück.

Ja, sie würde natürlich noch einmal auf Achse gehen und war als Optimistin sicher, etwas für den würdigen Anlass zu ergattern. Sie dachte an ihre Mutter und deren häufige Feststellung:

„Ich bin durch ganz Düsseldorf gerannt," was ihr schon als junges Mädchen die Laune verdorben hatte. Dabei suchte die Bequeme vielleicht zwei, höchstens drei Läden auf, die sie im äußersten Fall zu frequentieren bereit war. Diese Mätzchen, hätte sie niemals mitgemacht.

Herta und auch ihre Schwester Marie waren von ihr in keiner Weise verwöhnt worden.

Sie scherte sich einen Dreck um die Meinung oder Wünsche ihrer Töchter. Die saßen immer, wie auf heißen Kohlen. Verängstigt und mit der unseligen Erwartung, mit welcher Bekleidung ihre Mutter zu feierlichen Anlässen anrauschen und die meisten der Anwesenden, sie beide als

Töchter inbegriffen, diesmal wieder einmal schockieren würde.

Das tat Herta ihrem Kind jedenfalls nicht an. Morgen nähme sie noch einmal einen Anlauf, heute war sie zu kaputt. „Mutterliebe hat schließlich auch Grenzen," sagte sie zu ihrer eigenen Rechtfertigung, griff noch einmal aufseufzend zu einem kleinen Stück Pflaumenkuchen, dessen Winzigkeit sie mit einem dicken Klacks Sahne kompensierte.

SCHOCKING-OMA

Natürlich legte Rebecca Wert auf das Erscheinen aller Familienmitglieder, wozu auch „Schocking-Oma" gehörte, Hertas Mutter Emilie also, die wieder einmal tönte, für diesen Anlass durch ganz Düsseldorf gelaufen zu sein.

Immerhin hatte sie sich bemüht, um auch gleich zu ihrer Freude und Erleichterung in der ersten besten Boutique für größere Größen einen Erfolg zu verbuchen. Nicht ihren eigenen, sondern den der Verkäuferinnen, die ihren Ladenhüter an sie für einen stattlichen Preis losgeworden waren und dafür eine Prämie vor etwa zehn Jahren vom Inhaber der Boutique in Aussicht gestellt, endlich bekamen.

„Aber ja doch, das können Sie doch noch tragen, gnädige Frau. Mit ihrer frischen Hautfarbe, was, fünfundachtzig sind sie schon? Ist ja nicht zu fassen! Das gibt`s doch nicht!"
Die Verkäuferin sülzte Schocking-Oma regelrecht ein, war aber darauf bedacht, nur ja nicht einer ihrer Kolleginnen in die Augen zu sehen. Ruck-Zuck packte sie das grell-bunte Kostüm in die edel wirkende Tragetasche und Schocking-Omas nachlassendem Gehör war es zu verdanken, dass sie beim Verlassen der Edel-Boutique das Gekicher der Verkäuferinnen nicht mitbekam.

Bei der kirchlichen Hochzeit strahlte die alte Dame mit ihrer neuesten Errungenschaft mit den bunten von der Sonne beleuchteten Kirchenfenstern um die Wette.

Mit mehreren Fahrzeugen im Konvoi und unter nervtötendem Gehupe fuhren sie alle in das vornehme Vorstadtrestaurant.

Herta und Rudolf als Brauteltern, hatten auf die alten Leute gewartet und begleiteten sie zu ihrem Tisch, wo auch schon die Brautleute Platz genommen hatten. Der über zwei Meter große Bräutigam nahm Schocking-Oma sogleich ihr buntes Jäckchen ab und als sie sich bei ihm herzlich bedankte, dabei den Mund breit verzog, stellte er fest, dass sie wie ein Weiß-Clown geschminkt war. Alle Anspannung fiel von ihm ab und er lachte Tränen, unmotiviert, wie seine Umgebung glaubte.

Nur Herta hatte das kleine Zwischenspiel bemerkt und sie warf ihrem Schwiegersohn verstehende Blicke zu, worauf er erneut zu lachen begann, in das sie einstimmte.

Der befrackte Ober nahm die Getränke auf, worauf Hertas Vater Wein bestellte, auch für seine Frau.

„Wie kannst du, ohne mich zu fragen, für mich Wein bestellen?" pflaumte diese kleine dicke Person ihren großen hageren Mann an. „Das verbitte ich mir!"

Hertas Mutter hatte wie bereits erwähnt, schon immer die Hosen an, worauf sie in der Öffentlichkeit erst recht Wert legte. Sie blühte richtig auf, schob sich in den Mittelpunkt, was sie auch immer mit Bravour schaffte, selbst wenn sie „über Leichen" gehen musste.

Sie bestellte für sich lautstark „ein ganz ordinäres Bier," worauf der Kellner abrauschte.

Das Essen wurde serviert. Zuerst die Vorsuppe. Die Gespräche verebbten ringsum. Alle Anwesenden löffelten inbrünstig, nur nicht Schocking-Oma, der die Gemüseeinlage nicht weich genug war.

Sie winkte den Kellner herbei: „ Ich wünsche den Koch zu sprechen!"

Statt seiner, er hatte alle Hände voll zu tun, kam der Küchenchef persönlich an ihren Tisch.

„Meine liebe gnädige Frau," begann er und versuchte, der alten Dame zu erklären, warum man Gemüse nur kurz garen sollte. Dazu kam er nicht mehr.
Schocking Oma unterbrach ihn abrupt.
„Erstens" raunzte die Quertreiberin, „bin ich keine gnädige Frau, zweitens nicht lieb und drittens," dabei hob sie ihre stark nachgezogenen Augenbrauen, „bin ich schon gar nicht die Ihre! Merken Sie sich das, junger Mann!"
Verstört schaute der Gemaßregelte in die Runde und begab sich achselzuckend wieder in die Küche. Schocking Oma rief ihm noch hinterher:
„Wie geht es meinem bestellten Steak, darf ich heute noch mit seiner Ankunft rechnen?"
Rebecca und ihre Mutter tauschten Blicke aus und Herta hob verschämt und wie entschuldigend die Schultern, wobei sie errötete, diesmal war es nicht der Wechsel.
Als die Kartoffelschüsseln dampfend vor ihnen standen, dazu Steaks so groß wie die Schuhgröße des Riesenbräutigams etwa, aufgetragen wurden und alle genüsslich schwelgten, glaubte Herta ihre Mutter sei entschärft. Auch dieses Gemüse war von fester Beschaffenheit, von ihrem Steak ganz zu schweigen.
„Ich hatte medium bestellt, grunzte Schocking-Oma, warf ihr Besteck demonstrativ über das schneeweiße Tischtuch, das augenblicklich seine Jungfräulichkeit verlor und erklärte der herbeieilenden Servierein :
„Das Fleisch bekomme ich nicht durch den Hals!"

Ihr Teller wurde abgeräumt und man empfahl ihr, wenigstens von dem Nachtisch Gebrauch zu machen.

„Was gibt es denn?"

„Erdbeeren!" Bei Herta schrillten alle Alarmglocken. Bitte, lieber Gott, nur das nicht.

Ihr wurde ganz schwindelig, als sie mitbekam, wie die alte Frau eine Portion orderte.

„Aber eine große!" vernahm sie wie durch eine Wand. Ihr Kreislauf spielte verrückt. Es wurde ihr langsam zu viel und sie bedauerte, ihre Eltern, bzw. ihre Mutter mit an ihren Tisch genommen zu haben. Sie brauchte Luft. Nach einigen Minuten kam sie zurück, hatte sich beruhigt und sah die Allergikerin von den Erdbeeren kosten.

„Um Himmels Willen!" In Nullkommanichts schwollen deren Arme an, wie bei Poppey dem Seemann nach dem Verzehr seines altbewährten Spinat. Herta hatte mal erlebt, wie ihre Mutter nur eine Spur von Erdbeeren in einem Zitroneneis mit ähnlicher Reaktion verzehrt hatte. Schocking-Oma begann sich wie ein Pavian zu kratzen.

Sie griff in ihre Handtasche, holte aus einem Pillendöschen kleine rosafarbene Tabletten hervor, die sie mehrmals hintereinander einwarf.

Sie spülte die Winzlinge mit einem Glas Bier herunter und forderte sogleich ein neues an.

Nach einigen Minuten fiel ihr Kinn auf ihre üppige Brust. Die ärztliche Braut sprang geschockt auf, glaubte, ihre Oma reanimieren zu müssen. Herta war ebenfalls aus dem Häuschen. Sie winkte ab und verfiel in ihrer Erregung in ihr bestes rheinisches Platt:

„Die Oma hätt als widder ihren Jück und hat ein Antihistaminikum jeschluckt, sagte sie, worauf die Braut ihr Bemühen erleichtert einstellte. Endlich konnten sich alle in

Ruhe unterhalten ohne diese Quenglerin, die wie ein Baby schlief. Tief und fest.

Alle am Tisch waren bemüht, diesen Zustand möglichst lange zu erhalten. Man unterhielt sich in gedämpftem Ton und das leise Schnarchen war den Anwesenden die liebste Tischmusik. Aber nichts wäret ewig. Dieser selige Zustand hielt nicht an.

Nach einem tiefen Luftholen, und vier oder fünfmal schnarrendem Atem, war Schocking-Oma wieder bei ihnen. Sie klagte über einen trockenen Mund, griff zu dem Bierglas, dessen Inhalt schal geworden war und trank es in einem Zug leer. Kurze Zeit später klagte die Erwachte über Schmerzen im Unterbauch, verließ fluchtartig den Tisch. Sie blieb erfreulich lange dort unten, eine Etage tiefer.

Währenddessen hatten die Gäste sich erhoben. Das Brautpaar tanzte den Ehrentanz, als Schocking- Oma kalkig im Gesicht wieder auftauchte.

„Ich kann nicht mehr, Fritz, komm wir fahren nach Hause!"
Das war Musik für Hertas Ohren, obwohl es ihr um ihren armen Vater leid tat. Sie hätte ihn gern noch ein Weilchen bei sich gehabt.

Die Braut meinte mit gespieltem Bedauern, wobei sie die schauspielerischen Fähigkeiten ihrer Schocking-Oma noch übertraf:

„Schade, Oma, wo es jetzt erst sooo richtig gemütlich wird!"
Dabei sah sie ihre Mutter nicht an. Herta und sie wussten beide, dass es jetzt erst wirklich schön werden würde. „Bitte, sobald keine Hochzeiten mehr," dachte Herta.

„Gut, dass wir nur diese eine Tochter haben, Rudolf", meinte sie am Abend vor dem Einschlafen. Rudolf bekam ihre Feststellung nicht mehr mit. Er war einer der beneidenswerten Menschen, die übergangslos einschlafen konnten.

DER MORGENMUFFEL

Wieso sich ein Mensch schon am frühen Morgen über alles und jedes so erregen konnte, wie Rudolf, fragte Herta sich. Er schien einfach zu viel Zeit zu haben. Anders war es nicht zu erklären.

Während seiner Berufstätigkeit wäre es ihm schon aus Zeitmangel niemals in den Sinn gekommen, morgens zu explodieren. Deshalb war es Herta niemals aufgefallen, dass er ein Morgenmuffel hätte sein können. Er stand auf, versorgte seine Katzen, huschte ins Badezimmer, saß wie aus dem Ei gepellt am Frühstückstisch, überflog kurz die Überschriften in der Zeitung, wobei er sich nicht stören, dafür aber bedienen ließ. Danach schlürfte er sein meist zu weich gekochtes Ei demonstrativ aus und machte sich, Gott sei gelobt, von dannen.

Mittags kam er zum Essen, griff gewohnheitsmäßig zu seiner Katchupflasche und begab sich kurz darauf wieder ins Büro.

„Ach wie war Rudolf damals pflegeleicht!" schwärmte sie ihren Freundinnen vor.

„Es ist schicksalhaft, dass man sich solch paradiesischer Zeiten erst erinnert, wenn sie vorbei sind," stellte sie fest, nahm aufseufzend ein Stückchen Erdbeerkuchen vom Tablett und hing ihren Gedanken nach.

Es war natürlich nicht so, dass sie und Rudolf nur miteinander gerungen hätten. Es gab auch Momente, in denen sie herzlich miteinander lachen konnten. Momente eben! Solange ein gemeinsames Lachen möglich war, war Holland nicht verloren.

Es kam schon mal vor, dass Rudolf kurz nach dem er aus

dem Haus gegangen war, wieder beidrehen musste und sie beide darüber lachten, weil er in Pantoffeln ins Auto gestiegen war.

Es war auch schon passiert, als sie zum ersten Mal umgezogen waren, dass Rudolf noch später als sonst nach Hause kam. Schlichtweg deshalb, weil er den gewohnten Weg genommen und in der „alten" Wohnung gelandet war.

Herta wunderte sich, dass er mit ihr darüber sprach, sich eine Blöße gab. Er musste einen besonders guten Tag gehabt haben.

Einmal kam er kurz nach Verlassen des Hauses zurück, hatte zu frühstücken vergessen. Auch Herta war es entgangen. Eigentlich hätte es ihr spätestens beim Vermissen des Eigeschlürfes auffallen müssen. Heute würde sie vermuten, dass das Ovale damals von ihr ausnahmsweise griechisch-römisch zubereitet worden war. Herta verarbeitete Ereignisse gern und häufig in Gedichten. So schrieb sie gleich nach dem sie vom Kaffeekranz nach Hause gekommen war, ein Gedicht über das Lachen:

Viele können kaum mehr lachen,
weil verkümmert ist ihr Trieb.
Bringt sie irgendwas zum Lachen,
ist es ihnen gar nicht lieb.

Eilen schleunigst in den Keller,
falls der Drang sie überkommt.
Dabei wäre es reeller,
abzulachen und das prompt.

Lachenkönnen ist `ne Gnade.
Vielen wird sie nicht zu teil.
Ich persönlich find es schade,
Lachen ist statt kaufen geil!

IHRE FAHRZEUGPAPIERE BITTE:

Herta verging das Lachen jedenfalls an dem Tag, nachdem sie und ihre sechs nahesten Freundinnen ihr fünfundzwanzigjähriges Kennenlernen begossen hatten. Dazu trafen sich die mollige Witwe Lotte, die wackere Lilo, Pensionärin und Ehefrau eines passionierten wie pensionierten Taubenzüchters, die flotte Siggi Musiklehrerin a.D., die betrogene und geschiedene Zahnärztin Edda, ebenfalls a. D., die Apothekerin Elsa, die Therapeutin Anne und Herta natürlich, ihres Zeichens mit mindestens fünf Berufen, bzw. Berufungen ausgestattet. Sie behauptete das jedenfalls, sofern sie von Neugierigen danach gefragt wurde.

„Ich bin unter anderem Familienplanerin, Krankenschwester, Psychologin, Schiedsfrau," stellte sie fest und den Interessierten fielen beinahe vor Überraschung ihre Kinnladen runter, bis Herta sich offenbarte und sich als Hausfrau outete.

So manches Fläschchen Wein wurde geöffnet und bis zum letzten Tropfen geleert.

Meist fuhr Herta die mollige Lotte nach Hause, die schon lange im Besitz eines Führerscheins war, die aber noch niemals eine einzige Stunde selbst hinter dem Steuer eines Wagens verbracht hatte. Lotte hatte wie die meisten ihrer Generation einen leichten Dachschaden.

Wie häufig mussten sie und ihre kleineren Geschwister im Krieg mit der Mutter auf Hamstertour fahren, um ein paar Grämmchen Butter zum Beispiel zu ergattern. Als Tauschmittel nahmen die Bauern dafür den Städtern wertvolle Dinge ab. Es wurde zu der Zeit gemunkelt, dass nicht selten die Schweineställe mit echten Persern ausgelegt wären. Davon hatte Lotte ihren Knall nicht bekommen, neidisch war sie noch nie, aber durch diese elende Fahrerei in den stets überfüllten Eisenbahnwaggons war ihr ein Schaden erwachsen.

Sogar auf den Waggondächern fuhren viele Menschen mit, oder sie saßen auf den Puffern, zwischen den einzelnen Wagen und begaben sich in Lebensgefahr. So mancher war schon während der Fahrt zu Tode gestürzt.

Lottes Mutter hatte die Kinder meist durch die Abteilfenster gereicht und sie landeten bei irgendeinem hilfsbereiten Menschen auf dessen Schoß. Es war nicht nur einmal vorgekommen, dass die Kinder fürchteten, ihre Mutter wäre nicht mehr mitgekommen. Im Abteil war sie jedenfalls nicht und Lotte und die Geschwister weinten herzerweichend, bis sie in einer Kurve ihre Mutter auf dem Trittbrett eines Waggons erblickten, wo sie sich wie ein Klammeraffe an den Einstiegen festhielt. Seit dem war Bahnfahren für Lotte eine nicht zu überwindende Horrorvorstellung, so dass die gutmütige Herta sie meist brachte, oder abholte. Herta selbst entsann sich der Tatsache, dass sie auf Hamstertour mit Oma und Schwester permanent einen Schock bekam, wenn sie einbeinige Männer und manchmal auch Frauen auf den Bahnsteigen auf Krücken auf sich zukommen sah. Regelmäßig versteckte sie sich im Mantel ihrer Oma, bis die Elendsgestalten an ihr vorübergestakst waren. Sie träumte noch lange Zeit von diesen schrecklichen Ereignissen und fühlte sich selbst emotional noch lange hoch belastet.

Sie konnte Lotte gut verstehen, die schwankend in ihrer schönen Villa verschwand.

Herta wendete ihren Wagen. An der nächsten Kreuzung sah sie einen jungen Polizisten mit einer Kelle stehen. Ihr stieg das Blut zu Kopf.

Abbiegen hatte keinen Zweck mehr, sie hätte sich verdächtig gemacht. Ihr blieb nichts anderes übrig, als die Nerven zu behalten. Sie fuhr auf den kelleschwingenden Uniformierten zu. Er salutierte, forderte sie auf:
„Ihre Wagenpapiere bitte!" Schleunigst kramte sie ihre Handtasche hervor, wobei sich wie von Geisterhand der Scheibenwischer bewegte. Sie stellte ihn ab und musste vermutlich mit der Tasche die Warnblinkanlage in Betrieb gesetzt haben.
Das Ding klackte fortwährend, während die Angesäuselte nach dem Dreiecksymbol suchte. Sie fand es nicht, auch im Nüchternen wäre sie nicht sofort drauf gekommen. Wann schaltete man die Anlage schon mal ein?
Der junge Mann draußen prüfte die Papiere. Er musste ihrer Meinung nach geistig unterbelichtet sein.
„Wieso hört der Mensch das Klacken nicht," wunderte Herta sich und zog es vor, wegen der sich stauenden Weinwolke, lieber auszusteigen.
„Wo wollen Sie hin,?" fragte der Grüne, was Herta im nüchternen Zustand sicher mit der Gegenfrage, ob ihn das etwas anginge wohin eine ältere Frau fuhr, beantwortet hätte.
Sie ließ sich weiterhin geduldig examinieren, gab bereitwillig Auskunft. Wo sie denn wohne, wollte er noch wissen, was Herta die Röte ins Gesicht trieb. Sie beherrschte sich aber aus einsehbaren Gründen und war um eine deutliche Aussprache bemüht. In dem Moment erspähte sie erleichtert das Dreiecksymbol, stieg kurz in den Wagen, brachte das Klacken zum Schweigen. Der junge Mann gab ihr die Papiere, die sie in doppelter Ausführung wahrnahm, zurück. Prompt griff sie daneben. Spätestens jetzt musste der

Polizist merken, was mit ihr los war.

„Was wird Rudolf bloß zu deinem Führerscheinentzug sagen?" war Hertas bange Frage.

„Entschuldigung" murmelte der Ordnungshüter, bückte sich nach den Unterlagen, reichte sie ihr und sie glaubte sich verhört zu haben, als der Polizist ihr mit einem freundlichen Lächeln eine „Gute Fahrt" wünschte. Herta revidierte ihr Vorurteil.

Sicher war er doch nicht geistig umnachtet und schien ein äußerst höflicher, wenn auch naiver Mann zu sein:

„Auf Wiedersehen!" vernahm sie voller Dankbarkeit.

Dachte aber gleich:

„Lieber nicht!" Der Kelch war an ihr vorübergegangen.

Niemals wieder würde sie in blauem Zustand autofahren!

Rudolf erzählte sie von dem ganzen Vorgang nichts.

Allerdings rief sie zu Hause wohlbehalten angekommen, sofort ihre Freundin Lotte an, beide Frauen kicherten erleichtert.

DIE APOTHEKERIN

Klar, dass man sich beim nächsten Treffen beim Konsum von geistigen Getränken arg zurückhielt. Eine Weile zumindest. Nur Elsa, die Apothekerin und Zweitjüngste nach Herta, sprach dem Alkohol kräftig zu. Man konnte ihr richtig ansehen, wie sie aufblühte. Ihre bleichen Wangen färbten sich rosa und schließlich rot. Sie befand sich noch immer im Wechsel, war mit sich und der übrigen Welt uneins. Sie ärgerte sich über den schwindenden Umsatz ihrer Apotheke, über die Nichtsnutzigkeiten ihres pensionierten Mannes, und nicht zuletzt über ihre erwachsenen Kindern die nicht so wollten, wie sie wohl wollte. Auch ihre Figur sorgte neuerdings für Verstimmungen. Sie nahm zu und aß nur wie ein Spätzchen, wie sie beteuerte.

„Nun ja," dachte Herta. „Wie ein Spätzchen zu essen, muss nicht unbedingt figurenfreundlich sein. Schließlich nimmt ein Spätzchen fortlaufend Nahrung zu sich!" Herta verstand überhaupt nicht, wieso sich Elsa so erregte. Ihre Figur war doch noch ganz passabel!

„Zunächst habe ich eine Gynäkologin aufgesucht, die mir empfohlen worden ist. Es konnte nur an meinem Hormonungleichgewicht liegen, dass ich zunahm und zunahm," stellte Elsa aufseufzend fest.

„Ich schilderte ihr also meinen Kummer, wobei diese Person versuchte, ein Schmunzeln zu unterdrücken, was mich total reizte. Ich fühlte mich nicht ernst genommen und merkte, wie es in mir kochte. Nachdem ich meinen ganzen Frust abgelassen hatte, sprang dieses blöde Weib auf, bot mir ihre Silhouette dar, strich wohlgefällig mit beiden Händen über ihren, ich muss schon sagen, wohlgeformten Busen und ließ sie weiter abwärts gleiten. Sie umschloss ihr Hinterteil, hob es kurz an und kehrte mit ihren dicke Griffeln zu ihrer Taille zurück und meinte süffisant: „Sehen, Sie, auch ich befinde mich im Wechsel und habe meine tadellose Figur behalten! Dann müssen sie ebenso wie ich, noch weniger essen!" Elsas Gesichtshaut verfärbte sich lila. Sie rang nach Luft.

„Da bin ich ausgeflippt, bin auf sie zugerast. Diese dumme Kuh lief vor mir her, schrie um Hilfe. Ich kannte mich selbst nicht mehr und fühlte, wie hinter meinen Augenliedern der Puls klopfte. Ich sah regelrecht rot. Ich war wie besessen, wie noch nie in meinem Leben und hatte nur den einen Wunsch, dieses blöde Frauenzimmer in meine Finger zu kriegen!

Ich erreichte diese Ziege gleichzeitig mit einer ihrer Helferinnen. Sie hatte sich unter ihren riesigen Schreibtisch geflüchtet. Noch ehe ich sie packen konnte, war sie aufgesprungen und in eins der Wartezimmer gelaufen, wo sie sich einschloss. Ich konnte ihr leider nicht ans Leder und bin heulend aus diesem Irrenhaus gelaufen."

Herta und die Übrigen schwiegen still. Vor Elsa konnte man sich fürchten. Sie explodierte in letzter Zeit aus heiterem Himmel und nur ihre werte Kundschaft blieb, im Gegensatz zu ihrem Personal, ihren Freunden und ihrer Familie, vor ihren Attacken verschont.

Zu ihrer Entlastung muss gesagt werden, dass Elsa vor kurzem Opfer eines Zahnarztes geworden war.

„Ihre Prothese ist fertig, hatte eine Helferin mir am Telfon mitgeteilt," berichtete Elsa.

„Frohgemut fuhr ich zur Anprobe, stellte aber sofort fest, dass das Teil nicht richtig saß. Ich hatte die größte Mühe, es überhaupt in den Oberkiefer zu bugsieren. Beim dritten Anlauf schaffte ich es, wobei ich die Prothese danach nur mit größter Anstrengung aus dem Mund bekam!"

„Das ist ein Zeichen für guten Sitz, versuchte mir der Zahnklempner unterzujubeln, während ich Platzangst bekam. Schließlich konnte ich den Ersatz nicht bis zum Sankt Nimmerleinstag im Mund behalten, schon wegen der Hygiene nicht, wie ihr euch denken könnt. Das war dem Menschen zwar klar, dennoch hatte ich den Eindruck, er glaubte mir nicht, hielt mich anscheinend für hysterisch."

„Mit ein wenig Routine und vor allem mit Geduld bekommen Sie die gewöhnungsbedürftige Prothese schon heraus!" meinte dieser Idiot begütigend.

„Das hätte er nicht sagen sollen. Ich riss, weniger mit Routine, als mit roher Gewalt meine Neuen heraus und warf sie ihm mit Karacho vor die Füße. Auf dem gefliesten Fußboden zersprang dieses Mistteil in tausend Stücke. Total außer mir und mit dem Götzgruß habe ich die Praxis verlassen.

Es ist kaum zu glauben, einen Tag darauf erschien dieser Murkser in der Apotheke. Er wusste gar nicht, wie er mir entgegentreten sollte, krümmte sich wie ein Aal. Endlich rückte er mit seinem Anliegen raus, nachdem der letzte Kunde den Laden verlassen hatte. Es war kurz vor Eins.

„Ich weiß gar nicht, wie ich mich Ihnen gegenüber verhalten soll," meinte der Kerl und bekam einen Schweißausbruch nach dem anderen, was ich ehrlich gesagt, genoss. Ein Entgegenkommen hielt ich in meinem Zorn für überflüssig, sollte er sich nur ruhig wie ein Wurm winden und drehen. Er hatte mir übel mitgespielt und jetzt wollte ich seine Spielverderberin sein! Ich glaubte, mich verhört zu haben, als er sagte:

„Ich habe ihnen das falsche Gebiss gegeben!"

„Nun war es heraus. Ich hielt es nicht für möglich! Gut, dass der Blödmann nicht Chirurg geworden ist!"

„Dürfte ich hier bei Ihnen eine Anprobe machen?" fragte er mich kleinlaut.

„In den hinteren Räumlichkeiten, das Personal war schon zur Mittagspause, stellte ich mich zur Verfügung und siehe da, meine Dritten passten wie angegossen! Wer weiß, wem dieser Affe mein Gebiss vordem auch noch untergeschoben hat!" Elsa lachte kurz auf, es hörte sich eher wie ein Schluchzen an.

„Man muss man sich Luft machen ab und zu, sonst wird man total verarscht," stellte sie abschließend fest.

„Recht hast du, Elsa!" Edda, selbst vom Fach, schüttelte den Kopf.

„So etwas darf einfach nicht passieren!"

Keine von ihnen wagte zu lachen, wer weiß, wie Elsa reagiert hätte. Sie war zur Zeit die Unberechenbarste unter der Sonne.

DIE SCHUR

Auch Rudolf war seit seiner Pensionierung unberechenbarer denn je und nicht immer leicht einzuschätzen. Er konnte Herta bisweilen ganz schön schocken.

Sie saß entspannt an ihrem PC vor einer Mail an ihre fränkische Freundin. Nebenan im Badezimmer brummte Rudolfs Rasierapparat.

„Sicher wird er sich den Nacken ausrasieren." Ihn störte es enorm, wenn sich seine Nackenkrause wieder bemerkbar machte. Sie sah dem Ordentlichen zu unordentlich aus. Das Gebrumm war unerträglich. Gott sei Dank hörte es ganz auf, um kurz darauf wieder in Aktion zu treten. Herta fühlte sich gestört. Das nervenaufreibende Geräusch kam näher und sie fühlte, wie Rudolf sich hinter ihrem Stuhl zu schaffen machte. Sie blieb wie erstarrt sitzen. Rudolf erdreistete sich offensichtlich, ihr mit dem Gerät vom Nacken her bis zum Scheitel über die Haare zu fahren. Sie glaubte, der Alterswahnsinn oder weil er gern Fleisch verzehrte, die schreckliche BSE-Seuche hätte ihn vielleicht in ihren Fängen. Aufzuspringen hatte keinen Zweck mehr. Sie sah sich schon im Geist als Irokesin rumlaufen, wollte nicht auch noch die letzten Haare verlieren und verhielt sich lieber ruhig. Verrückte darf man ohnehin nicht reizen. Stillhalten also!

Rudolf ließ zu ihrer Erleichterung plötzlich von ihr ab, schlich auf seinen Pantoffeln, ohne nur ein einziges Wort an sie gerichtet zu haben, davon. Die Geschockte sprang auf, eilte ins Badezimmer, um sich vom Ausmaß der senilen Frivolität ihres Mannes ein Bild zu machen. Sie riss den seitlich angebrachten Spiegel vom Haken herunter, hielt ihn so, dass sie ihren Hinterkopf im gegenüberliegenden

Badezimmerspiegel betrachten konnte. Ihr Herz pochte laut und sie fühlte sich, wenn auch von Natur aus nicht sonderlich eitel, ziemlich mitgenommen. Das war ja der Hammer! So würde sie jedenfalls wochenlang nicht unter Menschen gehen können, erst wieder, wenn der Zebrastreifen von Haaren überwuchert sein würde.

Wie durch einen Nebel sah sie das Wunder! Nicht ein einziges Härchen fehlte.

Rudolf hatte lediglich das Gerät eingeschaltet, das Kopfscheren vorgetäuscht, die Schneidevorrichtung allerdings vorher außer Gefecht gesetzt.

„Das machst du nicht noch mal mit mir!" schrie Herta außer sich, konnte aber ein befreites Lachen aus vielerlei Gründen nicht unterdrücken. Sogar Rudolf lachte mit. Wie hieß es so schön?

„Humor ist, wenn man trotzdem lacht!"

KEINE HÜFT OP`s FÜR ÜBER 75 JÄHRIGE?

Irgendetwas musste mit Rudolf nicht stimmen.
Er ächzte neuerdings beim Bücken, vor allem, wenn er die vielen Katzenclos im ganzen Haus reinigte.
Selbst als der „Katzenflüsterer" noch berufstätig war, schien es seine vornehmste und dringlichste Aufgabe zu sein, seinen Lieblingen, von denen er sich allmorgendlich nur schwer trennte, ein sauberes Clo zu bereiten. Ansonsten kümmerte er sich zu der Zeit noch nicht um den Haushalt.
„Fehlt dir was?" fragte Herta besorgt. Gleich hätte sie sich auf die Lippen beißen mögen. Diese blöde Frage hätte sie sich ersparen können. Ein Mann wie Rudolf kannte keine Schwächen, das heißt, er gab sie nicht zu, nicht mal vor sich selbst.
Mit einem unwirschen: „Was soll die Frage?" wurde Herta, wie vorausgeahnt, abgespeist.
Warum machte sie sich eigentlich über ihn Gedanken, der sowieso nicht zum Arzt gehen würde, wenn ihn ein Zipperlein plagen sollte. Sie wusste nicht, wie hoch sein Leidensdruck noch hochschnellen müsste, damit er einem „Weißkittel" die Ehre gab.
„Dann eben nicht," dachte Herta und vergaß das Ganze.
Am nächsten Tag wieder sein herzerweichendes Gestöhne, dass aus den tiefsten Tiefen zu kommen schien.
„Du musst doch was haben!," hakte sie nach.
Rudolf kauerte am Boden, schien sich von allein nicht mehr aufrichten zu können. Sie half ihm auf und er stöhnte: „Die verdammte Hüfte!"
Er ging auf die Siebzig zu und Herta hatte gerade in der Zeitung gelesen, dass es laut der Verordnung der allgewaltigen und dusseligen Gesundheitsministerin Anke Schmidt-

Meyer keine Hüftgelenks-OPs, für Leute über Fünfundsiebzig in Zukunft mehr geben würde.

Das war ja starker Tobak. Herta konnte sich nicht mehr beruhigen. Bis Rudolf womöglich endlich den Entschluss gefasst haben würde, einen Orthopäden aufzusuchen, konnten ohnehin Jahre vergehen. Vielleicht gab es aber auch schon bereits bei Siebzigjährigen demnächst und bei den leeren Kassen im Gesundheitswesen keine neuen Hüften mehr. Wer weiß? Meistens hatten sie und Rudolf und natürlich ein Haufen anderer älterer Menschen Pech auf ganzer Linie. Sie erfuhren Einschränkungen überall, vor allem im sogenannten Gesundheitswesen, das Herta persönlich für krank hielt. Krank deshalb, weil vor allem die Aufsichtsräte dieser Kassen und die unnötigen Wasserkopf-Verwaltungen viel zu viel Geld verschlangen. Hinzu kamen Nullrunden bei den Renten, steigende Energiepreise und, und, und. Herta war geladen. Sie verfasste einen Brief an die Gesundheitsministerin Frau Schmidt-Meyer, mit folgendem Inhalt:

Betr.: Hüftgelenks-OP`s für Leutchen über Fünfundsiebzig.

Sehr geehrte Frau Schmidt-Meyer,

natürlich kann man den Menschen über 75 keine Hüfterneuerung mehr zubilligen. Es lohnt sich einfach nicht mehr. Die sollen sich gefälligst weiterhin mit ihren „Rollatoren" fortbewegen. Diese teuren Geräte sind sehr stabil und lassen sich im Todesfall problemlos weiterer vererben an die vielen über Fünfundsiebzigjährigen, denen man zurecht die Hüftgelenkserneuerung verwehrt.
Diese Gehhilfen sind im übrigen zu stabil, wie ich meine.

Diese nichtsnutzigen Alten klammern sich meiner Beobachtung nach an diese Wägelchen, als ginge es um ihr altes verbrauchtes Leben, das sie wegen der paar Schmerzen und ich finde das vermessen, noch nicht mal mehr als lebenswert empfinden. Ja, sagen Sie mal selbst, bei so viel Undankbarkeit, wo kommen wir denn da hin?

Diese Unwürdigen stellen es dem lieben Gott anheim, sie doch endlich zu erlösen von ihren Schmerzen. Dafür bedarf es meines Erachtens und notwendigerweise nicht der Fürsorge des lieben Gottes. Es gibt zum Glück noch andere Maßnahmen, solchen Menschen gefällig zu sein.

Ich persönlich würde diese Wägelchen zum Beispiel mit einem kleinen Motor ausstatten, als "Zieher" sozusagen, wie etwa beim Dortmunder Sechstagerennen. Allerdings mit einer Kilometervorgabe, von sagen wir mal, um die zehn kmh. Bei dem Lauftempo würden den Hypochondern schon die Schmerzen vergehen. Die Sitzgelegenheit fiele meinem Vorschlag nach, auf jeden Fall weg. Von wegen ausruhen! Dazu haben die vielen alten Leute erfahrungsgemäss noch später sattsam Zeit.

Für einen zünftigen Auslauf würde ich allerdings sorgen, hat ja schließlich jedes Huhn.

Als nächstes würde ich die ohnehin zu teuren Bremsen weglassen. Ein kleiner Parcours, abschüssig, versteht sich, würde so manches regeln.

Das sind kleine Beispiele, aus einem großen Vorsorgekatalog. Schließlich geht es nicht nur um die Zufriedenheit des Einzelnen, nein, um die eines ganzen Volkes, dessen Finanzen kräftig saniert werden müssen. Auch die bevorstehenden und sehnlichst erwarteten Herbststürme, die Natur hilft sich ja oft selbst, könnten dazu beitragen, so manchem alten Menschen ein gutes Ende zu bescheren. Schließlich und letztlich kommt ja bekanntermaßen alles Gute von oben. Ich bedanke ich mich für Ihr Interesse.

Mit freundlichen Grüssen, Herta Wächtermann

Einen Brief ähnlichen Inhaltes schickte Herta ihrer Zeitung, der „Ruhr-Zeitung" unter der Rubrik „Leserbriefe". Wie üblich musste man seine volle Anschrift angeben.

Wenn sie auch, wie zu erwarten von der hochverehrten und für ihre Begriffe bigotten Gesundheitsministerin keine Antwort bekam, desto mehr Leser riefen sie an.
Hertas großer Freundes- und Bekanntenkreis bescherte ihr zum Entsetzen von Rudolf des Öfteren sowieso eine Flut von Anrufen.
„THE DAY AFTER," nach Erscheinen des Leserbriefes übertraf alle spektakulären Annahmen. Rudolf tat das Einzige, was er immer schon gern tat.
Er nahm Stock und Hut und verschwand.

Herta stellte die ernsthafte Überlegung an, bei der Fülle der vielen Rentner, vielleicht eine eigene Rentnerpartei, natürlich unter ihrem Vorsitz zu gründen. Rudolf riet ihr dringend davon ab. Das wäre ja noch schöner, er sähe sie dann überhaupt nicht mehr.

HOCHMUT KOMMT VOR DEM FALL

Wie fast jeden Morgen seit seiner Berentung, ein Wort, das ihm die schwarze Galle aktivierte, besorgte Rudolf Brötchen.
Herta liebte diese Ovalen, obwohl sie manchmal „tätschig", und schwerverdaulich waren. Rudolf selbst meinte, sie würden zwar dick machen, dafür aber nur kurzfristig sättigen. Egal, ihr schmeckten die Semmeln besonders gut und ihr zuliebe kaufte er die Brötchen. An ihren Rundungen merkte Herta, dass Rudolf Recht hatte und sie hielten tatsächlich nicht lange vor. Es war bitterkalt draußen an diesem Morgen und die Straßen waren vereist. Herta hatte den Brötchenholer gewarnt, der in letzter Zeit auch ohne Glatteis unter „Fallsucht" litt, nur ja vorsichtig zu sein.
Sie schaute aus dem Fenster, wollte ihm, wie immer nachwinken. Sie war das von Haus aus gewohnt. Bei ihnen winkte man, bis derjenige, dem man mit der Hand nachwedelte, aus dem Blickfeld verschwand. Rudolf drehte sich kurz um und warf ihr einen nicht zu deutenden Blick zu. Winkte aber im Gegensatz zu sonst nicht zurück. Er schien mal wieder schlechter Laune zu sein.
Herta sah drei Frauen, die sich an dem gegenüberliegenden Holzzaun entlang hangelten, um nicht zu Fall zu kommen. Die Eiskristalle auf dem Bürgersteig glitzerten, versetzten Herta in Hochstimmung. Schön, so ein Wintermorgen, wenn man warm und geborgen am Küchenfenster steht und andere Leute beobachten kann. Die Frauen hielten ihre Einkaufstaschen fest an sich gepresst. Plumps, da lag die erste schon. Herta von Natur aus an und für sich nicht schadenfroh, lachte laut auf. Hören konnte sie ja niemand. Augenblicklich rollten Äpfel, lose Apfelsinen und ein dicke

Kopf Wirsing durch die Gegend.

„Wirsing könntest du auch mal wieder kochen!" dachte sie, als im gleichen Augenblick die anderen beiden Frauen die der Gefallenen aufzuhelfen versuchten, selber stürzten. Den Inhalt ihrer Taschen konnte sie nicht mehr erforschen, weil Rudolf in ihr Blickfeld geriet, Sie musste ihn warnen, machte ihm Zeichen, die er ignorierte. Typisch Rudolf. Er schritt forsch weiter. Dick vermummt, einen Schal um den Hals geschlungen mit der Brötchentüte in der Hand, kam er auf ihr Haus zu.

„Dann eben nicht," murmelte Herta und „Hochmut kommt vor dem Fall!"

Peng, da lag er. Herta bewegte sich nicht. Nicht auszudenken, wenn er beim Aufschauen die gekräuselte Gardine wahrgenommen hätte. Sie kletterte eine Etage höher, wo der Vorhang dichter war. Nach Herzenslust konnte sie hier, ohne gesehen zu werden, Augenzeugin sein.

Rudolf lag wie ein Käfer auf dem Rücken. Die Brötchen waren ringsum verstreut. Er versuchte, auf die Beine zu kommen.

Ja, ja, die Hüfte! Wie gern hätte Herta ihm aufgeholfen. Sie unterdrückte diesen Impuls. Ein Mann wie Rudolf ließ sich sowieso nicht gern von einem Weibsbild auf die Beine helfen!

Endlich hatte der Gestürzte den Dreh raus. Er rollte sich seitlich auf dem Boden ab, zog die Beine an und irgendwie stand er wieder auf den Füssen.

Großzügig in großen Dingen, kleinlich in kleinen, hob er die Brötchen auf, steckte sie in seine Manteltaschen.

Er tippelte wie eine Primaballerina auf den Mittelstreifen der Fahrbahn zu. Peng! Da lag er schon wieder. Schließlich erreichte er das Haus und knallte voller Empörung den

Schlüssel auf das kleine Dielenschränkchen. „Diese Scheißbrötchenholerei" grunzte er.

Herta begab sich nach unten. Klopfte ihm den Schnee vom Mantel, wobei Rudolf vor Schmerz zusammenzuckte. Er brachte frische Schneeluft von draußen mit, was Herta veranlasste euphorisch zu bemerken:

„Ach, wie schön ist doch der Winter! Ich genieße ihn so richtig!" Rudolf warf ihr Blicke zu, die sie gleich zum Verstummen brachten.

Keine Jahreszeit erfreute sie jedenfalls mehr, vor allem erlebte sie so manches Schauspiel beim Betrachten der Passanten, die gegenüber alljährlich ihre akrobatischen Künste zum Besten gaben. Ernsthaft geschehen war bisher noch niemandem etwas, was sie beruhigte und vor Gewissensbissen bewahrte.

Rudolf hielt natürlich nicht viel von der Winterzeit, dachte aus verständlichen Gründen anders darüber, zumindest an dem Tag.

„Lass uns erst mal frühstücken", meinte Herta gutgelaunt.

WECKMÄNNER

Ach, wie liebte Herta diese Zeit. Ausgenommen, der November, der vielen zurecht ein Graus war, schon wegen der vielen Trauertage. Er machte dem mit Freude und Ungeduld erwarteten Martinsfest Platz.

Herta als Rheinländerin pflegte die Tradition ausgiebig. Auch als sie ins Ruhrgebiet zogen, kam es ihr nicht in den Sinn, auf dieses schöne Fest zu verzichten. Rudolf fand es von je her affig, beteiligte sich höchst selten an diesem für seine Frau ach so schönen Brauch.

Auch in dem Punkt waren sie sehr gegensätzlich.

Als sie vom Rheinischen „übergewechselt" waren, hätte Herta zu der Gelegenheit gern ihren Kindern den traditionellen Weckmann ihrer Heimat auf den „Martinsteller" gelegt.

Nirgendwo konnte sie die hübschen Pfeifenmännchen mit ihren Rosinenaugen- und Knöpfen bekommen. Sie war tief betrübt, bis sie endlich in einer Bäckerei nach ausgiebiger Recherche diese Männlein, aufgereiht wie die Soldaten in der Auslage erspähte. Wie eine Verfolgte eilte sie in den Laden. Mit einem freudigen Glitzern in den Augen sagte sie:

„Ich hätte gern vier Weckmänner," worauf die Verkäuferin bedauernd den Kopf schüttelte und behauptete: „So etwas haben wir leider nicht!"

„Aber da liegen sie doch!" Herta zeigte auf die Pfeifenmännlein.

„Ach, das, das sind doch Stutenkeeerle", sagte die Verblüffte und Herta zog mit ihren Seligkeiten ab. Sie erinnerte sich überdeutlich ihrer Kinderzeit, je älter sie wurde, desto stärker. Ihre stets unpünktliche Mutter kam erst dann mit den Lampions angetrabt, wenn Herta und ihre Schwester beinahe weinten und den Martinszug meist um die Ecke verschwinden sahen und nur noch Musikfetzen zu ihnen herüberdrangen. Sie schnappten die Laternen und jagten dem Geschehen hinterher. Eins hatte diese schreckliche Unpünktlichkeit ihrer oft rücksichtslosen Mutter bewirkt. Nach Herta konnte man die Uhr stellen. Sie kam so gut wie niemals zu spät. Wie lang war das alles her!

Weil es im Ruhrgebiet nicht immer gewährleistet war, einen Weckmann zu ergattern, überlegte Herta, ob sie nicht selbst diese Herrlichkeiten backen könnte. Hier in dieser Stadt wurden nur die traditionellen Martinsbrezeln, die Herta überhaupt nichts sagten, massenhaft verkauft.

So ein blödes Teil zu erstehen, war unter ihrer Würde. Sie würde sie niemals kaufen, es bis zu ihrem Lebensende nicht tun. Selbst auf Vorbestellung hin, vergaß die popelige Bäckerei manchmal die versprochenen Weckmänner auszuliefern, so dass Herta sich genötigt sah, selbst welche herzustellen. Sie hatte die Pfeifen vom letzten Jahr, die sie wie ihre Augäpfel hütete, verwahrt und fing an, einen Hefeteig für die niedlichen Geschöpfe anzusetzen. Von Haus aus nicht besonders begabt, half ihr, ach oh Wunder! ihr Rudolf, die Männlein zu gestalten. Er hatte also doch ein Herz! Wenn nichts mehr ging, wusste Rudolf so gut wie immer Rat. Einer seiner Onkel, ein Bäckermeister hatte ihm die Fertigkeit zur Herstellung dieser für Herta so faszinierende Wichtigkeit während eines Praktikums beigebracht. Jetzt konnte der Martinsmann kommen!

Voller Enttäuschung stellten Herta und ihre beiden Kinder bei ihrem ersten Martinsfest in ihrer neuen Heimat fest, dass der Martinsmann eine Martinsfrau war, was in dieser Diaspora keine Rolle zu spielen schien.

121

Diese Martinsfrau war zudem noch nicht einmal sattelfest. Sie schwankte mindestens so wie dieser Ackergaul, der auch noch renitent zu sein schien. Selbst die Knechte mit ihren Pechfackeln konnten das Tier nicht zur Raison kriegen und hatten zusätzlich Mühe, die offensichtlich besoffene Martinsfrau einigermaßen auf ihrem Pferd zu halten. Der Pechfackelträger zur Linken überantwortete die Betrunkene dem zur Rechten. So ging es hin und her und Herta zog es vor, ihre Kinder, die von dem Geschehen glücklicherweise nichts bemerkt hatten, aus dem Verkehr zu ziehen und zu Hause nachzufeiern.

Dort hatte St. Martin natürlich schon die Teller gefüllt, auch gab es immer etwas „Festes", ein kleines Geschenk, von dem der Martinsmann wusste, dass es den Kindern bestimmt gefallen würde. Rudolf beteiligte sich außer beim Backen der Weckmänner nur höchst selten an den Martinsbräuchen, ließ sich aber nichts desto Trotz, auch seinen Teller füllen.

Er war ein „Süßer" und vor allem zu St. Nikolaus, wenn seine beiden Kinder ihre kleinen Schuhchen aufstellten, pflanzte er seine riesengroßen Motorradstiefel gleich daneben. Herta stopfte sie im Bereich der Zehen mit Zeitungspapier aus, sie hätte sonst zur Anschaffung der vielen Süßigkeiten einen Kleinkredit aufnehmen müssen.

Spaß machte Rudolf an jedem Martinsfest nur, wenn seine Kinder ihre mit einer Martinslaterne bestückte Mama im Garten aussperrten und erst wieder reinließen, wenn sie auf Verlangen, ein Martinsliedchen geträllert hatte, was die Nachbarn natürlich alljährlich amüsierte.

Für ganz normal hielten sie diese Familie sowieso nicht, nahm Herta an. Aber was ist schon normal? Zudem galt für sie stets der Leitspruch: „ Donn watte willst, de Lütt reden doch!"

ALLE JAHRE WIEDER

Und ob die Leute redeten. Wie an jenem Weihnachten, an dem es alle Jahre wieder im Wächtermannschen Haus recht unweihnachtlich zuging.

Es fing schon im Advent an, unmelodisch zu werden, steigerte sich aber kontinuierlich mit der voranschreitenden Zeit. Herta legte Wert darauf, dass eine künstliche Tannengirlande den Bogen zwischen Küche und Wohnzimmer schmückte. Dazu brauchte sie, selbst und leider mit zwei linken, oder wenn man so will, mit zwei rechten Händen gestraft, die Mithilfe und Unterstützung des Familienvaters.

Der war mit allem gesegnet, nur bekanntlich nicht mit Geduld. So nahm das Schicksal seinen Lauf.

„Nein, so nehme ich das nicht ab!" Herta stemmte ihre Fäuste in ihre rundlicher werdenden Hüften und nörgelte an der Girlande rum, die in der Tat nicht symmetrisch hing.

„OK, wenn dir das so nicht gefällt, musst du sie eben selbst aufhängen!" Rudolf kletterte von der Leiter und war dabei, seine Werkzeugkiste wieder in Ordnung zu bringen.

Herta versuchte ihn zu beruhigen.

„Nun gut, nun gut, wenn du meinst, es ginge so, dann lassen wir sie eben hängen!"

Letztendlich war der Bogen ja noch lange nicht fertig und wenn sie Rudolf schon jetzt vergraulte, dann würde es eine große Pause geben und die Glöckchen würden womöglich nicht in diesem Jahr, sondern wer weiß wann an der Tannengirlande zum Einsatz kommen.

Also, Vorsicht! Man sollte den „Leu nicht wecken!"

„Möchtest du vielleicht ein Tässchen Kaffee," säuselte sie

und bremste gleich wieder. Kaffee putschte auf, Rudolf war schon genug in Fahrt.

„Vielleicht ein kleiner Cognac gefällig?" Sie kam sich vor wie eine werbende Eisverkäuferin im Kino. Ihr fehlte nur noch der Bauchladen.

„Wenn nicht dann nicht," zog sie einen Schlussstrich. Sie war nicht der Typ der auf Knien liegend und händeringend um etwas bat. Ihre Stärke war ihre eigene Hilfsbereitschaft, wovon Freunde und Nachbarn schon häufig profitiert hatten. Irgendeiner würde sich finden, ihre Wünsche zu erfüllen. Das sagte sie dann auch ihrem Eheliebsten, der sofort wie ein Birkhahn zu kollern anfing.

Birkhahns Feststellung:„ Das mache ich selbst oder es wird gar nicht gemacht! Basta!"

Herta zuckte mal wieder zusammen. Sie wusste, reden hatte keinen Zweck mehr und sie ließ ihn völlig in Ruhe, weil sie ihn gut, allzu gut kannte.

Sie legte sich zur Entspannung noch vor dem Mittagessen oben auf ihr Bett und überdachte die fatale Situation.

Sie richtete sich auf, lauschte. Ping, ping, das Hämmerchen tanzte wieder und als sie nach einer Weile nach unten ging, war der Bogen „fromm" geschmückt und vor allem stimmte es mit den Abständen links und rechts. Es fehlten nur noch die Glöckchen, was eine Tortur für sich war. Schwer waren die Dinger, aus goldüberzogenem Eisen und noch schwerer zu befestigen. Auch das gelang dem geschickten Rudolf ohne besondere Vorkommnisse. Herta wischte sich die Schweißperlen vom Gesicht. Halleluja!

Nun stand ihnen aber noch etwas bevor, nämlich das Fest der Feste. Mit all den lieben Verwandten, zwei Großmüttern und leider nur einem Großvater, den das Schicksal ihnen erhalten hatte.

Und oh Schreck, die eine der beiden Großmütter, noch berufstätig, „opferte" regelmäßig einen Teil ihres Urlaubs, um ihn bei ihren lieben Kindern und Enkeln zu verbringen. Herta hätte ihr das Opfer auf gar keinen Fall abverlangt, bekam schon vorab und regelmäßig ihre Weihnachtsgrippe, weil ihr Immunsystem durch diese hereinbrechende und nicht zu unterbindende Sintflut total aus dem Gleichgewicht geriet.

Der Heilige Abend kam und mit ihm, als erste, Rudolfs Mutter.

Sie legte auf Äußerlichkeiten besonderen Wert und auch darauf, dass die gesamte Familie, also ihr Rudolf, seine aufmüpfige Frau und die mehr oder weniger nichtsnutzigen beiden Enkelkinder sie am Bahnhof abholten.

Schließlich war sie erst vor kurzem, zwar nicht unbedingt untröstlich, aber immerhin Witwe geworden und verlangte, dass man sich ein wenig um sie kümmerte. Obwohl selten von Sentimentalitäten geplagt, mochte sie den ersten Heiligen Abend in ihrem langen Leben nicht allein verbringen. Das wollten damals noch nicht einmal ihre Liebesdienerinnen, die wie eine Großfamilie Weihnachten miteinander feierten. Ihr Amtsrat hatte also endlich das getan, was er schon lange hätte tun sollen, er war verblichen.

Auch wenn die gut versorgte Zurückgebliebene nicht besonders trauerte, fehlte ihr etwas, nämlich seine Quengeleien, die sie aus dem gewohnten Rhythmus brachten und für eine gewisse innere Leere sorgten.

Mit ihrem „Riesenbibbi," den anscheinend kleine Frauen zu bevorzugen pflegen, im Gegensatz zu den großen, die lieber kleinere Hüte oder gar keine trugen, fiel sie sogleich Herta auf, die von einem leisen Groll befallen wurde. Als wenn sie nichts anderes zu tun hätte, als dieser kleinen Person einen „großen Bahnhof" zu bescheren! Diese Fregatte war und blieb ihr „rotes Tuch!"

Die Enkelkinder ermahnt, höflich zu ihrer Großmutter zu sein, eilten herbei und nahmen ihrer Oma die beiden Koffer ab.
„Das wird noch was werden," schätzte Herta. Bisher war die Angekommene nur mit einem Koffer angereist. Sie schien sich auf längere Zeit etablieren zu wollen.
Herta verging augenblicklich all das, was sie sich vorgenommen hatte. Ihre Laune sank auf den Nullpunkt. Ihr Braten zu Hause müsste gewendet, zumindest aber übergossen werden, wenn das Fleisch nicht zu Leder mutieren sollte. Also drängte die Zeit. Mit Küsschen links und Küsschen rechts hatte Herta noch niemals was am Hut, aber dafür ihre Schwiegermutter. Herta und niemand sonst konnte dieser lästigen Prozedur entgehen. So hielt sie lustlos und stoisch wie ein Esel, erst die linke - dann die rechte Wange hin. Im Gegensatz zu ihr, küsste Rebecca ihre Oma sogar mitten auf den Mund, wozu sie sich mit ihren Einmeterachtzig tief zu der kleinen Frau herunter beugen musste, was die augenscheinlich genoss. Sie spitzte ihren Mund, hob die Augenbrauen und warf Herta über die Schulter ihrer Enkelin hinweg einen triumphalen Blick zu, was so viel hieß, wie:
„Na, Herta, da staunst du, was?" Rebeccas Bruder deutete eine Verbeugung an, nahm den braunen Koffer, während seine Schwester den schwarzen, der mit einem Ledergürtel zusammengeschnürt war, übernahm, was Herta erneut zu der Überlegung Anlass gab, wie lange die Alte sich wohl einnisten würde. Rudolf warf ihr Blicke zu, die Herta geflis-

sentlich übersah.

Auf schnellstem Weg ging es vom Bahnhof aus in die Fichtenstraße, wo Herta sich, noch im Mantel, sofort über den Braten stürzte und ihn begoss. Sie schaute auf die Uhr. Ihre Eltern müssten langsam eintrudeln.

Beide weit über die Achtzig, fuhren noch selbst Auto, das heißt ihr zweiter Vater, von dem sie niemals als „Stiefvater" redete und den sie lieber mochte als ihre egozentrische Mutter, die meistens für Wirbel sorgte und sich in keiner Weise anzupassen bereit war. Herta hatte den Tisch sorgsam gedeckt. Nach dem Abendessen konnte die Bescherung erfolgen. Wie alle Jahre, auch als der Herr Amtsrat noch lebte, drückte Frau Wächtermann senior wie immer aufs Tempo. Sie wollte unverzüglich ihre Enkelkinder bescheren. Diesmal hielt sie sich zurück und begrüßte wohlerzogen zunächst Hertas Eltern.

„Es scheint mir, du hast zugenommen, Emilie" stellte sie analytisch fest, als sie Hertas Mutter mit ihrem Küsschen links und auch rechts auf den Geist ging.

„Es scheint dir nicht nur so, meine liebe Irmtrud es ist auch so!"

„Ach du meine Güte, der Baum ist ja noch nicht mal im Haus," stellte die Süffisante anschließend und ziemlich übelgelaunt fest und heftete ihren unmutigen Blick auf die Terrasse. Es hatte leise zu schneien begonnen, was besonders Herta genoss. Weiße Weihnacht! Plötzlich wurde sie von einem freudigen Gefühl überfallen, das sie ängstigte. Noch war der Tag nicht gelaufen!

Frau Wächtermann senior bot einen kleinen Begrüßungsschluck an. Sie wusste, wo ihr gutdressierter Sohn ihren

Lieblingstrank für sie aufbewahrte.

„Wacholder, jawoll" sagte sie und kippte ihr Glas in einem Zug runter. Hertas höflicher Vater trank ein Schlückchen mit auf ihr Wohl und zur Gesellschaft. Die andere Oma weigerte sich so ein Gesöff nur anzurühren und ließ es schließlich auch. Herta war selten mit ihrer Mutter solidarisch, aber in dem Punkt verstanden sie sich blindlings. Für sie war es schon ein Horror diesen Fusel auch nur riechen zu müssen. Er verdarb ihr sogar den Appetit auf den Sauerbraten, die Klöße und den Rotkohl.

„O Gott, hoffentlich reichen die Klöße." Im Ganzen waren sie zu sieben Personen. Rudolf hätte am liebsten seine heißgeliebten Kartoffeln verzehrt, wollte ihr aber die Mehrarbeit an diesem Tag nicht zumuten. Ihn hatte sie also einkalkuliert. Am Morgen wurden von ihr vierundzwanzig dieser Leckerschmecker angefertigt. Aus der Packung natürlich. Sie hatte noch niemals selbst welche komplett hergestellt. Sie verfeinerte sie jedoch immer mit ein paar angebratenen Speckstückchen, die sie ins Innere der Kugeln schob und es hatte allen bisher immer tadellos geschmeckt. Im Moment sah es so aus, als wenn es auch diesmal so wäre. Herta hielt sich selbst zurück, nahm nur einen winzigen Kloß, den kleinsten. Sie gönnte sich aber von dem überreichlichen Rotkohl mit all seinen möglichen Folgen eine große Portion.

Sie wusste, wie gern vor allem ihre Schwiegermutter Klöße aß und sah mit Schrecken, wie viel, bzw. wie wenig davon nur noch übrig geblieben waren.

Herta war nicht der Typ, der wie ihre Schwiegermutter mit Stielaugen dem Verzehr ihrer Gäste zuschaute und ihnen jeden Bissen abzählte, aber sie nahm dennoch wahr, wie die alte Dame sich den dritten Kloß aufschaufelte. Sieben mal drei, sind einundzwanzig. Herta war in Mathematik schon immer etwas schwach, aber von 21 bis 24 konnte sie noch zählen. Ihre Augen weiteten sich vor Entsetzen, als Rudolf erbarmungslos im Gegensatz zu seinen sonstigen Gewohnheiten noch einen weiteren Klops auf seinen Teller hievte. Ihn wahrscheinlich aus Biesterei seiner Mutter wegschnappte. Die letzten zwei landeten, bevor Frau Wächtermann senior erneut zuschlagen konnte, auf den Tellern ihrer beiden Enkel. Ihre Augen verengten sich zu Sehschlitzen. Sie sah einer brilletragenden Asiatin noch ähnlicher. Nein, sie glich auf erschreckende Art und Weise ihrem Sohn Rudolf, der, wenn es ausnahmsweise keine Kartoffeln für ihn gab, sondern Reis, links und rechts mit Zeige- und Mittelfinger seine Augenlider breit zog, so dass er wie ein Mensch aus dem Reich der Mitte aussah. Herta kannte dieses Spielchen zur genüge und sie mobilisierte immer wieder ihre ganze Selbstbeherrschung, um nicht aus der Haut zu fahren. Jedes mal reizte er sie mit dieser Geste bis aufs Blut, so dass sie Reis immer seltener auf den Tisch brachte.

„Ich hatte mich sooo auf noch einen Kloß gefreut!" hörte sie ihre Schwiegermutter neben sich jaulen, deren Mienenspiel Bände sprach.

Wäre nicht Heiligabend gewesen, hätte Herta sich auf einen Diskurs über Klöße herabgelassen. Die Verfressene hatte schließlich schon drei intus. Das sollte für so eine kleine Person reichen, würde sie ihr entgegengeschleudert haben. Rebecca war die Einzige, die ihre Oma einigermaßen zu nehmen wusste und immer mal wieder als „Friedensrichterin zwischen ihrer Oma und ihrer Mutter fungierte.

„Meine Güte, Oma, wenn ich gewusst hätte, wie verrückt

du auf Klöße bist, ich hätte dir ehrlich, meinen letzten ausgewürgt, wie eine Vogelmama und dich damit gefüttert.

Irmtrud verzog den Mund. Beinahe sah es so aus, als wenn ihr ein Lächeln entfleuchte.

Trotzdem, man hatte sie als Gast übergangen. Ihr Unmut steigerte sich und noch immer sah es nicht so aus, als wenn es nach Tisch zur Bescherung kommen sollte, wo noch nicht einmal der Baum dort stand, wo er längst hingehörte. Sie erhob sich aufseufzend, tänzelte um ihren Sohn herum, funkelte ihn mit ihrer Brille an. Ihre Augen wirkten bedrohlich groß. Sie sagte aber kein einziges Wort, auch sie hielt sich des lieben Friedens wegen zurück. Endlich machte sich Rudolf auf Pantoffeln auf, um den Baum hereinzuholen.

Wie ihn das Ding ankotzte. Schon beim Kauf hatte es wie alle Jahre Ärger gegeben und Herta hatte sich wieder einmal durchgesetzt und einen großen Baum gekauft, wo er lieber einen kleinen aus vielerlei Gründen gehabt hätte. Überhaupt dieser Baumfrevel, der auch noch Mühe machte. Er hätte sich gewünscht, das eingeschneite Ding möge draußen festfrieren.

Wieder begegnete er den vorwurfsvollen Augen seiner Mutter und ergab sich seinem Schicksal, während Herta den Tisch abräumte, die Spülmaschine füllte und danach die Idylle im Inneren ihres Hauses filmte. Sie nahm ihre Eltern auf, ihre wie immer, auch vor Tisch wacholdertrinkende Schwiegermutter, und zuletzt ihre beiden Kinder, die sich an ihren Gameboys zu schaffen machten.

„Wer weiß, wie lange du deine Eltern noch hast" dachte sie und richtete die Camera selbstvergessen auf die Engelchen aus Bronze auf dem Kaminsims.

Auch der Tannenbogen, der Rudolf soviel Schweiß gekostet und ihnen beiden Ärger eingebracht hatte, wurde von ihr festgehalten und schließlich führte sie den Stecker in die dafür vorgesehene Dose, worauf die Glöckchen an dem Bogen augenblicklich und zu ihrem Entzücken „Oh Tannenbaum" klimperten.

Aufgekratzt filmte sie weiter, während Rudolf draußen den Baum einzustielen versuchte.

Zunächst war es ihm gelungen, dann rutschte das verdammte verschneite Ding mitsamt dem Ständer weg. Rudolf schrie so laut in seiner Wut, dass es auch die Nachbarn hörten, die erleichtert aufatmeten. Irgendetwas hatten sie vermisst. Jetzt erst waren sie sich sicher:

„Es weihnachtet auch bei Wächtermanns!"

Durch das liebliche Bimmeln der Glöcklein hindurch vernahm Herta einen Knall, worauf sie reflexähnlich reagierte und „Peng" sagte.

„Verflixt noch mal, können die Blagen nicht wenigstens einmal im Jahr bis Sylvester mit der Knallerei warten?" fragte sie sich voller Empörung.

„So was von laut! Sicher liegen die Überreste wieder auf unserer Terrasse!"

Durch das Schneegestöber blickt sie nach draußen. Sie sah etwas Dunkles auf den Steinen liegen.

„Mein Gott, Rudolf", keuchte sie und versuchte ihren gestürzten Mann hoch zu hieven, was ihr misslang und was er sich sowieso verbat. Erst sein Schwiegervater und sein Sohn durften ihm aufhelfen.

„Wieso gehst du auch auf Pantoffeln raus, es ist doch glatt draußen !"

Mühselig rappelte sich der Gestürzte auf, um gleich wieder einen Spagat hinzulegen.

„Wie kann man nur so unvernünftig sein", schimpfte Herta kopfschüttelnd weiter, worauf Rudolf ihr mörderische

Blicke zuwarf, die sie augenblicklich verstummen ließen.

Ihr Vater stielte den Baum ein. In Ruck-Zuck war das erledigt, ganz ohne Getöse!

Rudolfs Mutter Irmtrud hüpfte wie ein unkontrollierter Gummiball durch das geräumige Wohnzimmer. Wann würde endlich die Bescherung stattfinden?

Herta machte sich daran, den Baum zu schmücken. Endlich war der Unglücksbringer geputzt.

Irgendwie gefiel ihr die Tanne nicht. Es fehlte etwas.

„Ach, ich habe Lametta vergessen!" sagte Herta und schlug mit dem Handrücken gegen ihre Stirn.

„Iwo, Hertalein, es fehlt bestimmt nichts," säuselte ihre Schwiegermutter, die beinahe vor Ungeduld platzte. Ihr Gesicht hatte einen bläulichen Schimmer angenommen, ihre Nase wirkte noch spitzer.

„Hochdruck!" stellte Herta fest und ließ sich dennoch nicht erweichen, von dem Lametta abzulassen.

„Meiner Meinung nach, Kind, sieht der Baum ohne Lametta viel edler aus!" wagte Frau Wächtermann senior festzustellen und ihr aufgeregter Atem streifte Hertas Nacken.

Da knallte ihre Schwiegertochter durch. Sie schrie so laut, die Alte sollte endlich ihre Klappe halten, dass die Girlande sich vom Bogen löste und während des Fallens die lieblichen Glöckchen „Oh Tannenbaum" anstimmten und genauso abrupt verstummten, wie endlich auch diese unselige alte Kuh! Hätte Herta gewusst, dass es das letzte Weihnachtsfest ihrer Schwiegermutter war, würde sie sich vermutlich beherrscht haben.

Aber sie ahnte es noch nicht einmal und die Tortur ging weiter. Zwar sprach Irmtrud Wächtermann senior an diesem vermasselten Weihnachtsabend mit Herta Wächtermann junior kein Sterbenswörtchen mehr, was die genoss, aber der nächste Tag kam bestimmt.

Hertas Vater war gleich nach dem Frühstück abgereist wegen seiner Fische. Er war derjenige, der Herta, wie jedes Jahr am Fest der Feste, für ihre liebevolle Bewirtung mit den Worten:

„Ein Lob der Hausfrau" bedachte, wobei Hertas Mutter ihre Lefzen noch tiefer nach unten zog. „Kochte sie vielleicht nicht mindestens so gut? Was dieser alte Stiesel sich wohl dachte.

Lass mich erst mal nach Hause kommen, mein Freund!"

Herta wäre liebend gern mit ihrem Vater gefahren. Sie wusste erfahrungsgemäss, was auf sie zukam. Mutter und Schwiegermutter hockten nächtelang zusammen und zogen über ihre Männer her, wobei vor allem immer wieder die Gebetsmühlen im Hinblick auf den längst verstorbenen Herrn Amtsrat gedreht wurden. Irmtrud ließ kein gutes Haar an dem Verstorbenen. Wenn ihre Zuhörerin ein winziges Wörtchen dazwischen bekam, wehrte sie gleich ab.

„Also Emilie, du kannst dich doch wirklich nicht beklagen. Dein Fritz tut doch schließlich und ausschließlich, was du willst. Einen so unkomplizierten Mann möchte ich auch gehabt haben!"

„Dass er meine Wünsche respektierte, dafür habe ich auch von Anfang an gesorgt, beste Irmtrud. Du weißt: „Wehret den Anfängen!"

Es war nicht zum Aushalten. Vor allem, die Lautstärke der beiden Frauen regte Herta auf.

Was den beiden an Hörfähigkeit vom Schicksal oder wenn man so will, durch ihr Alter genommen worden war, kompensierten sie durch eine gewisse Lautstärke. Auch Hertas Vater hatte die Gnade des Alters erfahren, er war fast taub.

Sein Hörgerät schaltete er nur ein, wenn es ihm wichtig schien. Sowieso kopfnickend die Wünsche seiner Frau achtend, kriegte er nur wenig mit, sparte Nerven und Batterien.

Herta freute sich, dass ihre Mutter endlich einmal Stellung bezog und es offensichtlich satt hatte, ihrem Gegenüber fortwährend ihre ermatteten Ohren zu leihen. Sie stellte deshalb aufseufzend fest, wobei sie auf die Uhr sah und verstohlen gähnte:
„Ja, dein Kerl muss schon ein Ekel gewesen sein, Irmtrud!"
„Wie kannst du das von meinem Mann behaupten Emilie," erregte sich die Witwe und zählte die Vorzüge ihres verblichenen Ekels auf, was nur einige wenige Sekunden in Anspruch nahm, um mit ihrem „Rattata, Rattata" hemmungslos fortzufahren.
Es stimmte in der Tat, Emilies Mann tat alles, um seine Frau nur ja nicht zu reizen und erleichterte sich somit sein und zwangsläufig auch ihr Leben.
Einmal hatte Herta ihrem Vater ein Kissen geschenkt auf dem ein Spruch aufgestickt war.
„Ich bin des Hauses Oberhaupt und tu, was meine Frau erlaubt!"
Der Vater hatte sich an seinem sechzigsten Geburtstag halb tot gelacht. Ihre Mutter, von Natur aus nachtragend war das Lachen vergangen. Das hatte Konsequenzen, war Herta sich bewusst.
Hertas ältere Schwester Marie erbarmte sich der Jüngeren und schlug ihr am Telefon vor, doch mit den beiden Damen einen Besuch bei ihr zu machen.
Manchmal flüchtete Herta, wenn ihre Nerven in Flammen standen, in ihr Badezimmer, schloss es in Windeseile ab.

Diese Erholungsphase war vonnöten, damit sie nicht durchdrehte. Schon in der Straßenbahn separierte sie sich von den alten Tanten, genoss die etwa zwanzigminütige Fahrt und kam sich wie im siebten Himmel vor.

Bei Marie ging das Geschnatter naturgemäß weiter, nur das Herta an allem vorbeihörte und die arme Marie ihr Ohr abgekaut bekam.

Alles geht vorüber alles geht vorbei, hätte Herta trällern mögen, wenn ihr unseliger Besuch nach einer Woche endlich zum Aufbruch rüstete. Zurecht behauptete der Volksmund mit Besuchern wäre es ähnlich wie mit Fischen, beide stänken spätestens nach drei Tagen.

Herta verfiel fast in eine Art von Euphorie, bei dem Gedanken, wieder mit Rudolf alleine zu sein.

„Freiheit, die ich meine!" zitierte Herta. Von wem war der Spruch denn noch?

Vom Hauptbahnhof aus fuhren die beiden alten Damen in verschiedene Richtungen davon. Meist brachte Herta erst ihre Mutter, danach, als krönenden Abschluss, ihre Schwiegermutter in den Waggon. Schon eine ganze Weile, bevor der Zug ankam, verabschiedete sich die zuletzt Abreisende mit Küsschen rechts und Küsschens links von ihr, was Herta in der Vorfreude des Alleinseins demütig ertrug. X-Mal rannte Irmtrud noch aufs Bahnhofsclo, um ihrer Reizblase willen. Auch das ertrug Herta wie gewohnt. Manchmal hatte der Zug Verspätung, was auszuhalten war. Hauptsache, er kam überhaupt, ein lieber Dank an die Bundesbahn! Hertas zum Abschied und voller Erleichterung winkende Hände glichen dem aufgeregten Flügelschlag eines Kolibri.

DIE PROZESSION

Die schlimmsten Zeiten glaubte Herta hinter sich zu haben.
Als der Herr Amtsrat noch lebte, ging es noch weniger gemütlich in ihrem Haus zu und sie fürchtete Donner und Blitz weniger, als diese unseligen Feste, die sich im Grunde genommen gegenseitig antaten. Die ersten Ehejahre waren Rudolf und sie nicht umhin gekommen, seine Eltern, bzw. ihre Eltern verteilt auf die beiden Feiertage zum Fest der Feste zu besuchen. Später, als die Kinder auf der Welt waren, war es klar, dass die Großeltern zu ihnen kamen. Mit allen Konsequenzen!

„Meine Kinder kommen zu mir ins Haus" hatte der Herr Amtsrat stets betont, aber einsehen müssen, dass Rudolf, und vor allem Herta dagegen waren, ihre Kinder aus der häuslichen Atmosphäre herauszureißen, nur damit der Großvater väterlicherseits seinen Willen bekam.

Allzu großen Wert legte der sowieso auf seine Enkel nicht. Nur die kleine Enkelin gefiel ihm. Sie war zielstrebig wie er in allem, was sie tat. Schade, dass sie nur ein Weibsbild war. Sein Enkel glich eher seinem Sohn, den er nicht besonders schätzte. Allerdings freute es ihn, dass beide, Vater und Sohn immerhin so viel Rückgrat hatten, sich als die Krone der Schöpfung zu präsentieren. Das machte sie ihm wieder sympathisch. Frauen gehörten natürlich dahin, wo der Kochpott steht, war seine Meinung und der sollte sich möglichst im Schlafzimmer befinden. Wer am lautesten am Ende von Sitzungen lachte, bei denen er immer wieder mal den dümmlichen Spruch abließ, war allerdings meist er selbst. In einer Sitzung ging es einmal wieder um die Gestaltung der Fronleichnamsprozession, wo bei man das Organisationstalent des Herrn Amtsrats und vor allem seine Kirchentreue als praktizierender Katholik zu schätzen wusste. Wie gut, dass er beichten konnte, wann immer ihm danach war. Er knallte dem Pfarrer seine mit Sünden hochbeladene Schubkarre vor den Beichtstuhl, der nicht umhin kam, ihm die Absolution zu erteilen und auf dessen Stillschweigen der Sünder zurecht hoffen durfte. So schritt er dann alljährlich im Stresemann und Zylinder gleich hinter dem Herrn Pfarrer her, der den „Himmel" von vier Messdienern tragen ließ. Der wohlbeleibte Geistliche selbst hielt krampfhaft die Monstranz hoch, was für ihn schon eine Art Ablass der lässlichen Sünden gewesen sein mag.

Alle Honoratioren der Kleinstadt waren natürlich anwesend. Anwesend mit ihren Frauen, wie es sich gehörte. Nur seiner Frau verwehrte der Herr Amtsrat die Beteiligung an dieser Feierlichkeit. Nicht auszudenken, wenn vielleicht aus der entfernten Kreisstadt ein Freier die Frau Amtsrat als Ehemalige, nein, also Schluss mit der Diskussion. Er zog es vor, seine Frau just dann erkranken zu lassen, wenn die Prozession näher rückte. Zudem, es genügte vollauf, wenn er als Mann allein dem lieben Gott seine Aufwartung machte.

Irmtrud litt nicht gerade unter ihrer Abstinenz in kirchlichen Dingen, aber sie fühlte sich gedemütigt im Vergleich zu all den Frauen, die vor allem ihre neue Frühjahrsgarderobe, im Gegensatz zu ihr, spazieren führen durften.

Diesmal kam ihr der Kerl nicht ungeschoren davon. Irmtrud sann auf Rache.

Sie hatte sich einen Schlachtplan ausgedacht, der gut ausführbar sein würde.

Der „Amtsrat" so nannte sie ihn stets, liebte seinen kleinen Hund abgöttisch.

Kein Mensch auf dieser Welt wurde je so geliebt, wie dieses jaulende und häufig vor Freude winselnde Etwas, das Herta von einer Fotografie her kannte, die Rudolf mit in die Ehe gebracht hatte. Er musste die Liebe zu Tieren von seinem Vater geerbt haben, fiel ihr beim häufigen Betrachten des Bildes seiner Eltern ein.

Das Foto zeigt einen großen Mann von etwa fünfzig Jahren, der das dunkle Mundstück einer Riesenpfeife mit weißem Porzellankopf, die bis zu seinen Knien reicht, im Mund hält. Eine wesentlich kleinere Frau, die ihren linken Arm zaghaft und mit einem schmerzlichen Gesichtsausdruck unter den rechten Arm des Mannes schiebt, dessen Hand sich in der Tasche seiner Hose verliert, blickt trübsinnig in die Weite. Am unteren Rand der Fotografie, vor den Füssen des ungleichen Ehepaares, befindet sich ein kleiner Hund, ein schwarzweißer Mischling in Sitzstellung der mit einem liebevollen Blick seines Herrchens bedacht wird.

Jenen Hund also, missbrauchte Irmtrud, um ihrem despotischen Mann endlich einmal einen Denkzettel zu verpassen.

Die Prozession würde jeden Augenblick ihr Haus erreichen. Irmtrud stand hinter den geschlossenen Gardinen. Das Getöse der Bläser kam näher.

Flugs schnappte sie sich das Goldstück ihres Mannes, den schwarz-weißen Pfiffi.

Seines Herrchens ansichtig, fing der kleine Kerl laut zu bellen an, war nicht mehr zu halten. Irmtrud ließ ihn behutsam runter, öffnete die Haustür nur einen winzigen Spalt und wie der Blitz schoss das Tier auf seinen heißgeliebten Herrn zu. Der wurde knallrot, schien kurz vor einem Hirnschlag zu sein. Er fasste sich jedoch, bückte sich, wobei ihm der Zylinder, der ihm besondere Würde verlieh, vom Kopf fiel und seine Glatze offenbarte. Der Herr Amtsrat erbleichte, hob erst den Zylinder, dann sein Goldstück hoch und trug es ins Haus.

Im Gegensatz zu seinen sonstigen Gewohnheiten gab er keine Schreiorgie zum besten. Er besann sich der „Erkrankung" seiner Frau. Kranke durfte man nicht aufregen , was hätten die Leute dazu gesagt?

„Das mir das nicht noch mal vorkommt," zischte er der Attentäterin zu, die mit Unschuldsmiene und demütig, wie gewohnt, die Schultern hochzog und den immer noch jaulenden Hund in Empfang nahm. Irmtrud hätte sich totlachen mögen.

Dieses Jahr hatte sie ihrem Tyrannen die Suppe tüchtig versalzen und sie freute sich schon auf die nächste Prozession. Ihr würde schon bis dahin etwas einfallen. Ein Jahr war schließlich lang.

Die Geschichte hatte eine der hochbetagten Cousinen von Irmtrud an deren Begräbnis zum Besten gegeben. Herta hatte Tränen gelacht.

Außer seiner Schwester, die in Münster als Neurologin tätig war, und mit der sich Rudolf auch nicht besonders verstand, war seine Verwandtschaft bis auf einige Cousinen ziemlich klein, zum Glück, wie Herta fand.

TINA AUS AFRIKA

Rudolfs Verwandtschaft war nebenbei bemerkt, schon ein wenig verrückt. Davon konnte Herta sich wieder einmal überzeugen, als sie sehr früh aus dem Haus ging. Ihre Straße lag verlassen da. Herta ging seit kurzem, eigentlich erst seit Rudolfs Pensionierung, mit den Hühnern schlafen und stand auch mit ihnen auf, obwohl sie selbst keine hatte. Aber man sagt wohl so. Sie wollte zum Markt in aller Ruhe einkaufen und das schöne Wetter genießen. Vielleicht traf sie auch eine Bekannte. Einem Schwätzchen war Herta niemals abgeneigt, so viel Zeit musste sein. In der Ferne heulte ein Martinshorn, durchschnitt die frühsommerliche Stille. Neben ihr hielt ein Taxi mit einem Düsseldorfer Kennzeichen.

„Nanu!" wunderte Herta sich. Eine ältere Dame stieg aus. Herta traf fast der Schlag, als sie sah, wem das Taxis entstieg. „Tina!" rief sie voller Entsetzen. Das Martinshorn kam näher, sie hätte mit ihm um die Wette kreischen mögen.

Vor nicht ganz zehn Jahren war Rudolfs Cousine Tina ebenso wenig angemeldet, wie jetzt, bei ihnen aus dem fernen Afrika aufgetaucht. Sicher hatte sie das Heimweh wieder in die alte Heimat getrieben. Cousin Rudolf hatte sie sich erneut auserkoren.

Nach einer kurzen Umarmung nahm Herta der Tina, die mittlerweile am Stock ging, einen der Koffer ab. Sie schellte, obwohl sie einen Schlüssel dabei hatte, um Rudolf vorzubereiten. Sie fürchtete um einen Herzinfarkt. Rudolf prallte sichtlich überrascht zurück, überwand den ersten Schock und bat Tina herein, die gleich im Badezimmer verschwand. Das gleiche Verhalten, wie vor zehn Jahren. Herta hörte, wie Tina die Wanne einließ. Sie wurde unruhig.

Vielleicht war Tina nach der langen Reise im Bad einge-
schlafen. Mitnichten. Immer wieder vernahm sie erleichtert
das Einlassen und das gurgelnde Abfließen des
Badewassers. Es wurde Mittag, immer noch war keine
Nasenspitze von Tina zu sehen. Punkt Zwölf wollte Rudolf
seit seiner Pensionierung das Essen auf dem Tisch sehen,
worauf Herta, die selbst gern aß, Rücksicht nahm. Erst zum
Kaffee kam Tina endlich runter. Ihre Haut war verschrumpelt vom vielen Baden. So verschrumpelt wie bei einem
Neugeborenen.

In der Hand hielt sie eine grüne Flasche, aus der sie eine
zum Himmel stinkende glasklare Flüssigkeit auf ein blüten-
weißes Läppchen träufelte. Mit dem Lappen fuhr sie über
den Handlauf des Treppengeländers. Bevor sie an Herta
vorbeihuschte, wischte sie verstohlen über die Türklinke
zum Wohnzimmer.
„Tina hat einen Waschzwang" stellte Herta bestürzt fest und
beobachtete wie es weiterging.
Rudolf saß schon am Kaffeetisch, wo er pünktlichst seinen
Nachmittagskaffee einnahm. Wieder wurde die Flasche bemüht und der Dunst von Spiritus umwebte den Raum.
Herta wurde speiübel.
Ihr Besuch blickte begierig auf die Kuchengabeln und
Löffelchen.
„Nur das nicht," schrie Rudolf und riss sein Besteck an sich.
Auch Herta war nicht auf eine Säuberung mit Tinas
Mittelchen erpicht. Sie meinte, sich übergeben zu müssen.
Dieser Gestank! Sie sprang voller Empörung auf, brachte
ihre Esswerkzeuge in Sicherheit. Tina verzog verächtlich ih-
ren Mund. Ihre Verwandten schienen ihr unsauber. Sie
wischte an ihren Teilen herum. Erst dann ließ sie sich

Kaffee einschenken und verschmähte auch den Kuchen nicht. Der war ja hoch erhitzt worden. Also steril!

Nicht auszudenken, wie hoch die Wasser- und Stromrechnung ausfallen würde. Rudolf wurde von Tag zu Tag unmelodischer.

Erst, als Tina endlich abzog, kehrte der „normale Wahnsinn" wieder ein im Wächtermannschen Haus. Rudolfs Familie, das heißt, die, die noch unter den lebenden weilten, hielt Herta für allesamt nicht ganz normal. Aber was war schon normal?

Vor allem verstand sie nicht, wieso Tina von so weit her kam, baden konnte sie in Kapstadt doch auch.

Am nächsten Tag setzte sie sich an den PC und schrieb sich den Frust wie gewohnt in Form eines Gedichtes vom Leib:

NORMAL:

Der Chinamann isst gerne Hunde,
verschmäht auch mal ein Kätzchen nicht.
Ich glaub, dass der „normale Deutsche"
bei dem Gedanken schon erbricht.

Was wir mit unsren Tieren treiben,
ist auch nicht immer ganz „normal!"
Wir ließen lieber manches bleiben,
ersparten so den Tieren Qual.

Wir schnitzen ihnen spitze Ohren,
kupieren manchen schönen Schwanz.
Dafür sind Tiere nicht geboren,
sie blieben lieber heil und ganz!

Dies Beispiel hier lässt leicht erkennen,
Herkunft prägt stets die Lebensform.
„Normal" darf sich wohl niemand nennen.
Denn niemand passt in eine Norm.

Das Wort „normal" ist überflüssig.
Auch ich bin nicht darauf erpicht.
Es ist und bleibt total hirnrissig.
Das Wort „normal" das liegt mir nicht!

DER IDIOT

Das Wort normal brauchte es Hertas Meinung nach nicht zu geben. Sie kannte jedenfalls keinen annähernd normalen Menschen, wobei sie sich nicht ausnahm. Das Wort „anomal" ließ sich ihrer Meinung nach eher definieren. Sie brauchte nur daran zu denken, wie ihre Mutter mit ihrem Vater umsprang.

Sie selbst tat alles, um nicht wie ihre Mutter zu werden. Welche Tochter möchte wohl ihrer Mutter ähneln? Von Natur aus neugierig und ehrlich interessiert an anderen Menschen, fragte sie in ihrem großen Freundes- und Bekanntenkreis nach, welche Töchter bereit wären, die Charaktereigenschaften ihrer Mütter übernehmen zu wollen. Unisono wehrten die Befragten empört ab. Nur eine Einzige war begeistert. Herta stellte fest, dass diese Bewundernswerte ebenso einfach gestrickt war wie eben jene, der sie mit Freuden und herzlich gern nachzueifern gedachte.

Mutter und Tochter waren Herta bestens bekannt. Sie sahen sich in ihrer Fülle erschreckend ähnlich, wobei die Tochter sogar noch den Vogel abschoss. Eine jede bezeichnete Herta insgeheim als Walküre mit einem Lebendgewicht von mindestens drei Zentnern pro Person. Es war keine Seltenheit, dass Herta die stets gut gelaunte Mutter im Kaufhaus in der Cafeteria sitzen sah und sich gern dazu gesellte. Vor sich einen Kuchenberg, dazu ein Kännchen Kaffee, merkte man der alten Dame ihre gute Laune an. Weit und breit gab es keinen so fröhlichen Menschen. Sobald sie Herta erblickte, winkte sie zu ihr herüber und forderte sie lauthals auf, doch bitte Platz zu nehmen. In ihrer überaus herzlichen Art fragte sie: „Kann ich Ihnen was Gutes tun," und zeigte auf ihren Teller.

„Nein, danke, keinen Kuchen bitte, aber vielleicht ein Käffchen?"

„Wird geliefert," sagte die Walküre und walzte im Passgang in Richtung Kaffeeautomat. Mit einer Riesentasse kam sie zurück, stellte sie mit einem bezaubernden Lächeln vor Herta ab.

„Wie charmant doch Dicke häufig sind," dachte Herta, als sie den vorgestreckten Betrag begleichen wollte. Mit ihren fleischigen, beringten Händen, die bei allem Respekt eher Schweinepfötchen ähnelten, wehrte die alte Dame empört ab.

„Nein, meine Liebe, ich habe Sie eingeladen, Sie können sich aber gerne revanchieren, vielleicht beim nächsten Mal?" Welch lieber Blick!

Herta ging das Herz auf. Diese Frau hätte Sie auch gern zur Mutter gehabt, natürlich nicht unter der Prämisse, ihre Statur übernehmen zu müssen.

Herta ließ sich von der angenehmen dunklen Stimme ihres Gegenübers berieseln und machte sich ihre eigenen Gedanken.

Bei ihrer Mutter waren Hopfen und Malz verloren. Ihr fehlte einfach das Herzliche, das was einen Menschen ihrer Meinung nach auszeichnet. Ihre Mutter ließ sich rücksichtslos gehen, arbeitete niemals an sich und tat ihr Leben lang nur das, was nur ausschließlich sie für richtig hielt. Schon von Kindesbeinen an war sie anders als andere gewesen. Mit ihrem dicken Kopf setzte sie sich stets durch. Selbst wenn sie bei ihnen auftauchte, mit ihrem Fritz im Schlepptau, hörte sie die Unselige, noch bevor sie ihrer ansichtig wurde, posaunen:

„Fritz du Idiot, du hast mal wieder vergessen den Autoschlüssel abzuziehen!"

Herta erstarrte. Nicht, dass sie die Meinung ihrer Nachbarschaft interessiert hätte, aber das war der absolute Gipfel!

Sie riss die Haustür auf, zog zunächst ihre ungehobelte Mutter herein und danach ihren armen Vater, der wie der Nikolaus höchst persönlich bepackt war.

„Er trug einen Sack, der war gar schwer!" Wie sehr ihr der alte Mann leid tat!

Die unmöglichsten Weiber bekamen die besten Männer und umgekehrt bekam so manche liebenswürdige Frau einen Rüpel erster Güte.

In der Tat, es war ungeheuerlich, was ihre Mutter alles durch ihren „Idiot" anschleppen ließ. Lauter unmögliche Klamotten, die sie in ihrem unseligen Kaufrausch wahllos nach Hause brachte. Egal, was sie kaufte, es musste auf jeden Fall ein Sonderangebot sein. Wie damals, als sie ihren beiden Schwiegersöhnen, Hertas Mann und dem Mann ihrer Tochter Marie, jeweils einen „Herrendiener" zum Fest „verehrte" und weil man ihr die Klamotte im Dreierpack noch billiger anbot, kaufte sie ihrem bedauernswerten Fritz im Vollrausch auch noch so ein Teil. Die Schwiegersöhne entsorgten schleunigst dieses blöde Geschenk, über das sie sich beim nächtlichen Toilettengang fast ihre Hälse brachen. Es landete im Sperrmüll. Anders erging es dem armen Fritz. Der, ob er darüber stolperte oder nicht, seinen Herrendiener auf ewig behalten musste.

Herta merkte, wie sie sich fast nicht mehr unter Kontrolle hatte.

Beim Versuch, ihren Vater von seiner Last zu befreien, rutschte dem alten Herrn der Beutel von der Schulter.
„Du Idiot" ertönte postwendend und prompt die freche Stimme ihrer Mutter.
„Hast du nicht daran gedacht, dass was kaputt gehen könnte Fritz?"
Herta bekam wieder einmal ihren „Knoten". Sie spürte, wie ihre Schilddrüse ihr auf die Luftröhre drückte. Sie hatte das Gefühl, wenn sie jetzt nicht explodierte, fiele sie tot um.
Nachdem sie ihre Mutter zusammengestaucht hatte, wobei sie schon im vorhinein wusste, dass ihr armer Vater später den Repressalien seiner Frau unter vier Augen auf dem Rückweg ausgesetzt sein würde, sprach sie liebevoll ihren Vater an.
„Sag mal, kränkt es dich nicht, wenn Mutter dich mit „Idiot" anspricht? Ihr Vater schüttelte den Kopf.
„Warum lässt du dir das eigentlich gefallen?" hakte sie nach, wobei der Arme leidenschaftslos und kaum wahrnehmbar feststellte :
„Das ist einer meiner vielen Vornamen Herta!" Ihm gelang sogar ein hilfloses Grinsen.
Nein, wie ihre Mutter wollte Herta nicht werden, niemals. Aber sich die Butter vom Brot nehmen lassen, wollte sie auch nicht. Sie war ein Mensch der bei allem und jedem den Mittelweg anstrebte, was ihr natürlich trotz eifrigen Bemühens nicht immer gelang.
Schwester Marie allerdings, hatte einiges von ihrer gemeinsamen Mutter geerbt. Sie schrie sich ihren Frust aus dem Leib. Nicht immer zum Wohle und Frommen ihrer gesamten Umgebung. Sie meinte dazu: „Sonst kriege ich einen Herzinfarkt!"
Ansonsten zog auch sie es vor, lieber nicht so zu werden wie

ihrer beider Gebärerin.

Eins war Herta ein Rätsel. Wie konnten Menschen, wie ihre Eltern, ein so biblisches Alter erreichen? Vor allem ihr Vater, der sich bisher kein „dickes Fell" hatte wachsen lassen. Für sie war er ein Phänomen.

Auch hatten die beiden alten Leute sich niemals um eine besonders gesunde Lebensweise bemüht, so lang Herta sich erinnern konnte. Worin lag also das Geheimnis ihres hohen Alters?

Ihr Vater war vor kurzem Neunzig geworden, wozu sie ihm natürlich ein Gedicht gewidmet hatte.

Ihre Mutter tat an dem Tag mal wieder etwas, was Herta und Marie als unglaublich empfanden. Sie blieb den ganzen Tag konstant in ihrem gelben Bademantel hocken. Auch die Gratulanten von der Partei um die sich der Jubilar jahrzehntelang verdient gemacht hatte, wurden von der Ehefrau des alten Geburtstagkindes im „kleinen Gelben" empfangen. Ebenso die gepflegte, seriös gekleidete alte Dame, die von der Kirche „abkommandiert" worden war.

Danach folgten Herta und Marie, die frühmorgens mit ihren Ehemännern eintrafen und besorgt nach dem Verbleib ihrer Mutter, bzw. Schwiegermutter fragten.

„Die liegt im Bett!"

„Ist sie krank?" „Nein!"

„Wenn man vom Teufel spricht, dann kommt er!" Aufgeräumt, als wenn nichts gewesen wäre, erschien die Unbeherrschte, die sich kurz davor voll daneben benommen hatte.

Der Neunzigjährige, der sich noch sehr bemühte, technisch auf dem Laufenden zu bleiben, hatte versucht, auch seiner Frau die Funktion des neuen schnurlosen Telefons zu erklären. Sie war nicht in der Stimmung sich „belehren" zu lassen und als er auf sie einredete, was sie als aufdringlich empfand, warf sie, mir nichts, dir nichts, das neue technische Gerät schwungvoll auf den Boden. Danach begab sie sich ins Bett, ohne Rücksichtnahme auf die zu erwartende Ankunft ihrer Töchter und deren Ehemänner.

„Das Telefon ist zum Glück heil geblieben," meinte das Geburtstagskind mit einem schiefen Lächeln.

Herta kam die Haltung ihrer Mutter nicht unbekannt vor. Wenn sie als Kind übermüdet war, wurde sie ins Bett gesteckt und nach dem Ausschlafen war sie wie ausgewechselt. Genau wie die Greisin in dem Moment, die wie die Sonne strahlte.

„Und wenn ihr nicht werdet wie die Kinder!" dachte Herta. Aber ihren gelben Bademantel behielt die Trotzige konsequent an. Den ganzen Tag lang. Entgegen ihren sonstigen Gewohnheiten war ihr auch heute nicht nach Honneurs zumute, schließlich stand nicht sie, sondern bloß das Geburtstagskind im Mittelpunkt.

DR. HANS HEINZ MEYER

Wer gut und gern und mindestens so oft wie Hertas Mutter in ihren besten Zeiten Honneurs machte, war Wächtermanns Nachbar Dr. Hans-Heinz Meyer. Meyer, der ein Eckhaus, eigentlich waren es zwei besaß, mit allem Pi-Pa-Po. Der alte weißhaarige Fabrikant, unnatürlich freigiebig, ließ sich seine Einladungen etwas kosten. Allerdings, von nichts kommt nichts, stellte er eine folgenschwere Bedingung, wie Herta im Nachhinein feststellen musste.

Ihm musste erlaubt sein, seine vielen in jungen Jahren in seinem Hirn gespeicherten Gedichte rezitieren zu dürfen. Dafür brauchte er Zuschauer, bzw. Zuhörer.

Nach seiner Pensionierung übte er tage- und manchmal wochenlang vor dem Spiegel, um den richtigen Gesichtsausdruck an den Tag zu legen.

Herta und Rudolf hatten schon viel von den Fähigkeiten dieses Nachbarn gehört, der ein phänomenales Langzeitgedächtnis zu haben schien, zumindest in Punkto Gedichte. Bis dato hatten Wächtermanns von den immer wieder einflatternden Einladungen niemals Gebrauch gemacht. Meist fehlte es ihnen an Zeit, obwohl Rudolf zu recht behauptete, keine Zeit zu haben, wäre eine Schutzbehauptung und kein Argument.

Kein Geld zu haben, wäre o. k. für ihn, aber „keine Zeit" haben zu wollen, war für ihn eine Ausrede, die sie beide im Fall des Rezitators einige Male angewendet hatten.

Seinem Schicksal entgeht auf Dauer niemand, weil „steter Tropfen höhlt den Stein". Als dem alten Herrn sein neunzigster Geburtstag drohte, wozu er nur ausgewählte Personen, die Beiden gehörten offensichtlich dazu, einlud, war eine Absage kaum mehr möglich. Zudem neunzig eine Zahl ohne Wiederkehr ist. Die Zeit raste allen davon. Dem Rezitator ebenso, wie Herta und vor allem Rudolf, der im Moment damit beschäftigt war, den eintigen uralten Baum auf seinem kleinen Reihenhausgrundstück zu fällen, ein Mordskerl, der Baum jedenfalls.

Unterbrechungen lagen Rudolf nun mal nicht, zielstrebig, wie er sein Leben lang war, musste das Werk vollbracht werden.

Dennoch, an dem bewussten Samstag sammelte er aufseufzend seine Elektrosäge und seine Axt ein. Herta war wie gewohnt schon gestiefelt und gespornt, will heißen, sie wartete wieder einmal auf Rudolf. Die meisten Männer behaupten auf ihre Gespielinnen Rücksicht und ellenlange Wartezeiten in Kauf nehmen zu müssen. Bei Rudolf und Herta war das von je her umgekehrt. Herta hatte in den ersten Ehejahren versucht, ruhig zu bleiben. Im letzten Augenblick vor dem Ausgehen, fiel es Rudolf permanent ein, mal eben schnell noch die Toilette aufzusuchen. Das eben noch schnelle Aufsuchen zog sich dermaßen in die Länge, so dass der Begriff „unendlich" für Herta eine neue Dimension bekam. „Scheißzeitungen," giftete sie vor sich hin.

Rudolf hatte die unglaubliche Angewohnheit, die er vermutlich mit Millionen von Männern teilte, die Zeitung oder ein interessantes Buch mit auf den bewussten Ort zu nehmen. Da stand sie nun, überprüfte vor dem Spiegel noch einmal ihre Frisur, zog Grimassen, musste irgendwie die Zeit totschlagen und hätte letzteres liebend gern mit Rudolf getan, der sie mal wieder in Weißglut brachte. Ruhiger geworden, widmete sie sich im reiferen Alter ihrem Computer, um die Zeit zu überbrücken und nicht aus den

Fugen zu geraten.

Endlich, endlich, hörte sie das Clo rauschen, was ihr eigenes Gezische in ihren Ohren noch übertönte. Sie litt in den letzten Jahren nicht ohne Grund an Bluthochdruck.

Der neunzigjährige „Pascha" empfing sie auf seiner prächtigen Terrasse, nahm die vielen Glückwünsche huldvoll entgegen. Das kalte Büfett wurde eröffnet und das Schicksal nahm seinen Lauf.

Nach einer kurzen Ansprache kam er zum Zug.

Das wohlbeleibte weißhaarige Geburtstagskind machte auf Herta einen väterlichen Eindruck. Sie saß gleich neben seiner Frau, die ihren Mann sehr ob seines Gedächtnisses bewunderte. Sie offensichtlich nicht allein, es hatten sich eine Reihe Nachbarn eingefunden, nicht ganz uneigennützig und nicht zuletzt, weil es wie immer, tüchtig was auf die Gabel gab. Im Laufe der vielen Jahre muss sich das herumgesprochen haben. Und mit den Getränken sah es auch passabel aus. Bierfässchen, verschiedener Sorten wurden angeschlossen. Der Wein, vom roten bis zum weißen und der Rose´, floss in Strömen und die Stimmung war dementsprechend heiter.

Frau Meyer flüsterte Herta als Neuling zu, ihr Mann könne ellenlange Gedichte hersagen, man dürfe ihn nur ja bitte nicht unterbrechen, er wäre dann gezwungen, wieder von vorne zu beginnen.

„Oh ha!" dachte Herta und war so still, wie nie in ihrem bisherigen Leben. Auch ringsumher atemlose Stille. Man hätte die berühmte Nadel fallen hören können.

Der wirklich bewundernswerte alte Herr trug, ohne nur ein einziges Mal hängen zu bleiben, ein Gedicht vor, das von einem alten Geistlichen handelte, der offensichtlich vergeblich versuchte, seine Haushälterin ins Bett zu bekommen. Eine knappe halbe Stunde verging. Herta wagte kaum zu atmen, fürchtete eine Unterbrechung mit all ihren Folgen und verhielt sich weiterhin mucksmäuschenstill. Die Haushälterin war immer noch nicht da gelandet, wo der Pfaffe sie gern hingehabt hätte und so ergab Herta sich ihrem Schicksal.

„Alles hat einmal ein Ende, nur die Wurst hat zwei!" tröstete sie sich, trank noch einen kräftigen Schluck Rotwein und fand ihre Umgebung auf einmal gar nicht mehr so übel.

Mit Entsetzen schaute sie auf Rudolf, der die Nase rümpfte. Sie wusste, was kam. Lange hatte er es zu unterdrücken versucht. Mit einem knallähnlichen „Hatschi", das sich einige Male wiederholte, durchbrach sein allergisches Genieße die ehrwürdige Stille.

Der wie in Trance befindliche Rezitator kam zu sich, öffnete die Augen, schloss sie gleich wieder und begann von vorne die Haushälterin des Pastors zu becircen.

Auch das ertrug Herta ohne Schäden. Der Rotwein verklärte ihre Welt. Als Rudolf fast an der gleichen Stelle wieder von einem Niesstaccato überfallen wurde, der alte Herr erneut von vorne sein Anliegen einfädelte, passte Herta. Direkt wie sie nun mal war, tat sie sich kein Korsett an, sprang auf, als Einzige übrigens und verließ fluchtartig das alte Geburtstagskind. Um den alten Herrn nicht zu beleidigen, sagte sie mit einem bedauernden Blick auf den Greis: „Ach, du großer Gott, Herr Dr. Meyer, ich glaube, ich habe vergessen, den Gasherd abzustellen". Diese Ausrede hatte sie des Öfteren parat, sei es, wenn sie beim Arzt die Panik überfiel, oder ihr sonst etwas nicht passte, vor dem sie sich drücken wollte. Dabei hatten sie schon seit Rudolfs revolutionären Umstellungen auf Elektrisch umgepolt.

Plump, wie nur Rudolf manchmal sein konnte, machte er dem Gastgeber klar, dass er nicht Schuld an seinen Wiederholungen sein wolle, und folgte hoch erfreut und stehenden Fußes seiner Frau. Klar, dass sie zu derlei Gelegenheiten niemals mehr eingeladen wurden, dafür aber zur nicht lange auf sich wartenden Totenfeier, was weniger dramatisch für sie beide jedenfalls war.

DIE FLIEGEN

Fast alle alten Nachbarn starben ringsherum um sie weg. Beerdigung reihte sich an Beerdigung und es war ein Muss, sich schwarze Klamotten zu besorgen.

Damals, als sie vor gut fünfundzwanzig Jahren, kurz vor ihrer Silberhochzeit in dieses Reihenhaus gezogen waren, kamen ihnen ihre Nachbarn von links und rechts uralt vor. Sie hatten im Stillen und respektlos stets von den alten Säcken gesprochen.

Zwei Generationen hatten sie selbst hier in all den Jahren aufwachsen sehen und die alten Säcke waren nun sie.

In einer solch homogenen Nachbarschaft bekam man vieles hautnah mit. Offensichtlich aber nicht alles.

Ein paar Häuser weiter wohnte ein alleinstehender Mann von etwa fünfzig Jahren, den Herta nur einmal gesehen hatte. Er galt als psychisch gestört. Erst, als sein Briefkasten überquoll und Fliegen ihre Runden drehten, schwante der Nachbarschaft, dass etwas im Argen war. Eine Nachbarin hatte der Mann, wie sie später berichtete, um Haferflocken oder Zwieback gebeten. Sie erinnerte sich nicht mehr so genau. Durch einen Fußbruch war er nicht in der Lage, sich selbst zu versorgen. Natürlich erfüllte die liebe Nachbarin seinen Wunsch, vergaß aber den Vorfall in unserer heutigen schnelllebigen Zeit sehr bald wieder.

Erst als die Fliegen massiv ein- und ausflogen, wurde ihr Verdacht leider bestätigt.

Ja, es war die traurige Wahrheit, der Mann mit dem gebrochenen Fuß lebte nicht mehr. Inmitten einer Reihenhaussiedlung war er verstorben, ohne dass die nahesten Nachbarn ihn vermisst hätten.

Seine Leiche war so verwest, dass man die eigentliche

Todesursache nur vermuten konnte. Eine Embolie vielleicht, oder Tod durch Verhungern? Wer weiß, wie seine letzte Stunde ausgesehen haben mag? fragte auch Herta sich. Man bereitete das Tuch des Schweigens über den gesamten Vorfall. Keiner fühlte sich verantwortlich oder gar schuldig, wie es in einer Zeit, wo der Tanz um das „Goldene Kalb" schon längst begonnen hat, auch nicht anders zu erwarten ist. Das menschliche Miteinander ließ viel zu wünschen übrig.

„Eine unselige Zeit" stellte Herta nicht ohne Schaudern fest.

Sogar in einem Altenheim soll eine Tote einige Tage gelegen haben, bis man sie entdeckte. Herta hatte es in der Samstagsausgabe gelesen.

BLACK UND DECKER

Herta selbst hatte kurz darauf einen komplizierten Fußbruch erlitten und es war ein großes Glück, dass Rudolf mittlerweile a.D. war. Zum ersten Mal bedauerte Herta es nicht. Was mit ihr passiert wäre, konnte sie sich ausrechnen. Wer hatte für wen noch Zeit?

Nicht ein einziger Nachbarn hatte sie nach dem wochenlangen Krankenhausaufenthalt überhaupt vermisst. Selbst die von links und rechts nicht. Schließlich war Winter und man sah sich sowieso kaum. Wenn Rudolf sie erschlagen hätte, niemand hätte etwas bemerkt, es sei denn, die Fliegen hätten auch hier im Frühjahr als Wegweiser gedient.

„In welcher Zeit leben wir eigentlich," dachte Herta kopfschüttelnd und versuchte an etwas anderes zu denken.

Ein Menschenleben schien nichts Wert zu sein und ein Auge auf den Nachbarn zu haben, war doch nun wirklich kein Ding. Ihre Nachbarin von links kam allerdings noch am gleichen Tag nach Hertas Entlassung rüber und brachte ihr einen Riesenblumenstrauß ins Haus, nachdem sie Herta auf Krücken aus dem Auto hatte steigen sehen.

Rudolf hatte natürlich, in seiner verschlossenen Art, niemandem etwas von Hertas unseligem Unfall berichtet.

Er wollte sowieso nicht an der dämlichen Taufe, bei der das Unglück passiert war, teilnehmen. Das erste Enkelkind von Hertas bester Freundin sollte ein Gotteskind werden, wozu Rudolf sich doch noch aufrappelte, mitzukommen.

Nachdem die „Prozedur" wie Rudolf meinte, vorüber war, drehte man zu Ehren des Täuflings noch im Gänsemarsch und mit brennenden Kerzen in der Kirche eine Runde.

In der Vorfreude, gleich erlöst zu sein, erhob sich auch Rudolf um an „der Polonaise" teilzunehmen.

Im rechten Kirchenschiff war eine Camera auf einem Stativ aufmontiert, die Herta interessierte. Dabei übersah sie die kleine Stufe und flog im hohen Bogen auf die automatisch filmende Camera zu.

Sie dachte noch während des Sturzes,: „ Das gibt einen „Wohnzimmer- Oscar!"

Sofort sprangen einige Herren herbei, unter anderem Rudolf und versuchten miteinander, sie aufzurichten, was misslang. Ein stechender Schmerz von der Fußsohle bis ins Knie, als wenn man mit einem Säbel von unten nach oben zugestoßen hätte, ließ Herta wieder den eiskalten Fußboden aufsuchen. Irgend jemand schob ihr Gebetbücher unter und in Nullkommanichts war das immer näherkommende schrille „Tatütata" zu hören.

Den Sanitätern gelang nichts, rein gar nichts. Die automatisch aufblasbare Manschette versagte ihren Dienst, so dass die armen Kerle sich die Lungen aus den Hälsen pusteten. Endlich war der Fuß ruhiggestellt und als die Verunfallte in den Krankenwagen gehievt wurde, rastete die Arretierung nicht ein und Herta fast aus.

Rudolfs Gesichteshaut wirkte gelb wie eine überreife Zitrone, als er hinter dem Krankenwagen her fuhr. Seinen Wagen ließ er selbstverständlich nicht zurück. Alles musste seine Ordnung haben. Endlich hatte man Herta verfrachtet und im Innern des Krankenwagens bat sie sich aus, das heißt sie befahl geradezu:

„Das Martinshorn bleibt aus!" So geschah es. Ihr wurde kalt, sie fing an zu zittern und man warf ihr eine alte „Pferdedecke" über, die sie einigermaßen wärmte.

Unentwegt pumpte sich alle paar Sekunden lang ein automatischer Blutdruckmesser mit dem entsprechenden Getöse auf, was Herta nervös machte.

Alle paar Sekunden leuchtete ein Sanitäter ihr in die Augen, bis Herta platzte und dem jungen Mann klar machte, dass sie auf die Knie und nicht auf den Kopf gefallen wäre, worauf man sie in Ruhe ließ. Rückwärtsfahren war ihr noch nie bekommen. Ihr wurde übel. Das dauerte aber auch! Manchmal verlor sie Rudolfs grünen Wagen aus den Augen und fühlte sich beunruhigt. Er traf aber gleichzeitig mit ihr und diesem blöden Krankenwagen ein. Für liegend Kranke las sie und das Fahrzeug hielt an.

Ausgerechnet an einem Samstag musste ihr das passieren, wo bekanntermaßen sämtliche Kliniken auf Sparflamme arbeiteten. In einem Vorraum hörte sie eine alte Frau klagen: „Ich warte hier schon eine Woche, wann kommt denn endlich der Doktor?"

Immer wieder wiederholte die senile alte Frau, der jedes Zeitempfinden verloren gegangen schien, ihre nervigen Quengeleien.

Währenddessen hatte Rudolf Rebecca zu erreichen versucht, die sich vermutlich hinter ihrem Anrufbeantworter versteckt hielt, oder vielleicht war sie tatsächlich nicht im Haus.

Erst als er schrie, was bis an Hertas Ohr drang:
„Nun geh doch schon an den Apparat, die Mama ist verunglückt," war sein Anliegen von Erfolg gekrönt.

Rebecca und ihr Freund kamen schnellstens in die Klinik. Nach dem Röntgen stand eindeutig fest: Fußbruch! und als der Arzt fragte, wann Herta zuletzt was zu sich genommen hätte, wusste sie, was ihr blühte.

Sie dachte gleich und mit Schrecken an die ihr bevorstehende Narkose. Mittlerweile wurde ein Ärzteteam zusammengetrommelt.

„Ich möchte keine Vollnarkose," und welche Alternative

können Sie mir anbieten?" fragte Herta, die Anästhesistin?"
„Wir können eine Spinalanästhesie durchführen, wenn Ihre Wirbel nicht zu dicht beieinander liegen!"

„Um Gottes Willen," Rebecca, die immer das Schlimmste annahm, riet ihrer Mutter dringend davon ab. Auch die Feststellung, dass eine Querschnittslähmung nicht ausgeschlossen werden könnte, ließ Herta nicht von ihrem Entschluss weichen.

Sie fragte noch, ob ihre Tochter als Medizinerin vielleicht dabei sein dürfte. Sie durfte und schon bald lag Herta auf dem OP-Tisch.

„Welche Musik wünschen Sie?" Herta hätte gern Vivaldis „Vier Jahreszeiten", gehört, die leider vergriffen waren. Macht nichts. Sie stülpte sich den Kopfhörer über die Ohren, bekam eine Nadel ins Rückenmark eingeführt. Zweimal hintereinander hatte sie das Empfinden, elektrische Schläge in das verunfallte Bein bekommen zu haben und zuckte zusammen. Danach wurde ihr Fuß wohlig durchblutet, wie noch nie in ihrem Leben. Sie wurde an einen Tropf gehängt.

„Endlich mal keine kalte Füße" stellte sie entzückt fest und redefreudig wie eh und je, teilte sie ihre Empfindungen der netten dunkeläugigen, sympathischen Ärztin auf Anfrage mit.

„Dann hat es gewirkt," freute sich die Narkoseärztin. Herr Kollege, Sie können beginnen!"

Herta vernahm trotz der einlullenden Musik und einer beginnenden Müdigkeit ein Gehämmer und Gebohre. „Black und Decker, Black und Decker!"

Links von sich sah sie die Narkoseärztin arbeiten, rechts von ihr wachte ihre Tochter. Die beiden Frauen unterhielten sich, verstehen konnte sie allerdings nichts. Herta hätte gerne „mitgemischt," schon allein, um dem nervigen „Black und Decker" zu entgehen.

So ergab sie sich ihrem Schicksal. Es mochten etliche Stunden vergangen sein, man nahm ihr den Kopfhörer ab und sie bekam noch mit, wie einer der Ärzte feststellte: „Wir müssen nur noch nähen, danach kaufen wir uns eine schöne Pizza!"

Herta wurde es übel „Pizza, igittegitt!" Sie würgte und ihre Tochter kam mit einer Brechschale angesaust. Sie erbrach etwas Grünes! Porree vom Mittag! Die freundliche Anästhesistin gab eine Flüssigkeit in die Infusion und versprach: „Gleich geht es Ihnen besser!" So war es. Wem es dafür aber ziemlich schlecht ging, war Hertas Tochter. Sie hat nie wieder danach Porree riechen oder essen wollen. Wann immer eine Frühlingssuppe, ihr Leibgericht, aufgetischt wurde, Porree blieb außen vor. Herta ganz wieder die Alte, hatte ihren Humor wiedergefunden und meinte auf dem Weg vom OP zu ihrem Zimmer, wozu das gesamte Team sie begleitete und in schallendes Gelächter ausbrach: „Bitte nicht über dreißig fahren, ich werde immer so leicht schwindelig!"

GEORDNETE VERHÄLTNISSE

Rudolf hatte sich zu der Zeit um Herta verdient gemacht. Jeden Tag, außer freitags, wo er sich meist um die Säuberung des Hauses kümmerte, blieb er stundenlang bei Herta in der Klinik. An und für sich brauchte er nur ein Krankenhaus von weitem zu sehen, um von Störungen, wie Magendrücken, bis hin zur Übelkeit befallen zu werden. Natürlich war er erleichtert, als Herta endlich nach den vierzehn langen Tagen wieder bei ihm war. Vorher hatten Rebecca und er ausprobiert, wie man am besten die Treppenstufen nach oben passieren konnte, um ins Schlafzimmer zu gelangen. Sechs wochenlang durfte die Patientin nicht mit dem malträtierten Fuß auftreten.

Herta erkletterte also auf den Knien, so wie Rudolf und Rebecca es erprobt hatten, die Etage zum Schlafzimmer, wobei sie sich mit den Händen am Geländer hochzog.

War sie zu müde, wurde es ein „Bußgang" für sie. Ihr fehlte einfach die Kraft, sich hochzu- stemmen und so machte sie sich früh am Abend, wenn ihre Kräfte noch reichten, auf den beschwerlichen Weg. Rudolf installierte später ihrem Bett gegenüber einen Fernsehapparat der ihr meistens einen frühen, wenn auch nicht erquickenden Schlaf bescherte. So war es schon in der Klinik gewesen. Der Bildschirm war noch nicht ganz auf Touren, und schon lag sie in Morpheus Armen und nach dem ersten Schläfchen danach, die halbe Nacht wach.

In jungen Jahren wäre Rudolf in der Lage gewesen, sie nach oben zu tragen. Mit ihren angefutterten Pfunden wollte sie es ihm und sich nicht antun. Nicht auszudenken, wenn sie beide die Treppe runter gepurzelt wären. Schlimm genug, dass sie, wenn sie nachts zur Toilette ging, unter Zuhilfenahme ihrer beiden Gehhilfen, Krücken sagte man nicht mehr, die eine oder andere, aus Unachtsamkeit, fallen ließ. Die Dinger waren zum Glück solide gebaut. Jedes mal sprang Rudolf voller Entsetzen aus dem Bett, glaubte, sie wäre gestürzt. Sie schnarchte schon lange wieder, während er in solchen Situationen wieder und wieder ihren Unfall miterlebte und nicht mehr einschlafen konnte.

Rudolf blühte auf, als Herta wieder zuhause war. Er tat, wie vordem, alles, um wieder mit ihr in geordneten Verhältnissen zu leben. Er wischte Staub mit einem trockenen Staubtuch und scheuerte die Böden, so dass man, wie er stolz behauptete, vom Boden hätte essen können.

„Das Staubwischen mit einem trockenen Lappen," versuchte Herta ihm beizubringen, „ist nur eine Verlagerung der Staubpartikel." Davon war sie überzeugt und wenn sie zu ihren heilen Zeiten Staub gewischt hatte, dann nur mit einem feuchten Leder, um nicht auf Dauer eine Staublunge zu bekommen. Noch im Krankenhaus hatte sie ihm verklikkert, dass es am besten wäre, dem Staub ganz aus dem Weg zu gehen. „Schlafende Hunde soll man nicht wecken, Rudolf!"

Ihren Humor hatte sie jedenfalls behalten.

Rudolf war so stark im Haushalt involviert, so dass er ihr schon im Krankenhaus fast leid tat und sie sich dort tief in ihr Bett kuschelte, in Anbetracht dessen, dass der Unfall doch zu etwas gut war. Sie war von der Vorsehung aus dem Verkehr gezogen, besser gesagt, von der lästigen Hausarbeit für eine Weile befreit worden. Aber um welchen Preis!

Dennoch konnte sie sich nicht enthalten, ihm beim nächsten Besuch klar zu machen, dass sie auch in Zukunft

Nullinteresse am „Vomfußbodenessen" hätte. Er brauchte sich ihretwegen also nicht so abzustrampeln, worauf er völlig beleidigt reagierte.

„Bei uns zu Hause war dafür immer noch der Tisch Standart!" sagte sie beim Abschied patzig und freute sich daran, wieder einmal das letzte Wort zu haben. Und was das Schönste war, in der Klinik musste Rudolf sich beherrschen. Er blieb erschreckend ruhig.

Herta fing gleich zwei Tage nach ihrer Entlassung an, in ihrer Küche zu werkeln. Rudolf stellte ihr die Töpfe zur Verfügung, die natürlich griechisch-römisch gestapelt, auf ihren Einsatz warteten. Noch immer durfte sie nicht auftreten und kniete mit ihrem lädierten Bein auf einem der Stühle, stieß sich auf dem gefliesten Boden unter Zuhilfenahme ihres gesunden Beines in die Richtung, in die sie wollte. Es klappte wunderbar und auch Rudolf atmete auf. Entfiel doch für ihn das lästige Kochen, was ganz schön zeitaufwendig war, was er leidvoll und verstohlen nur sich selbst eingestand.

Nachmittags fuhr er sie ins nahe Sauerland, wo es in einem kleinen Cafe Kaffee und Kuchen gab und wo Herta diesen unseligen brennenden Schmerz in ihrem Fuß vergaß.

„Es ist, als wenn ich mich am Bügeleisen verbrannt hätte," klagte sie manchmal, lehnte es aber ab, Schmerzmittel zu nehmen. Wenn sie es gar nicht aushielt, nahm sie ein Zäpfchen, was höchsten eine Stunde lang Linderung brachte.

Wie gut es ihnen doch ging. Herta wusste das Leben erst jetzt, nachdem diese Schmerzen einigermaßen erträglich wurden, zu schätzen. Diese Zeit lag nun Gott sei Dank hinter ihnen.

Sie war wieder voll fit und belastbar.

Allerdings war mit der Pensionierung von Rudolf, die parallel zu ihrem Unfall verlief, eine neue Situation entstanden. Sie fühlte sich von ihm wie von einem Hai umschlichen, der seine Beute nicht aus den Augen verlor. Sie konnte sich jedoch täuschen. Täuschte sich aber nach Überprüfung der Lage, leider nicht.

Dieses Kontrollieren erinnerte sie an eine frühere Freundin, die längst im Norddeutschen Raum wohnte und die ihr damals klagte:

„Ich fühle mich von Egon überwacht!" Egon war Kaufhausdetektiv, was ihn zwar nicht rehabilitierte, aber seine Kontrollsucht erklärte.

„Wie furchtbar," hatte Herta gemeint, aber zur Zeit ging es ihr nicht viel anders.

„Bist du wieder in Köln?" fragte Rudolf, wenn sie an ihrem PC saß um die aufgestauten Korrespondenzen zu erledigen, was wohl heißen sollte:

„Hast du nichts Besseres zu tun?" Immer noch war er leistungsorientiert und glaubte, dass es besser sei, Herta würde etwas Produktives erledigen und schon mal vielleicht mit dem Bügeln anfangen.

„Alles konnte sie ertragen, ohne nur ein Wort zu sagen!" fiel ihr der Buschspruch ein.

Das ging ihr nun doch zu weit. Sie rastete aus, was zur Folge hatte, dass Rudolf mit ihr nicht mehr sprach. Eine „Bestrafungsmaßnahme" die ihr bei ihrem einigermaßen ausgeglichenem Nervenkostüm nur ein müdes Lächeln abringen konnte. Anders war es allerdings, wenn es ihr selbst nicht gut ging.

Ein Wort ergab das andere und Herta fühlte sich an eine der Szenen von Loriot erinnert, was sie Rudolf dann unverblümt mitteilte, worauf er, wie zu erwarten, mit seinem Gebrüll loslegte. Er brüllte ohnehin zur Zeit mehr, als er sprach und zog sich schmollend zurück.

„Warum einfach, wenn es auch kompliziert geht?" dachte Herta wieder einmal und wenn sie, während sie Kartoffeln schälte etwa, ein paar Worte über die Schulter mit ihm wechselte und eine Frage stellte, musste sie des Öfteren feststellen, dass sie einen Monolog geführt hatte. Erst dann bemerkte sie, dass Rudolf längst verschwunden war. So geräuschlos wie seine Katzen.

Im Kreis ihrer Freundinnen hatte eine, sie wusste nicht mehr welche, den Ausspruch getan:

„Wenn ich möchte, dass mein Mann mit mir spricht, brauche ich nur ein Buch in die Hand zu nehmen und schon geht es los, wie bei einem Wasserfall! Das wäre auszuprobieren. Gleich am nächsten Nachmittag fand Herta die Zeit, sich einem Buch zu widmen. Prompt sprach Rudolf sie an, nicht nur das. Entgegen seiner sonstigen Gewohnheiten überschwemmte er sie nahezu mit seinen Gedanken. Sie legte das Buch zurück und schon herrschte „Funkstille!"

„Das ist ja nicht zu fassen," meinte Herta beim nächsten Treffen. Ja, man konnte von seinen Freundinnen lernen und Herta wollte es weit bringen.

Fast jeden Morgen passte sie Rebecca auf dem Weg zur Praxis ab, die zur Freude ihrer Eltern ein paar Häuser weiter ein Häuschen gekauft hatte, wo sie mit ihrem Mann wohnte. Ein Riese von über zwei Meter, für den eigentlich das Haus zu klein war. Der arme Kerl musste sich mächtig bücken, um durch die Türöffnungen zu kommen. Bei seinen Schwiegereltern   konnte er bequem auf den

Wohnzimmerschrank schauen, wo bisweilen Staubleichen zu schlummern schienen, seit Herta jedenfalls wieder das Regiment im Haushalt führte. Gut, dass Rudolfs Körpergröße „nur" um die Einmeterfünfundachtzig lag und ihm der Anblick erspart blieb. Nicht auszudenken! „Stelle dich im Bademantel doch nicht ans Fenster!" vernahm Herta „die Stimme ihres Herrn". Ihr Blut geriet in Wallung. Was ging es ihn an, mit wem oder was sie am Fenster stand? Diese Bevormundung war ja wieder einmal der Gipfel!

Natürlich gab es Trara, den ihr Pensionär wie das tägliche Brot, vor allem allmorgendlich zum Einstieg in einen fröhlichen Tag zu brauchen schien. Gab sie ihm kontra, verlegte er sich, manntypisch darauf, die Diskussion zu beenden. Es wurde ihm einfach zu brenzlig.

„Kannst du nicht wenigstens nur einmal nachgeben," schrie er, er, der die ganze Situation im Grunde genommen heraufbeschwor. Er heizte das Flämmchen tüchtig an, bis es zur Flamme emporschoss, um dann zu versuchen, es zu erstikken.

Dabei hatte er aber nicht mit Herta gerechnet. Im Grunde genommen wusste sie als Mutter, die zwei Kinder großgezogen hatte, dass es besser war, auch einen widerborstigen Mann abzulenken. Aber immer wollte sie sich nicht dieser Mühe unterziehen. Bei ihrer Rebecca hatte das Manöver immer vorzüglich geklappt. Die war sofort Feuer und Flamme und nahm Vorschläge, die allesamt der Ablenkung dienten, freudig auf, so dass die Situation entschärft war und Herta nicht „Hand anlegen" musste, was bedeutete, ihrer kleinen Tochter das widerspenstige Fell „gerben" zu müssen. Ihr Sohn Mark fiel darauf nicht rein. Sei es, er durchschaute das Vorhaben seiner Mutter, sei es, ihm juckte das vielzitierte Fell, er machte lustig weiter, fuhr fort, seine Mutter zu tyrannisieren. Er gab erst Ruhe, wenn er sich von seiner Erzieherin ernst genommen fühlte und sich eine einfing. Er legte es förmlich darauf an und Herta tat ihm, ob sie es wollte oder nicht, gelegentlich den Gefallen. Vor allem, als er in die Pubertät kam, nervte er sie mit Dingen, die sie kaum jemals für möglich hielt. Er stieß zum Beispiel wieder einmal ein Maggiflächchen so unauffällig wie möglich, um. Als sie ihn empört schalt: „Warum machst du das, was glaubst du wohl, wie schwer die dunklen Flecken aus der Tischdecke zu entfernen sind?" fragte er mit Unschuldsmiene:

„Was mach ich denn?" Er stritt mit einem glaubwürdigen Augenaufschlag ab, die Flasche auch nur angesehen zu haben. Herta, die ihren Augen für gewöhnlich trauen konnte, begann an sich zu zweifeln, glaubte, ihm Unrecht getan zu haben.

Als die Flasche zum zweiten Mal, wie von Geisterhand berührt, umfiel, wurde es Herta zu bunt und sie wurde handgreiflich, was ihrem Sohn anscheinend Vergnügen bereitete.

Ihre Großmutter hatte schon Zeit ihres Lebens festgestellt: „Alles wiederholt sich im Leben, oder Gottes Wort ist nicht wahr, Herta!"

Daran musste sie oft denken. Durch Rudolfs Verhalten erfuhr sie, dass Gottes Wort niemals anzuzweifeln ist. Es wiederholte sich wirklich alles im Leben. Sie wollte nicht noch einmal etwas durchexerzieren, was sie lange nach der Aufzucht ihrer Kinder hinter sich zu haben glaubte und wusste zur Zeit keinen Rat.

„Man sollte zur eigenen Entlastung und als Leitfaden für die vielen Ehefrauen jenseits der Wechseljahre ein Buch über renitente Männer schreiben," kam ihr in den Sinn. „Nicht „man", sondern „frau." Sie wüsste auch schon einen passenden Titel dazu :

„Die nachpubertären Zeiten des Mannes infolge der Pensionierung", oder so ähnlich! Schon allein die Männer ihrer bedauernswerten Freundinnen, ausnahmslos Pensionäre, würden für genügend „Zündstoff" sorgen. Herta behielt den Gedanken im Auge.

„Ich bin nicht dein Feind," versicherte Rudolf ihr des Öfteren. Für ihren Geschmack, ein wenig zu oft. Ständige Wiederholungen waren in sich schon verdächtig.
„Das hieße, wenn du nicht mein Feind bist, dann wärest du automatisch mein Freund,?" oder wie soll ich das verstehen?"
Rudolf grinste, sie merkte, wie er Überlegungen anstellte, um sich aus der Schlinge zu ziehen.
„Jemanden nicht zu befeinden, muss nicht unbedingt bedeuten, jemanden gleich zum Freunde zu machen," stellte Rudolf korrekt klar.
„Ah ha, wenn du nicht mein Feind bist, weißt du das jedenfalls geschickt zu verbergen!"
Mit ein wenig Ironie konnte sie Rudolf stets beikommen. Auch ihr Humor hatte sich in den letzten Jahren bezahlt gemacht, sonst wäre es alles in allem Essig gewesen, mit ihrer besonders holprigen Beziehung nach der Pensionierung.

Wie viele Paare waren im Freundes- und Bekanntenkreis kurz vor der Silberhochzeit auseinander gegangen? Herta

überlegte. Mindestens zehn. Eigentlich zehn zu viel.
Für sich genommen und im einzelnen, waren es alles prächtige Männer und Frauen.
„Aber wehe, wenn sie (aufeinander) losgelassen!"
Auch bei ihr und Rudolf hatte es kurz vor dem fünfundzwanzigsten Ehejubiläum, (was gab s da zu jubeln)? mächtig gekracht.
Herta war damals total überlastet. Bis ins kleinste hatte sie, als Perfektionistin, alles durchorganisiert. Es kamen um die fünfzig Gäste. Zum Schluss hatte sie erschöpft den Silberhochzeiter in spe gebeten, doch auf dem Weg zum Büro, seinen Smoking eben bei der Reinigung abzugeben.
„Ja, das bisschen wirst du doch auch noch bringen. Tag und Nacht erzählst du mir, was du alles schon getan hast und noch tun musst und sobald es um meine Belange geht, passt du.
Nee, nee, das mach mal lieber auch noch!"
Herta fing an zu schäumen. So eine Unverschämtheit und sie sagte, was sie von ihm hielt. Ein Wort ergab das andere und schon war der schönste Streit im Gange, so dass Herta es einfach satt hatte.
„Nicht noch mal fünfundzwanzig Jahre mit dir unhilfsbereitem Kerl!" Diesmal schrie sie und diesmal blieb er ruhig, als sie ihm offenbarte, dass sie nicht gewillt war, mit ihm die „Silberne" zu begehen. In dem Moment drehte sich der Schlüssel im Schloss und ihre pubertäre Tochter bekam den „unhilfsbereiten Kerl" noch mit.
Herta erklärte ihrer Rebecca, dass Mama und Papa gerade im Begriff wären, auseinander zu gehen, worauf die Tochter bekümmert von einem zum anderen guckte und völlig außer sich war. Das hatte sie noch nie erlebt!
„Und was wird aus mir?" stellte sie die logische Frage?"

„Du, du kannst ja bei deinem Papa bleiben!"
Als aber Rebecca zu ihrem Vater aufsah, bekam der einen so roten Kopf, dass sie einen „Vulkanausbruch" fürchtete, der auch prompt erfolgte.

„Deine Tochter kannst du dir an den Hut stecken!" schrie Rudolf.

Herta war in ihr Auto geklettert und hatte die Gegend durchstreift. Sie hätte im Nachhinein nicht mehr sagen können, welche Strecke sie zurückgelegt hatte.

Es wäre ein leichtes für sie gewesen, den um einige Jahre jüngeren Mann aufzusuchen, der sie während des Umbaus ihres Hauses in sanitären Dingen so toll unterstützte. Er war der Juniorchef eines Sanitärhandels und widmete ihr erstaunlich viel Zeit. Mit jeder Frage konnte sie ihm kommen. Geduldig, was Herta niemals für möglich gehalten hatte, erklärte er die technischen Dinge, die sie im Gegensatz zu Rudolfs hochtrabenden Belehrungen, sofort begriff. Dieser ledige Mann besaß ein ähnliches Reihenhaus und empfahl ihr sogar, ein Bidet im Badezimmer einbauen zu lassen. Herta hatte sich gewundert, an was der Mann nicht alles dachte. Ein Bidet und ein Mann? Merkwürdig!
Irgendwie schien er ihr seelenverwandt, was sie herzlich freute. Bis sie herausbekam, dass er Bi-Sexuell und an einem kleinen „Püffchen" mit ihr auch nicht uninteressiert war.

Bei einem ihrer Besuche, er wollte ihr unbedingt sein umgebautes Haus zeigen, möglicherweise auch noch mehr, hatte sie nämlich etwas total stutzig gemacht.

Beim Verabschieden gab sie ihm einen freundschaftlichen Kuss auf die Wange, wozu er ihr seine geschürzten Lippen darbot, was Herta nun wirklich nicht gefiel.

In ihrer offenen Art sagte sie ihm das auch und die

Beziehung war ziemlich abgekühlt.

Allerdings hatte er zwischendurch immer wieder einmal angerufen, ihr erzählt, er hätte zwei Tassen vor sich stehen. Die eine wäre für sie bestimmt. Er wähnte sie im Raum und tränke ihr herzlich zu. Herta fing an, darüber zu lächeln.

Nichtsdestotrotz luden Rudolf und sie ihn aus Dankbarkeit für seine Hilfe bei der Einweihung des Umbaus ein, wie alle anderen Freunde auch, die sich verdient gemacht hatten.

Einige hatten den Keller in der alten Wohnung ausgeräumt und so manches entsorgt, oder aber nach dem Umbau beim Saubermachen geholfen und all die vielen Dinge erledigt, die gute Freunde eben verrichten.

Dieser musikalische Juniorchef brachte seine Gitarre mit und jaulte an dem wunderschönen Herbstabend wie ein von seinem Rudel isolierter Wolf, der armen Herta ein für sie bestimmtes Liebeslied in ihr nicht geneigtes Ohr.

Die „Angebetete" überkam ein Lachreiz bei der Vorstellung, was ihre pragmatische Freundin Dorith, die verhindert war, über dieses Gejaule gedacht haben würde.

Herta sprang ins Gästeclo und lachte sich kräftig aus. Sie hielt sich den Mund zu, weil man sie möglicherweise noch im Wohnzimmer hören konnte.

Mittlerweile hatten die Gäste kräftig zugepackt und aßen und tranken, was die Gastgeber ihnen bescherten.

Von diesem Juniorchef wäre Herta also nach dem Krach vor der Silbernen mit offenen Armen aufgenommen worden, auch Rebecca war ihm willkommen. Die beiden mochten sich.

Herta fuhr wild durch die Gegend. Autofahren lenkte sie stets ab und besänftigte ihr Gemüt.

Sie blieb aber dann doch mit Rudolf zusammen in ihrem

freundlichen Reiheneigenheim, dass sie mit Rebecca damals allein besichtigt hatte, weil Rudolf nicht abkömmlich war. Ein Termin jagte den anderen und selbst an den meisten Sonntagen führte er Baustellenberatungen durch. Als Rebecca und sie das Häuschen sahen, wollten sie erst gar nicht bei den Vorbesitzern anschellen, es wirkte so winzig und es war fraglich, ob ihre vielen Möbel aus der riesengroßen Wohnung, die sie zuletzt bewohnten, nur annähernd Platz fänden. Nach kurzer Überwindung schellten sie an. Die schmale Diele wirkte nicht besonders einladend, als sie aber den Blick in Richtung Wohnzimmer taten, waren sie überrascht von der Größe und Helligkeit des Raumes, dessen Süd-Fenster die ganze Front einnahm. Das schmale Haus dehnte sich nach hinten zum Garten hin aus. Wer hätte das gedacht?

Herta ging ihr Herz auf, als sie den kleinen Garten sah. Hier würde sie bleiben mögen. Ob allerdings Rudolf damit einverstanden war, konnte nicht vorhergesehen werden.

Vor allem das Dachgeschoss, was Rebeccas Reich sein würde, war lichtüberflutet und auch Rebecca war begeistert und stimmte zu. Hier würde sie gern wohnen und sie blieben sogar in Stadtmitte. Rebecca brauchte das Gymnasium nicht zu wechseln und Herta würde sowieso niemals bereit sein, in einen Vorort zu ziehen. Sie war ein Stadtmensch und würde es zeitlebens auch bleiben.

Endlich fand Rudolf Zeit, eine Besichtigung vorzunehmen, er, der selbst Häuser verkaufte, staunte nicht schlecht über dieses „Zwergenhaus," das ungeahnt geräumig war.

Natürlich störte ihn der Eingang, der breiter hätte sein können. Auch das Bad war verhältnismäßig klein. Man müsste schon Abstriche machen, meinte er.

Er wusste aber, dass er Herta nicht aufs Land, sprich in die „Knüste" verfrachten konnte und stimmte letztlich deshalb dem Kauf zu. Die Eheleute konnten es also wieder miteinander, im Gegensatz zu einem befreundeten Ehepaar, das ebenfalls vor der Silbernen stand. Der schwermütige wie aggressive Ehemann wurde von seiner Frau verlassen. Den Hund hatte sie ihm auf seinen Wunsch hin überlassen, an dem dieser Blödmann offensichtlich sein Mütchen kühlte, wie Herta fast täglich feststellen konnte. Noch bevor sie Hund und Herrchen beim Gassigehen ansichtig wurde, eilte das Gebrüll des Alleingelassenen ihnen voraus. Er zerrte an der Leine und schien wirklich geistesgestört zu sein. Wenn der Hund nicht von jetzt auf gleich auf sein donnerndes „Platz", reagierte und nicht augenblicklich wie tot zusammensackte, schrie er mit der armen Kreatur wild rum.

Selbst in ihrem Sportverein lichteten sich die Reihen infolge der Trennungen. Die Fünfundzwanzig schien eine magische Zahl zu sein. „Nochmals fünfundzwanzig Jahre, nein danke!" mögen sich vor allem die Frauen gesagt haben. Rudolf und sie jedenfalls „feierten" im Clubhaus des Vereins mit etwa fünfzig Leuten. Einer versprach einen Fotoapparat mitzubringen, was er auch tat, dabei aber vergaß, einen Film einzulegen. Somit gab es wieder mal keinen Nachweis ereignisreicher „Feste", was Herta in dem Fall als wohltuend empfand. Sie war ein Mensch, der sich nicht verstellen konnte. Nur der Himmel weiß, wie die Aufnahmen von ihr möglicherweise ausgefallen wären.

Schon bei ihrer Hochzeit in grauer Vorzeit war nicht ein einziges Bild entstanden. Vermutlich war der sonst stets anwesende Fotograf just in dem Moment, als die Brautleute das „Zuchthaus" verließen, einmal für kleine Jungs verschwunden.

Herta nahm an, dass es auch zum bevorstehenden Fünfzigsten „traditionell" kein Konterfei von Rudolf und ihrer Wenigkeit geben würde.

SCHON WIEDER

Zunächst aber drohte wieder einmal ein Weihnachtsfest. Herta bereitete als Perfektionistin alles vor, so dass sie am Fest der Feste nur noch all die eingefrorenen Herrlichkeiten aufzutauen brauchte. Unter anderem Sauerbraten, den sie selbst eingelegt hatte und ohne den Rudolf noch weniger weihnachtlichen Gefühle zu entwickeln imstande war. Schocking-Oma und Hertas Vater, beide im Neunzigsten, waren nicht mehr so gern bereit und auch kaum noch in der Lage, anzureisen. Ihr Vater fuhr zwar selbst noch seinen Wagen, aber nur zu den unumgänglichen Fahrten zum Arzt z. B. Schocking Oma hatte überhaupt keine Lust mehr, sich anzuziehen und es war für ihren Mann eine Tortur, ihr in die Kleider zu helfen. Einmal angezogen, war sie gutmütig bereit, zu starten. Er musste sie jedes Mal überlisten, was ihm meistens auch gelang. Er brauchte ihr nur zu sagen: „Du denkst dran, dass wir heute zum Arzt müssen." Auch wenn es Sonntag war, und schon ließ sie sich gutmütig ankleiden. Ihrer Gesundheit wegen ließ sie die Tortur über sich ergehen. Seine kleinen Notlügen möge ihm der Herr verzeihen.

Am ersten Weihnachtstag wollten die alten Leute also auf den ausdrücklichen Wunsch von Hertas Vater mit ihrem Auto anreisen. Rudolf würde sie gern mit seinem Fahrzeug abholt haben, was sein Schwiegervater dankend ablehnte. Die achtzig Kilometer würde er noch schaffen. So weit, so gut. Um 13.00 Uhr wollten sie zum Mittagessen da sein. Der Rotkohl wurde erwärmt, der Sauerbraten aufgetaut, die Klöße gekocht. Keine Nasenspitze war von den alten Herrschaften zu sehen.

Herta rief voller Unruhe bei ihren Eltern an. Niemand

nahm den Hörer ab, so dass sie vermutete, sie seien schon unterwegs. Sie hatte nicht mit dem Hörgerät ihres Vaters gerechnet, der das Ding mal wieder abgestellt hatte, um dem Gequengel seiner Frau, die murrte und knurrte, zu entgehen.

„Du meine Güte, Kind, wenn Oma und Opa was passiert ist, wandte sich Herta an Rebecca, die sie meist zu trösten wusste.

„Die kommen schon noch, Mama!"

„In seinem Alter sollte der Opa längst das Autofahren aufgegeben haben," stellte Rudolf erregt fest.

„Eigentlich dürften wir das nicht zulassen, wenn etwas passiert, machen wir uns mitschuldig!

Dein Vater sollte den Führerschein abgeben! Wir müssen in Kürze etwas unternehmen!"

„Freiwillig macht der das nie, oder soll ich ihn als Tochter vielleicht denunzieren?"

Hertas Sprücheklopferhirn funkte ihr in dem Moment zu: „Das größte Schwein in unsrem Land das ist und bleibt der Denunziant!" Nie und nimmer!

Sie saß wie auf heißen Kohlen. Die Klöße waren mittlerweile zusammengefallen, schwammen als weißlich schimmernde Fragmente auf der Oberfläche des Riesentopfes. Aus Gewohnheit hatte die Gastgeberin eine Menge vorbereitet, obwohl die größte Kloßverehrerin aller Zeiten nicht mehr am Leben war und sich nicht mehr über den Mangel an Klößen würde mokieren können.

Früher war Herta in heller Aufregung, wenn ihre Eltern zum Fest anrückten, wenn auch aus einem ganz anderen Grund. Ihre Mutter fuhr schon beim Eintritt in die Diele und beim Ablegen ihrer Handschuhe zwanghaft flink und kurz über das Dielenschränkchen, um die Staubdichte zu überprüfen. Sie tat es möglichst unauffällig, dennoch bekam Herta es mit und ihr Groll wuchs.

Seit einiger Zeit war ihre Mutter senil und wusste vermutlich gar nicht mehr, was Staub überhaupt war. Deshalb wischten ihre Töchter Herta, sowie Marie, den grauen Belag neuerdings gewissenhaft in ihren Wohnungen fort, fand ihre gemeinsame Mutter seit kurzem keinen Gefallen mehr an der Überprüfung.

Herta schaute auf die Uhr. Bereits Zwei! Endlich, tauchte der knallrote Verbeulte ihres Vaters auf. Die alte Dame entstieg ihm wie eine Königin, nachdem der alte Herr, ganz Kavalier der alten Schule, ihr die Tür aufgerissen hatte. Sie sah erstaunlich friedlich aus.

Rebecca, Herta und Rudolf standen Spalier und halfen den alten Leuten die sechs Stufen bis zum Hauseingang hoch.

„Wo is min Täsch?" schrie Schocking-Oma und bekam einen panischen Gesichtsausdruck.

In ihrer Riesentasche hatte sie neuerdings ihren sämtlichen Schmuck deponiert, die sie sogar auf dem Gang zum Clo nicht aus den Händen gab. Rebecca ließ sich von ihrem Opa den Autoschlüssel geben, holte die Tasche heraus, übergab sie ihrer Oma die meinte: "Dich kenn ich nit!" Auch Rudolf war ihr unbekannt, wie sie lautstark im Innern des Hauses feststellte.

„Dich kenn ich," sagte sie, als Herta ihr einen Verlegenheitskuss auf die Wange drückte.

„Das ist aber schön, Mutter, dass du mich wenigstens noch erkennst!" lachte Herta, die mit ihrer Mutter seit deren Senilität bestens auskam.

Früher eher zynisch und herablassend, plapperte die alte Frau munter drauf los und ohne jeglichen Hintergedanken. Das Schicksal hatte ihr aber ihren spöttischen Humor nicht nehmen können und sogleich bemerkte sie, dass Herta an Körperfülle reicher war.

„Häss du datt Sofakissen verschluckt?" wollte sie wissen, als sie sich zum Essen nieder ließen.

Sicher, Hertas Umfang war größer geworden. Sie ging auf die Fünfundsechzig zu und mochte ihr Fütterchen. Zudem tat der Stoffwechsel es nicht mehr so wie in jungen Jahren. Wegen ihres hohen Blutdrucks nahm sie Betablocker, die auch das Gewicht wegen der Einlagerung von Wasser erhöhten. Aber all das würde ihre Mutter gar nicht mehr kapieren. Deshalb enthielt sie sich einer Antwort und starrte ihrerseits auf den Bauch ihrer Mutter, der so angeschwollen war, als wenn ein Medizinball sich dort unter ihrem Rock verfangen hätte.

Ob es ein Bruch war, wie die Ärztin behauptete, oder ein Myom, das bisweilen riesig werden konnte, war nicht festzustellen. Schocking-Oma ging zwar zum Arzt, aber nur zu einer Ferndiagnose. Sie ließ niemanden körperlich an sich heran. In früheren Zeiten hätte Herta gekontert, was sie jetzt unterließ. Ihr wäre schon etwas eingefallen, womit sie die alte Frau hätte in Rage bringen können.

Auch als ihre Mutter zum dritten Mal Rudolf befragte und zum dritten Mal erklärt bekam, er wäre Pensionär, war Hertas Mutter mit der Antwort beileibe nicht zufrieden.

Herta warf ihrem Mann Blicke zu, die ihn um Verständnis baten. Rudolf blieb sogar ruhig, als seine Schwiegermutter weiter bohrte und fragte:

„Und watt macht man als Pensionär?" Er lenkte sie mit dem Vorschlag, doch ein Häppchen zu essen, ab. Der Sauerbraten wäre vorzüglich. Schocking Oma probierte, verschluckte sich prompt, weil sie während des Kauens redete wie ein Wasserfall und ihr Gebiss aus dem Mund zu fallen drohte.

„Das Ding bleibt drin!" befahl angeekelt Marie, Hertas Schwester, die der Eltern wegen angereist war und ebenfalls von ihrer gemeinsamen Mutter nicht erkannt wurde. Ein Leuchten huschte unvermittelt über Schocking-Omas Gesicht. Ihr dämmerte es.

„Natürlich, dich jibt et ja auch noch, sach mal, häss du aber en Doppelkinn!" Maries Gesichtsausdruck wurde in dem Moment von Rudolf gefilmt.

Er filmte danach die ganze Gesellschaft, wer weiß, wie lange es die alten Leute noch geben würde? Herta dagegen glaubte wieder einmal an die Unsterblichkeit dieser Generation, die einfach nicht kaputt zu kriegen war und betonte zum Xten Mal:

„Mutter, du wirst bestimmt noch die Hundert erreichen und Marie und mich noch zu Grabe tragen!" Herta wusste, das war Musik für das Ohr der alten Egoistin.

„Datt wär ja furchtbar," grinste die Greisin und war durch die Zahl hundert voller Seligkeit.

„Wie alt bin ich denn jetzt?" fragte sie und als sie hörte, sie wäre knapp neunzig, strahlte sie wie eine Schneekönigin, bis hundert konnte sie schließlich noch zählen.

Alle anderen Dinge, über die ihre Töchter sich früher hatten die Krätze ärgern müssen, fielen heute nicht mehr ins Gewicht.

„Das ist alles Schnee von gestern," sagte Marie häufig und sie hatte Recht.

„Wenn ich jemals ein solches Verhalten an den Tag legen sollte, wie die Oma in ihren besten Zeiten und du die Krise vor meinem Besuch kriegen könntest, vielleicht sogar zu Beruhigungspillen greifen möchtest, liebes Kind", sagte Herta zu ihrer Rebecca, „dann denke bitte an eine

Notschlachtung!"
Diese Repressalien würde sie niemals ihren Kindern antun, hatte sie sich zeitlebens vorgenommen und sich wenn eben möglich auch daran gehalten. Der Heilige Abend war gnädig an ihnen vorübergegangen und am nächsten Tag reisten die alten Herrschaften ab. Schon wie ihr Vater im Stand Gas gab, war ohrenbetäubend. Zum Glück fuhr er seit langem keinen Automatikwagen mehr, sonst wäre er garantiert auf den gegenüber liegenden Bahndamm gerauscht.

Am ersten Feiertag kamen ihre Enkelmädchen zu Besuch. Sie spielten nach dem Kaffee mit ihren Großeltern bis zum Verdruss „Mensch ärgere dich nicht" und ärgerten sich dann doch. Vor allem Lisa konnte nicht verlieren. Sie warf den Würfel, der ihr die erhoffte Zahlen nicht bescherte, mit Karacho durch die Gegend und meinte erleichtert: „Das musste sein!"
Herta besah sich die sechzehnjährige Lisa und stellte erneut die Ähnlichkeit mit ihrer Uroma fest. In ihrer ganzen Art und Weise war sie die „gespuckte" Schocking-Oma, der das Wort „Beherrschung" zeitlebens ein Fremdwort geblieben war.
Die konnte genau so wenig wie ihre Urenkelin verlieren. Manchmal traf sie beinahe der Schlagfluss. Vor allem wenn sie Mühle gegen ihren Schwiegersohn Rudolf spielte und der sie provokant fragte, ob sie lieber festgesetzt werden, oder aber lieber mit ihren drei Knöpfen alsbald springen wollte. Sie wurde dann rot wie die Mitteldecke auf dem Spieltisch und setzte verbissen ihre Knöpfe ein, ohne überhaupt nur eine einzige Mühle zustande zu bringen, während Rudolf seine Zwickmühle nach Belieben öffnete und schloss und seiner Schwiegermutter ihre Knöpfe abnahm.,

bis sie „springen" musste und anschließend verlor.

Nach dem Spielen gönnten sich die Großeltern und die beiden Enkelmädchen erschöpft ein Schlückchen Sekt, wobei Lisa zum ersten Mal von ihnen Alkohol kredenzt bekam. Vor Jahren, sie war so um die Zwölf, wollte sie gern, wie ihre siebzehnjährige Schwester Julia an einem kleinen Umtrunk der Großeltern teilnehmen. Herta vertröstete sie damals:
„Wenn du einigermaßen erwachsen bist, Lisa, dann trinke ich mit dir gern ein Gläschen" . Lisa glich wie schon erwähnt, erschreckend ihrer Urgrossmutter und meinte daraufhin brutal gedankenlos:
„Dann bist du doch schon längst tot Oma! Julia fauchte: „Lisa!" und bekam wegen ihrer Schwester einen roten Kopf. Wie unterschiedlich diese beiden Mädchen doch waren!

Am Nachmittag dieses zweiten Weihnachtstages wurden vorbereitete Bratäpfel in die Röhre geschoben. Das ganze Haus roch himmlisch und am späten Abend brachten die Großeltern gemeinsam die Mädchen nach Hause.
Hertas vollgeschneiter Wagen stand wie immer vor der Garage und war eingefroren. Sie bekam von ihrer Seite aus die Zentralverriegelung nicht auf, versuchte es von der Beifahrerseite aus, was ihr gelang. Lisa erbot sich, die Scheiben mit einem Kratzer vom Eis zu befreien, was Herta rührend fand. Allerdings befand sich der Schaber an der Fahrerseite, wozu Herta sich auf den Beifahrersitz knien mußte und sich lang ausstreckte, um an das Teil im Innern der Fahrertür zu kommen. Sie merkte, wie sie Übergewicht bekam und mit hochgerecktem Po der Lisa einen Anblick für Götter beschert hätte, wäre es noch hell gewesen. Lisa

war eine gründliche Hilfe. Sie befreite die Scheiben in Nullkommanichts vom Eis und Herta fuhr den Wagen auf die andere Straßenseite, damit Rudolf sein Gefährt aus der Garage holen konnte.

Auf der Fahrt erzählte Herta von den Schwierigkeiten wegen der vereisten Fahrertür und Rudolf meinte, bei einer Zentralverriegelung wäre es möglich, alle Türen von außen zu öffnen, wofür Herta sich bisher nicht interessiert hatte. Wann fror schon mal ein Schloss dermaßen zu. Rudolf verstand nicht, wieso Herta nicht Lehre annehmen wollte. Er brachte sich auf Hundertachtzig und tönte laut, wie ungeschickt sie doch wäre. Er blamierte sie im Beisein der Enkelkinder! Julia hinten im Wagen gluckste und Herta glaubte, es wüchse sich alles wieder einmal zu einer Loriot-Szene aus. Als Rudolf gar nicht mehr zu stoppen war, versuchte Herta ihn abzulenken. Sieh mal, die Hirsche dort oben auf dem Sims der Apotheke sagte sie und zeigte auf die blinkende Weihnachtsdekoration.

„Wenn ich mein Gewehr bei mir hätte," Rudolf war Sportschütze, „schösse ich den Kitsch ab," schrie er erbost, um Herta zu ärgern, die im gleichen Augenblick den überdimensionalen Po und die herunterbaumelnden Beine eines Weihnachtsmannes besah, der sich über eine Balkonbrüstung schwang. Sie dachte an ihren Po, der ähnlich ausgesehen haben mochte, als sie in ihrem roten Dufflecoat im Auto kniete. Lachen durfte sie nicht, Rudolf hätte es auf seinen Ausspruch wegen des Abschießens bezogen. Aber irgendwie fand sie diese weihnachtlichen Kletterer süß und sagte es auch freimütig, obwohl sie wusste, dass das Ganze ziemlich verkitscht war und an fast jeder dritten Hauswand so ein Kerl sein Unwesen trieb.

„Ach wie süß," sagte sie noch einmal und ihre Enkelkinder

warfen sich Blicke zu. Rudolf zeigte keine Reaktion, was Herta reizte.

Deshalb stellte sie provokant fest: „Im nächsten Jahr kaufe ich mir auch so einen Klettermaxe," worauf ihre Enkelmädchen die Luft anhielten und ihre Ohren mit den Händen bedeckten.

„Dann lasse ich mich scheiden," wetterte ihr Opa prompt und ihre Oma stellte sachlich fest: „Kannst du mir das schriftlich geben?"

„Herzlich gern, Herta! So ein roter Kerl kommt mir nicht an die Fassade! Und falls du dir so ein Vieh kaufst, werfe ich es vom Dach! Basta!"

„Hugh, ich habe gesprochen," sagte Herta, die wie bekannt, gern das letzte Wort hatte. Aber noch war sie nicht fertig.

Sie nahm ihn erst richtig auf die Schippe: „Ja, Rudolf, ich kann mir die dickgedruckte Überschrift in der „ Neuen Ruhrzeitung am Montag" schon richtig vorstellen:

„Rivalen kurz vor der Goldenen Hochzeit vom Dach gestoßen! Ein bisschen klettern lassen könntest du ihn schon, Rudolf!"

„So ein Kretin kommt mir nicht ans Haus!" Sein abschließendes „Basta" aus seinen tiefsten Tiefen war unmissverständlich und so laut, dass die Fußgänger an der Ampel sich wunderten. Sie wussten mit dem wild gestikulierenden Mann nichts anzufangen.

Zum Schluss ruhiger geworden, kam Rudolf noch einmal auf Hertas ungeschicktes Verhalten im Hinblick auf die Autotür zurück und stellte dozierend fest:

„Typisch Herta, warum einfach, wenn es auch schwierig geht", worauf Herta, die sich in Sprichwörtern weitaus besser auskannte, ihn gleich korrigierte:

„Warum einfach, wenn es auch kompliziert geht, heißt das!"
Da explodierte Rudolf erneut:
„Eure Oma kann nicht ein einziges Mal zurückstecken!"
„Nebenbei bemerkt, lieber Rudolf, hätte sie ihm am liebsten noch verklickert, sagt meiner unmaßgeblichen Meinung nach das Wort „kompliziert" dasselbe aus, scheint also das gleiche wie das Wörtchen schwierig zu sein, oder?"
Sie traute sich aber nicht mehr, weil sie schon immer Schwierigkeiten mit „dasselbe" und „das gleiche" hatte und es wieder eine belehrende und nicht enden wollende Auseinandersetzung gegeben hätte.
So überließ sie wohl oder übel Rudolf das letzte Wort.
Nicht zuletzt in Rücksichtnahme auf ihre Enkelkinder, denen sie ein Ertauben ersparen wollte. Sie würde ihm in Zukunft öfter ein letztes Wort gönnen, nahm sie sich fürs „Neue Jahr" vor.
Diese Rechthaberei auf beiden Seiten hatten sie in jungen Ehejahren schmerzhaft durchexerziert.
Die ersten fünfzehn Jahre waren dabei draufgegangen, schon wegen der gegensätzlichen Meinungen im Hinblick auf die Kindererziehung. Die nächsten fünfzehn oder zwanzig waren vernünftiger und in ruhigeren Bahnen verlaufen.
Die Pensionierung hatte ein unseliges Aufflackern dieser unproduktiven Rechthaberei bei Rudolf bewirkt. Die letzten vor ihnen liegenden Jahre sollten besser werden. Das nahm Herta sich jedenfalls vor. An ihr sollte es nicht liegen!
Zudem, blieb ihr immer wieder der Trost: „Der Klügere gibt nach!"

SILVESTER

Gleich nach Weihnachten hatte es noch einmal tüchtig zwischen dem Pensionär und seiner technischen Idiotin, geknallt.

Herta konnte in ihren zugegebener Maßen ziemlich schlecht organisierten Dateien auf ihrem PC unter „Suchen" ein bestimmtes Gedicht, betitelt „Normal" nicht mehr finden, was sie in ziemliche Panik versetzte. Kaum eines ihrer Gedichte kannte sie auswendig. Es waren einfach zu viele. Sie wären für immer verloren, wenn Rudolf ihr ihren PC nicht laufend durch immer wieder geduldige Virenüberprüfungen und Speicherungen gesichert hätte. Ein „Nachholversuch" ihrerseits konnte das Original niemals mehr ersetzen.

In der Weise zeigte Rudolf und es war erstaunlich, eine Geduld, die der von Herta sogar noch übertroffen wurde. Auch störte es ihn nicht, dass er zur Datensicherung ins Internet gehen musste, was mit zwar geringen, aber immerhin mit Kosten verbunden war, bis er sich zu einer „Flatrate" entschied und lustvoll so lange wie er wollte, Online arbeiten konnte.

Rudolf blieb in kleinen Dingen kleinlich. Bisher war Herta aus ihrem Gedichte Fundus noch so gut wie nichts verloren gegangen, was ausschließlich ihm zu verdanken war. Das gab sie natürlich nicht zu, wie so manches nicht, das er zu ihrer „Errettung" beitrug. Man denke nur an das Stapeln der Töpfe und sonstiger Einflussnahmen.

Natürlich gab es erbitterte Streitereien, wenn der Computer wieder einmal Hertas Meinung nach verrückt gespielt hatte, und Rudolf sie eines besseren belehrte, dass nämlich sie eher nicht gescheit wäre. Zuerst hatten sie sich einen PC geteilt, was leicht schon zu einer Scheidung hätte führen können.

Um das Schlimmste zu verhüten, besorgte Rudolf der „Untüchtigen" einen eigenen PC, was aber nicht ausschloss, dass sie immer wieder aneinander gerieten, wie kurz vor Silvester.

Unter „Suchen" fand sich das Gedicht nicht und Rudolf fand es letztlich doch, wie so manches, das Herta im Nirwana des Computers schon längst verloren geglaubt hatte. Er blähte sich in solchen Momenten auf, wie ein prall gefüllter Luftballon.

Sie gerieten immer wieder heftig aneinander, so dass Herta mit ihrem hohen Blutdruck einen Schwindelanfall erlebte, der nicht von schlechten Eltern war. Sie sprang auf, nahm ihre vielen Briefe mit guten Wünschen zum „Neuen Jahr" vom Kaminsims und eilte zum Briefkasten. Sie hatte in letzter Zeit nur eine Wahl, entweder Kampf oder Flucht.

Sie entschied sich für Flucht, zumal Rudolf ihr neulich unter die Weste gedrückt hatte, sie würde ohnehin den Kürzeren ziehen. Sein Blutdruck wäre schließlich normal.

„Das einzig Normale an dir" wäre Herta beinahe aus dem Mund gesprungen!" Sie nahm sich aus Eigenschutz zusammen, wollte nichts anderes, als an die frische Luft. Es schneite leise und sie beruhigte sich.

Bei ihrer Rückkehr fand sie auf dem Monitor einen angepappten Zettel mit der Aufschrift:

Gott weis alles, Gott unterstrichen, Herta aber alles besser! Herta ebenfalls unterstrichen.

In der Tat wusste Herta so manches besser, nämlich, dass Rudolf bei dem Wörtchen „weis" das „SZ" vermieden hatte. Das sagte sie ihm dann auch und gleich darauf fühlte sie sich genötigt, schon wieder ihren Mantel überzuziehen.

Nach diesen ausgedehnten Erholungsgängen, die sie immer häufiger durchführte, wobei sie erfreulich an Gewicht verlor, war sie wie ausgewechselt, und konnte ihr nicht so ganz leichtes Los wieder aufnehmen.

Nach dem Mittagessen gab sie sich dem friedlich flackernden Kaminfeuer und einem Gläschen Rotwein hin, während Rudolf ein Nickerchen machte. Schlafende sündigen nicht! Sie kam ins Sinnieren. In ihrem Jahrhundert war es einem Wissenschaftler gelungen, für die Menschenkinder, für die weiblichen vornehmlich, die Verhütungspille zu entwickeln, die auch ihr in jungen Jahren ein ruhigeres Leben beschert hatte, wofür sie dankbar war. Bei Vielen war es zu zügellosem Sex gekommen, den die Natur durch die schreckliche Krankheit Aids bestrafte. Bei uneinsichtigen Leuten jedenfalls.

„Vielleicht hatte die weise Natur den Menschen auch den „Alzheimer" geschickt, mit der Gnade des Vergessens," dachte Herta. Sie hätte so manches Mal nichts dagegen gehabt, von diesem Herrn beehrt zu werden.

Zu ihrem Bedauern funktionierte ihr Langzeitgedächtnis vor allem noch unanständig gut.

Vergessenkönnen war eine Gnade, die ihr nicht zuteil wurde, bisher jedenfalls nicht.

„Verzeihen ja, vergessen, nein!" Warum der Menschheit allerdings der Rinderwahn geschickt worden war, konnte sie sich nicht erklären, waren die Menschen nicht alle schon wahnsinnig genug?

Rudolf und sie konnten zur Zeit als Prototypen gelten. Herta nahm sich erneut vor:

„Im „Neuen Jahr" wird alles anders!" Es gab mit Sicherheit ein weitaus schlimmeres Elend auf der Welt als das Dasein eines mit sich unzufriedenen Pensionärs und

seiner Ehefrau, die möglichst das letzte Wort haben musste!

NEUIGKEITEN

Wie eine Bombe schlug Rebeccas Schwangerschaft ein. In ihrer ureigenen Art erklärte sie ihrer Mutter am Telefon: „Also, Mama, ich will es kurz machen, ich bin in der 7. Woche schwanger!"
Die werdende Mutter war gerade vom Ultraschall gekommen und berichtete der entzückten Herta, dass das Herzchen des Kindes bereits schlug. Ihre Rebecca, die zwar von Kindern viel hielt, die für sie aber fast nie in Betracht gezogen wurden, war also schwanger! Rebecca, die sich vor nichts mehr fürchtete, als vor Übelkeit und vor allem vor dem Erbrechen.
Als Fünfjährige hatte sie morgens vor einer Rückreise unbedingt Cola trinken wollen, auf nüchternen Magen und die ganze schwäbische Alb entlang immer wieder „spucken" müssen.
Zum Glück ging das Ganze in eine Plastik-Tüte, die Herta als unverzichtbares Utensil bei jeder Reise ihrer Kinder im Innern des Wagens parat hatte. Dieses unschöne Erlebnis war dem armen Kind unvergessen geblieben.
Über Übelkeit hatte Rebecca schon eine ganze Weile geklagt, fiel Herta ein und sie glaubte, der vorweihnachtliche Praxisstress wäre verantwortlich dafür zu machen. Die Patienten kamen in Strömen, als wenn sie niemals mehr eine Praxis von innen zu sehen bekämen.
„Wer weiß," mögen sie besorgt gedacht haben, „was das „Neue Jahr" für weitere Unbilden im Gesundheitsbereich bringen wird!"
Herta konnte sich mit dem ganzen Gesundheitsquatsch schon lange nicht mehr abfinden. Für sie war es eher ein Bereich der dafür sorgte, dass die Leute noch kränker wur-

den. Sogar ziemlich Kranke scheuten die Praxisgebühr von zehn Euro. Die Zuzahlungen, die fast jeder Patient, der nicht privat versichert war, leisten musste, waren auch nicht von Pappe. Selbst Herta, die durch die Aufzucht ihrer beiden Kinder und einige Monate Erwerbstätigkeit in jungen Jahren einen Rentenanspruch erwirkt hatte, wurde von diesem ungerechten System betroffen. Sie musste noch einige hundert DM, den Euro gab es erst seit dem Jahr 2000, zuzahlen, um überhaupt Anspruch auf das lausige Geld zu haben. Sie nahm sich vor, auf gar keinen Fall vor der Erreichung ihres fünfundsechzigsten Lebensjahres und weiteren sechs Monaten den Löffel abzugeben. Die Zuzahlung wäre für den Allerwertesten gewesen. Herta hielt sich fit und tatsächlich kam eine Rente von siebenundsiebzig Euro (eine Schnapszahl) dabei heraus, wovon Herta neuerdings ihre eigene Krankenversicherung anteilig zahlen musste. Über fünfundvierzig Jahre war sie durch Rudolf versichert. Nun ja, es reichte gerade nach Abzug dieses Betrages für den monatlichen Friseurbesuch. Färben usw.

Im Verhältnis zu den alten Leuten, die in Altenheimen mehr oder weniger ihr bescheidenes Dasein fristeten, ging es ihr noch bestens. Diese Bedauernswerten bekamen ein Taschengeld von vierzig Euro angeboten und Herta konnte sich erklären, warum sie weiß oder grauhaarig blieben. Schon der Ausdruck „Taschengeld", den man bestenfalls einem Kind zubilligen konnte, ließ Hertas Gallensteine klimpern, die sich ansonsten zurückhaltend und manierlich benahmen.

„In welchem Land befinden wir uns eigentlich,?" grollte sie bisweilen und dachte dabei an ihre Eltern, die Gott sei ihnen gnädig, noch in ihrem Eigentum ihr altes Dasein fristeten. Leuten wie ihnen, in der Hauptsache den Frauen, den sogenannte Trümmerfrauen die den Wiederaufbau Deutschlands hauptsächlich durchgeführt hatten, „spendierte" man ein Taschengeld!

Was dachten sich eigentlich diese Politiker, die man alle in einen Sack gesteckt, vermöbeln hätte können, ohne jemals Gefahr zu laufen, den Falschen getroffen zu haben. Erstmalig in Deutschen Landen und im Jahr 2004 gab es eine Kanzlerin, auf deren Intelligenz und Einsicht Herta hoffte. Aber die arme Seele konnte auch nur mit Wasser kochen. Herta war egal, ob Männlein oder Weiblein an der Regierungsspitze kochten, Hauptsache, es käme etwas Genießbares für alle dabei heraus.

Bisher hatten sich so gut wie alle Regierungsmitglieder mit mehreren Gängen gesegnet, unter dem Motto: „An der Quelle sitzt der Knabe!" Und um bei der Flüssigkeit zu bleiben, wurde das Wassertrinken zwar gepredigt, das Weintrinken jedoch praktiziert. Es blieb nicht aus. Die Politikverdrossenheit schlug Wellen. Eine liebe, leider verstorbene Freundin, obwohl privat versichert, dennoch relativ zeitig verschieden, erlebte die neue Kanzlerin nicht mehr und hatte es noch kurz vor ihrem Tod und vor den anstehenden Wahlen auf den Punkt gebracht:

„Die Tröge bleiben Herta, sagte sie damals, nur die Säue wechseln!"

Nun würde Hertas Rebecca und ihr Mann, ebenfalls dafür sorgen, dass Deutschland in Zukunft nicht das Land bliebe, in dem ein Drittel der Bevölkerung bereits über sechzig Jahre alt ist.

Ein frischer Wind musste her. Nicht auszudenken, wie viele Neugeborene später wie viele Rentner „versorgen" mussten. Rentner, die erschreckend alt wurden, trotz, oder vielleicht sogar wegen der Gesundheitsreformen, die ihre Arztbesuche schon aus finanziellen Gründen drastisch einschränkten.

Hertas sämtliche Freundinnen, die zum Teil Rebeccas Patientinnen waren, zeigten sich überrascht. Rudolf und Herta würden also, wenn alles gut ging, wieder Großeltern werden.

Zum sechstenmal!

Ihr Sohn Mark, von Beruf offensichtlich Herzensbrecher, war drei Verbindungen eingegangen, aus denen fünf Kinder hervorgingen. An Enkeln, mangelte es ihnen also nicht.

Es wird behauptet, dass die Kinder der eigenen Töchter willkommener wären, als die Kinder der Schwiegertöchter. Herta fehlte die Erfahrung, sie ließ sich aber gern überraschen. Man würde sehen! Sie hatte damals ganz schön mit ihren Schwiegertöchtern mitgelitten und als der erste Enkel infolge Sauerstoffmangels behindert zur Welt kam, nahm es Herta fast bei jedem hinzugekommenen Enkelkind während dessen Geburt die Luft.

Sie und auch Rudolf hatten geglaubt, diese Zeit läge hinter ihnen, obwohl sie eigentlich jetzt erst im richtigen Großelternalter waren.

Eine ihrer Freundinnen, eine pensionierte Musiklehrerin, war Oma von verhältnismäßig kleinen Kindern. Sie klagte auch bisweilen, wenn die ganze Enkelschar über einige Zeit bei ihr war, über gewisse Verschleißerscheinungen im nervlichen Bereich, solide ausgedrückt. Herta hätte kurz und bündig dazu gemeint, ihre Freundin wäre ganz schön im Eimer.

Eine andere war schon mit ihren knapp siebzig Jahren Urgrossmutter und eben so früh wie Herta, mit fast vierzig Jahren, Großmutter geworden. Von ihr wusste Herta, wie schön die Urgroßmutterschaft sein konnte. Sie hätte auch eher damit gerechnet, den Urgrossmutterstatus eingeräumt zu bekommen, als noch einmal Großmutter zu werden.

Ihre Einstellung zu ihren damals noch kleinen Enkelkindern brachten Herta und ihre langjährigen Freundinnen auf einen Nenner. Sie behaupteten ausnahmslos, sich allesamt auf ihre Enkelkinder, wenn sie kamen, zu freuen, aber sich nicht weniger zu ergötzen, wenn sie wieder gingen. Natürlich wurde es von Jahr zu Jahr besser, je älter die Enkelchen wurden, so dass die Wiedersehensfreude natürlich überwog.

Wie sehr hatte Herta den lieben Gott, als ihre Kinder noch klein waren gebeten, :

„Lieber Gott, lass mich solange leben, bis die Kinder sich wehren können!"

Als sie zur Großmutter mutiert war, bat sie erneut den lieben Gott, sie nur ja noch so lange leben zu lassen, bis....

Auch da war ihr der liebe Gott behilflich gewesen.

Jetzt kam sie sich fast wie die Unersättliche in „der Fischer und seine Frau" vor, wenn sie den lieben Gott auch noch in Anspruch nähme, sie doch auch noch Urgrossmutter werden zu lassen. Im Grunde genommen würde sie für den zu erwartenden neuen Erdenbürger eine Urgrossmutter sein und vermutlich kaum dessen Entwicklung bis zum Erwachsenenalter miterleben. Wenn sie an ihre Schwester Marie dachte, überkam sie ein großer Trost. Die war schon volle fünfundsechzig alt, als sie endlich und völlig unerwartet zum ersten Mal Großmutter wurde. Hertas Kommentar: „Besser spät, als nie!"

Eins war Herta bewusst, eine typische Großmutter würde sie auch im höheren Alter nicht mehr werden. Vermutlich würde sie mit den „Wild-West-Spielchen" mit Überraschungsangriffen oben vom Kleiderschrank aus oder aus sonst welchem Hinterhalt nicht mehr aufwarten können, aber sie nahm sich vor, egal, ob Männlein oder Weiblein, dieses Kind würde von ihr im Kartenspiel, vor allem im Skat voll ausgebildet werden. So früh als möglich. Ihren beiden Kindern hatte sie dieses ehrenwerte Spiel sehr bald beigebracht und feststellen müssen, dass sie in kurzer Zeit noch ausgebuffter als sie spielten, vor allem die Karten besser nachhielten.

DER NEUE ERDENBÜRGER

Dass es ein Mädchen sein würde, erfuhren die Großeltern in spe schon ziemlich früh. Kein Kunststück heutzutage durch die modernen Diagnoseverfahren.

Im Grunde genommen war es ihnen egal und ihre eigene Feststellung:

„Hauptsache gesund" hing ihnen, nach den vielen Anfragen gelinde gesagt, aus dem Hals heraus. Rudolf hatte aber doch noch eine Forderung an das Schicksal. Das heißt, er war sich sicher, dass das Enkelmädchen ein Löwenkind werden würde und tatsächlich:

Am 16.8. kam die kleine Madame auf die Welt. Als Spontangeburt! Einen Kaiserschnitt hatte Rebecca von vornherein abgelehnt, falls er zu umgehen war.

Im selben Moment, als sie von der glücklichen Geburt durch ihren Schwiegersohn erfuhr, setzte Herta ihre Telefonkette in Gang und sehr bald wusste die halbe Welt von der Ankunft der kleinen Greta und es hagelte Glückwünsche.

Herta setzte sich gleich an ihren Computer, schrieb, damit es die ganze Welt erfuhr:

Sie brachte uns der Sommerwind.
Dem Sommerwind sei Dank!
Auch danken wir dem Elternpaar,
der Rebecca und dem Frank!
Wir geben hiermit gern bekannt,
für die, die`s noch nicht wissen:
„Enkelin Greta ist im Land,
wir möchten sie nicht missen!"

Am Kopf erschienen natürlich Vor und Nachname, mit dem stolzen Hinweis:
Geb. am 16. August, im Zeichen des Löwen.

Am nächsten Morgen, auf der Fahrt zur Klinik wurde das Gedicht der Zeitung zwecks Druck übergeben. Rudolf mit einer langstieligen roten Rose und natürlich in Hertas Begleitung besuchte Mutter und Kind.
„Welch ein friedliches, liebes Kind," konnte sich Herta nicht enthalten, immer wieder zu betonen. Ihre beiden waren weniger ruhig gewesen. Sie waren verfressene kleine Biester, die man ihr flugs anlegte, wodurch erst die Heulorgien gestoppt wurden.
Nur gefiel ihr eins an dem kleinen Kind nicht. Es hatte bläulich verfärbte Fingerchen, was auch Rebeccas geschultem ärztlichen Auge nicht entgangen war.
„Greta war schon unter Rotlicht, sie wäre eine kleine Frostbeule, meinten die Schwestern" bekam Herta von ihrer Tochter erklärt und gönnte sich noch einen kleinen Schluck Piccolo, den sie eigens, natürlich auch für den Vater des Kindes, der seiner Frau kräftig Beistand geleistet hatte, zur Verfügung stellte. Die Wöchnerin trank natürlich nichts und Rudolf schon gar nicht.
Sobald er sich ein Schlückchen gönnte, wurde er umgehend mit Kopfschmerzen bestraft.
Das hatte zur Folge, dass er Herta im Grunde genommen verübelte, dass sie keine Kopfschmerzen bekam. Jedenfalls nicht vom Alkohol.
Am darauffolgenden Sonntag erhielt Herta einen Anruf ihrer Tochter. Sie möchte doch bitte dafür sorgen, dass Rebeccas Cousine mit Familie nun doch nicht ins

Krankenhaus kommen sollten. Der Greta ging es nicht gut. Seit Tagen trank sie schon nicht richtig und das Wenige, das sie zu sich nahm, kam schnell wieder zum Vorschein.

Auch war Rebecca häufig der Annahme, ihr Kleines hätte die Windeln voll, was nicht an dem war. Aus der Nabelgegend strömte ihr ein ungesunder Geruch entgegen, den man als normal abtat. Gretas Papa könnte doch dem Besuch absagen, es wäre doch nichts dabei, äußerte Herta ihrer Tochter gegenüber, tat ihr aber dennoch auf ihr erneutes Bitten hin natürlich den Gefallen, obwohl sie eine innere Stimme davon abhielt und sie warnte.

Kurz darauf schellte das verflixte Telefon wieder und Rebecca schluchzte:

„Die Greta muss in die Kinderklinik, wir fahren gleich dem Krankenwagen hinterher!"

„Oh Gott!" dache Herta. Vor allem war Rebecca ja erst vor zwei Tagen entbunden worden und verließ nun auf eigenen Wunsch das Krankenhaus, um ihrem Kind beizustehen.

Wieder plärrte das Telefon. Sie ignorierte das Geräusch und nahm erleichtert wahr, dass Rudolf oben den Hörer abgehoben hatte. Sie sah ihn die Treppe herunterkommen. Er hielt den Hörer an sein gesundes Ohr gepresst und sah sehr mitgenommen aus.

„Was, eine Sepsis!" hörte sie ihn flüstern. Ihr Puls fing an zu rasen, trotz der Betablocker, die das im Allgemeinen verhinderten. Rudolf wurde kreidebleich und legte auf. Beiden Eheleuten fiel die Misere bei ihrem erstes Enkelkind ein.

Nach einigen Stunden meldete Rebecca sich. Die Ärzte glaubten, das Kind sei außer Lebensgefahr.

Man hatte dem armen Wurm über eine Kopfvene ein Antibiotikum zugeführt. Der kleine Neuankömmling lag auf der Intensivstation. Rudolf und Herta waren tief betroffen, dachten an die armen Eltern, die dem traurigen Gefährt mit ihrem lebensgefährlich erkrankten Kind gefolgt waren. Herta überkam plötzlich eine Zuversicht, sie wurde ganz ruhig, konnte es sich selbst nicht erklären. So sagte sie voller Hoffnung ihrer Nichte bei einem erneuten Anruf, dass kleine Kind schien außer Lebensgefahr zu sein. Als dann kurz danach Rebecca sich wieder meldete, und Herta ihr versicherte, dass auch ihre Cousine sich über diese Nachricht gefreut habe, bekam Rebecca einen regelrechten Anfall. Warum sie das alles breit getreten hätte, das ginge niemanden etwas an, vor allem bekäme sie jetzt von der gesamten popeligen Verwandtschaft Anrufe und sie beschäftigten andere Sorgen, als deren Neugier zu stillen. Sie war schier aus dem Häuschen und Herta wusste, dass sie mit ihrer Tochter nicht mehr vernünftig würde reden können.

Sie schrieb ihr einen Brief, warf ihn in den Briefkastenschlitz, ein paar Häuser weiter.

Rudolf und Herta hörten von ihrer Tochter daraufhin nichts mehr. Am nächsten Tag bekamen sie aber eine Mail von Rebecca, die es unerhört fand, dass ihre Mutter ihr einen Brief geschickt hätte, anstatt daran zu denken, wie elend sie sich fühlte und sie unterstellte Herta dazu noch eine große Unsensibilität. Herta hatte ihr in dem Brief u.a. mitgeteilt, dass sie weiteren Anrufern keine Auskunft des Kindes wegen mehr geben würde, mit der Bitte, sich an die Eltern zu wenden. Sie wollte nichts verkehrt machen.

„Es ist doch kein Makel, ein krankes Kind zu haben", meinte Rudolf, als Herta sich wieder beruhigt hatte. „Deshalb verstehe ich die Geheimniskrämerei nicht." Sie war beiden Großeltern völlig unverständlich.

Vor allem musste in der Klinik etwas nicht sauber gelaufen

sein, mutmaßten beide. Eine Sepsis durch einen infizierten Bauchnabel darf einfach nicht vorkommen.

Eine befreundete Ärztin meinte dazu: „In die Klinik würde ich meine schlimmste Feindin nicht zur Geburt schicken!"

Jedenfalls war Herta und vor allem Rudolf, der sich ansonsten wenig anmerken ließ, geschockt.

Rudolf schlug vor: „ Lass uns in die Heide fahren, es wird uns von dem Elend ablenken."

Mit dem Elend meinte er nicht allein den Zustand des kleinen Enkelkindes, sondern den Zustand, den sie als Eltern durch ihre Tochter unverdient zu spüren bekamen.

Herta hatte zuvor noch einen letzten Versuch unternommen und an ihre Tochter eine Mail geschickt mit dem Hinweis, sie würde sich nun nicht mehr rühren. Sie wünschte dem Kind und seinen Eltern natürlich alles denkbar Gute und schrieb auch, dass sie am Kinderkrankenhaus vorbeigefahren wäre und einen Blick von außen auf die Kinderstation getan hätte. Als Gruß an die kleine arme Maus sozusagen.

Am nächsten Morgen saß Herta noch ziemlich verstört an ihrem Computer und Rudolf kam in Windeseile die Treppe heraufgespurtet. Noch außer Atem hielt er ihr sein Handy entgegen.

„Eine SMS von Rebecca" rief er beglückt.

„Wenn Ihr die Greta besuchen möchtet, bitte Bescheid geben, es darf immer nur einer von der Familie auf die Intensivstation," stand dort zu lesen.

Rudolf war überglücklich. Er hing besonders an seiner Tochter und auch Hertas Welt war wieder in Ordnung.

„Hätten wir doch gestern das Handy in Betrieb gesetzt, wäre der Tag in der Heide fröhlicher verlaufen," meinte Rudolf und Herta stimmte ihm gelöst zu.

Rebecca bekam ein Mutterkindzimmer auf der Intensivstation eingerichtet und versorgte ihr Kind Tag und Nacht. Ab und zu ging sie nach Hause um auszuschlafen. Sie war ja selbst noch geschwächt. Auch ihr Mann löste sie ab, so dass dem Kind nicht noch ein zusätzlicher Schaden entstand. Die Großeltern durften nicht einspringen und fanden das völlig o.k. Sie durften aber in hygienischer Schutzbekleidung das Kind einzeln besuchen.

Eine schlimme Zeit für alle und als die kleine Greta endlich das Krankenhaus verlassen konnte, war das mit viel Liebe von ihrer anderen Oma, der Oma Susanne gestrickte Jäckchen und Höschen schon viel zu klein geworden.

SIEBZIG JAHRE UND KEIN BISSCHEN LEISE

Entgegen Rudolfs Ansicht, ein halbwegs anständiger Mensch verabschiede sich von der Welt mit spätestens Fünfundsechzig, bescherte dem Löwen das Schicksal, just kurz vor der Geburt seines jüngsten Enkelkindes, das gesegnete Alter von siebzig Jahren.

Was daran gesegnet sein sollte, fragte sich der verzweifelte Rudolf häufig. Er merkte, wie seine Kräfte nachließen. Das Tragen gewisser Dinge wurde ihm schwer, Dinge, die er sich früher an die Uhrkette gehängt hätte, prahlte er vor Herta. Es stimmte, ihr Mann war wirklich mit außergewöhnlichen Kräften bedacht worden. Allerdings führte das auch zu Überforderungen. Nichts ging ihm schnell genug und da, wo er eine Pause gebraucht hätte, setzte er sich darüber hinweg. Das war während seines Beruflebens so und privat auch nicht viel anders. Schließlich hatte ein Hörsturz, den so gut wie niemand durch Wohlergehen bekam, zu seiner etwas verfrühten Pensionierung geführt. Er wurde ganz und gar nicht mit seinen fortschreitenden Jahren und deren Auswirkungen fertig. Herta verstand seine Einstellung nicht, wollte sie einfach nicht verstehen.

„Meine Güte, das ist der Lauf der Dinge, du musst deine Kräfte eben besser einteilen Rudolf, mal eine Pause einlegen und so," meinte sie, worauf er aufbrauste.

Seinen Siebzigsten wollte er überhaupt nicht feiern, was sich nicht vermeiden ließ, hatte er doch Kinder und Enkel, die mit ihm seinen „Ehrentag" unbedingt begehen wollten. Unter anderem auch eine Cousine von Herta aus dem Bergischen. Die geizige Fina, die schon deshalb gern kam, weil es sie bis auf ein kleines Geschenk, was sollte man einem so alten Menschen schon schenken, und dem zur Zeit überteuerten Benzinpreis, ja nix groß kostete. Sie brachte natürlich ihre beiden Töchter mit, schon deshalb, weil sie die Benzinkosten mit ihnen teilen konnte.

So fand das Fest zu Rudolfs Ehren statt mit einem Geburtstagskind, dass wie Herta glaubte, am liebsten wie Rumpelstilzchen im Erdboden verschwunden wäre.
Es ging aber dennoch alles sehr manierlich zu und Rudolf nahm sich zusammen. Es trug ja niemand daran Schuld, dass das Alter bei ihm so stark anpochte. Ein solides Abtreten zur rechten Zeit, wie schon erwähnt, um dem Alter ein Schnippchen zu schlagen, war ihm misslungen. So schrieb Herta für ihren Pensionär ein Gedicht zu seinem Siebzigsten.

Siebzig Jahre wird mein Löwe.
Brüllen ist für ihn ein Muss.
Er kreischt nie wie eine Möwe.
Brüllen ist für ihn Genuss.

Auch für mich, als Angetraute,
ist Musik oft sein Gebrüll.
Überfällt ihn eine Flaute,
steht die Welt fast für mich still.

Ich bekomme solchen Schrecken.
Frag mich, was mit ihm wohl ist.
Hab schon heut, beim frühen Wecken,
sein Gebrüll schmerzlichst vermisst.

Ist danach alles beim Alten
fühle ich mich wohl wie nie.
Soll der schalten, soll er walten.
Bloß nicht diese Lethargie!

Brüllen muss der echte Löwe.
Ist es seinem Zeichen schuldig.
Ist er doch nicht wie die Möwe,
die nur kreischt und ist geduldig.

Brüll mein Löwe, —ungehalten!
Brülle noch `ne lange Zeit!
Empfang den Glückwunsch Deiner Alten,
die Dir gern ihr Ohr stets leiht.

Herta kannte ihren Pensionär am allerbesten und somit gab
sie ihre Empfindungen an diesem denkwürdigen Tag zu
Papier. Sie benannte das Gedicht, dem Anlass gemäss,
schlicht und einfach „Siebzig Jahre." Nicht, dass sie sich
mit Goethe vergleichen hätte wollen, der Gedichte als
Fensterscheiben bezeichnete, aber sie selbst empfand
Gedichte eher als das, was sie weniger poetisch ausgedrückt
auch waren, nämlich „Komprimierte Gedanken" und die
widmete sie ihrem Pensionär, mit dem sie nunmehr fast
fünfzig Jahre mehr oder weniger gut gelebt hatte. Kurz nach
dem Erwachen an seinem siebzigsten Geburtstag, überreich-
te sie ihm ihr Gedicht, was ihm und man höre und staune,
ein Schmunzeln entlockte. Donnerwetter!

MÄNNLEIN- WEIBLEIN

Die Siebzig schien für Rudolf eine magische Zahl zu sein. Urplötzlich fuhr er kaum noch mit seinem schweren Motorrad durch die Lande. Er zog es auch neuerdings vor, im Schlafanzug durchs Haus zu stiefeln, was Herta selbst schon seit Jahr und Tag exerzierte und wenn es schellte, war sie so manches mal fast in Ohnmacht gefallen.

Sie war selbstkritisch genug, sich so zu sehen, wie die meisten Überraschungsbesucher sie wohl auch sahen. Mit wirrem Haar und ohne BH wusste sie um ihren Qualitätsverlust. Das hielt sie aber nicht davon ab, ihren Gewohnheiten treu zu bleiben.

Sie erinnerte sich an ihren Sohn, als der so um die zwei Jahre alt gewesen sein mochte und jeden Morgen fragte: „Mama, wo gehen wir hin?", wenn Herta endlich angezogen vor ihm stand. Sie schminkte noch geschwind ihre Lippen, nahm den Kleinen auf den Arm, um ihn die steilen Treppen runter zu seinem Kinderwagen zu tragen. Sobald der Junge merkte, dass seine Mutter geschminkt war, fuhr er ihr mit seinen kleinen Händen über die Lippen, so dass Herta noch einmal umkehren musste, um sich den Mund abzuwischen, wollte sie nicht als Clown durch die Lande ziehen.

Was der kleine Bengel sich ihr gegenüber schon damals erlaubt hatte, dachte Herta.

Vor seinem Vater hatte er den größten Respekt. Rudolf zog sich zum Beispiel niemals vor seinem kleinen Sohn vollends aus. Herta bemerkte, wie es in dem Kind, je älter es wurde, arbeitete. Eines abends, Rudolf hatte seine Jeans über den Stuhl gehängt und schickte sich an, die Unterhose auszuziehen, bückte sich der Kleine blitzschnell und konnte gerade noch sehen, wie sein Vater untenherum beschaffen war. Herta hatte es nicht gewagt, zu lachen. Rudolf hätte getobt.

Warum speziell Frauen als hysterisch verschrieen waren, fragte sie sich zu solchen Gelegenheiten. Sie kannte genug Männer, die obwohl einer Gebärmutter ledig, durchaus eine ihrem Verhalten nach gehabt haben könnten. Männer für die jede Kleinigkeit augenscheinlich zum Problem wurde.

Vor allem lieferte Rudolf hier und da Intermezzi, die für Hertas gute Beziehung zum Humor und eigens für sie inszeniert zu sein schienen. Tadelte sie ihn zum Beispiel im Hinblick auf seine unselige Ungeduld mit der Feststellung:

„Du musst an dir arbeiten, geduldiger werden!", gab er ihr eine Antwort, an die sie sich nicht mehr erinnerte, aber über die sie hatte lachen müssen.

Seine Launenhaftigkeit und Ungeduld trieben seit seiner Pensionierung erst recht frische Blüten und wirkten zeitweilig skurril auf Herta.

Er konnte neuerdings wie ein Indianer auf dem Kriegspfad Laute ausstoßen, wenn ihm etwas misslang, oder wenn sein Sinnen und Trachten nicht gleich von Erfolg gekrönt war.

Warum Frauen wohl mit mehr Geduld gesegnet wären, fragte sich Herta und fand selbst keine plausible Erklärung dafür.

Einmal fragte sie sogar Rudolf danach, der ihr bereitwillig Auskunft gab. Er räusperte sich und Herta stellte sich auf einen längeren Exkurs ein.

„In erster Linie muss es mit dem Intelligenzquotienten zusammenhängen," stellte Rudolf selbstsicher fest.

„Wie das, lieber Rudolf?," bat Herta um Aufklärung, die nicht gleich bereit war, verstehen zu wollen und sich allerdings denken konnte, was dieser Feststellung folgen würde. Sie fühlte sich gewappnet, zudem das Thema nicht ganz so neu für sie war.

„Nun ja," sagte er großspurig, „es ist eine alte Jacke, dass Männlein und Weiblein nicht mit gleich guten Gaben im Hinblick auf die Intelligenz gesegnet sind!"

„Soll das etwa heißen, je geduldiger eine Frau ist, desto blöder scheint sie auch zu sein, liebster Rudolf?"

„O ha! Liebster Rudolf hatte sie gesagt, Vorsicht!"

Rudolf räusperte sich erneut. Er begab sich nicht gern aufs Glatteis. Kannte er doch im Lauf der vielen Jahren die Gedankengänge seiner Herta zu genau und wusste, wie sehr er auf der Hut sein musste. Sie mochte im technischen Bereich eine Niete und häufig mit Orientierungslosigkeit geschlagen sein, eins war sie jedenfalls nicht, sie war nicht auf den Kopf gefallen. Postwendend kam der Beschuss, dem er im allgemeinen stets gern und nicht immer erfolgreich aus dem Weg gegangen war.

„Du glaubst also, Männer sind Frauen geistig überlegen?"

Rudolf fing an zu schwitzen. Herta sah es mit Genugtuung. „Wer sich so weit aus dem Fenster lehnt, kann sehr leicht Übergewicht bekommen," dachte sie.

„Nun ja," im technischen Bereich ganz sicher. Du weißt es ja selbst von dir, obwohl ich meine, mit ein wenig mehr Interesse würdest sogar du so manche Zusammenhänge verstehen!"

Das „sogar du", das er ihr gerade vor den Latz geknallt hatte, reizte Herta. Sie war jetzt in der nötigen Kampf-stimmung, die sie ansonsten gern vermied. Ein Kampfstier in der Arena genügte vollauf.

„Vielleicht gibt es in der Realität gar keine so großen Zusammenhänge im technischen Bereich, um sie begreifen zu müssen, fällt mir dabei ein. Ich denke zum Beispiel an deine Neuerungen in unserem Haus vor kurzem." Herta beobachtete messerscharf ihr Gegenüber. Das wunde Thema hätte sie nicht berühren dürfen.

Rudolf tat, was er am besten konnte, er brüllte, dass die Heide wackelte und verließ fluchtartig das Haus. Herta atmete auf.

Sie wusste, wie verschieden Männlein und Weiblein waren und es würde immer und ewig so bleiben. Ihrer Meinung nach ging es in erster Linie um die „Arterhaltung" und nichts weiter.

Alle Triebe, die Mutter Natur den Menschen, oder wer auch immer, eingepflanzt hatte, führten zwar auf verschiedenen Wegen, dennoch immer zu ein und demselben Ziel.

„Warum auch nicht," dachte Herta bei sich. Sie mochte Kinder, auch die, die ausnahmslos in jedem Manne, unabhängig von der Altersklasse ruhen.

SOMMER, SONNE, SONNENSCHEIN

Obwohl erst Ende April, knallte der „Lorenz" unerbittlich seine Strahlen auf die Erde. Vom Klimawechsel war die Rede und das es schon kurz vor Zwölf wäre. Herta konnte es schon nicht mehr hören. Es sollte hauptsächlich an den Abgasen der Autos liegen, wie fast täglich die Zeitungen berichteten. Alle Welt wusste davon, nur um Abhilfe war kaum jemand bemüht. Rudolf kam der Klimawechsel entgegen. Im Zeichen des Löwen geboren, liebte er die Hitze im Gegensatz zu Herta, die wie ein Springbock hin und her jagte. Sie lief nach draußen, wo sie auf dem Liegestuhl kaum Platz genommen, die Kühle des Hauses wieder vor zog. Alles ächzte unter der Sonne und die Tatütatawagen rasten mit ihrem nervtötenden Gekreische durch die Stadt. Nirgends war man davor sicher.

Nun hätte Herta meinen können, Rudolf wäre endlich glücklich und zufrieden mit dieser für normale Menschen kaum auszuhaltenden Hitze gewesen. War er auch, aber nur für kurze Zeit. Die Hitze bekam ihm, aber wie bei allen Leuten, die eifrig nach einem Haar in der Suppe suchen, wurde auch er fündig und seine alte Unausgeglichenheit kehrte prompt zurück.

Beim Abendessen war das Brot noch essbar gewesen, was sich natürlich bei dem Klima und über Nacht schnell ändern konnte. Rudolf hatte wie immer, seit seiner Pensionierung den Tisch gedeckt und am Morgen festgestellt, dass das Brot verschimmelt war.

„Du hast gestern kein Brot aufgetaut", stellte er unwirsch fest. Es hätte gar keinen Zweck gehabt, ihm zu erklären, dass das Brot gestern ja noch o.k. gewesen war. Herta verkniff sich diese Feststellung, um ihn nicht noch mehr zu reizen. Sie fragte sich häufig, ob sie es nötig hätte, immer und ewig auf seine Reaktionen Rücksicht zu nehmen. Ihr wurde das zunehmend lästiger.

„Es ist auch nur noch ein Ei im Kühlschrank gewesen, das kannst du haben!" bot er ihr pikiert an. Sie würde den Teufel tun, das einzige Ei aufzufuttern, wo sie wusste, wie sehr er seine Gewohnheiten pflegte. Ein Frühstück ohne Ei war für ihn kein Frühstück. Dafür lohnte es sich nicht anzufangen. Vor allem gönnte sie ihm nicht auch noch die Genugtuung, für seine morgendliche schlechte Laune ein Alibi zu haben.

„Nee, nee, du wirst schon noch dein Ei kriegen!"

Herta sprang auf, nahm den Wagenschlüssel vom Haken und sauste zum nächsten Laden, obwohl sie sich vorgenommen hatte, nach dem Frühstück in Ruhe und zu Fuß ihren Einkauf zu erledigen. Allein schon wegen der Bewegung und ihrer Figur zuliebe.

Seit der Klimaveränderung, die tatsächlich im Gange war, und auch wegen des hohen Benzinpreises erledigte sie alle möglichen Gänge per Rad oder zu Fuß, was auch Rudolf nicht anders handhabte. Er war ohnehin ein leidenschaftlicher Radfahrer, im Gegensatz zu ihr, die sich nicht so sehr bewegungsfreudig verhielt.

„Jeder Gang macht schlank!" wie sie wusste. Dennoch nahm sie den Wagen, damit unverzüglich Eier ins Haus kamen.

Wie das Schicksal es so will, stand sie an der Kasse und hatte korrekt zehn Leute vor sich. Die letzten Jahre wurde sie von einem Zählzwang überfallen und zählte alles mögliche ab, nicht zuletzt die Zähnchen ihrer Enkelkinder, wozu sie ihnen die kleinen Münder öffnete, was die mit Geschrei quittierten. Auch schaute sie ihrem Gesprächsgegenüber meist auf den Mund, zählte die noch vorhandenen Zähne. Endlich konnte sie, um beim Zählzwang zu bleiben, ihre Siebensachen einpacken, d. h. sie hatte keine Plastik-Tüte bei sich und würde sich hüten, eine zu kaufen. Es hingen schon exakt fünfundfünfzig Tüten an den Haken im Kellereingang. Sie jonglierte ihren Kauf auf den Armen, u. a. ein Päckchen mit Eiern. Erleichtert fand sie eine kleine Tüte im Kofferraum. Sie war mit einem guten Augenmaß gesegnet. Beide Pfundsschnitten passten, ebenso wie die hochkant gestellten Eier, hinein. In dem Moment riss die Schlaufe an dem verflixten Ding und die ganze Herrlichkeit fiel vor dem Wagen auf den Boden. Auch das noch! Mit einem lauten „Scheiße!" hob sie die Tragetasche auf. Ihre Stimmung verdüsterte sich.

Anschließend durchwühlte sie den Kofferraum, fand eine etwas größere und stabilere Tüte und stellte aufatmend fest: „Halleluja, die Eier sind heil geblieben!"

Denkste! Gleich sah Rudolf mit Kennerblick, was passiert war. Fünf Eier, man sage und schreibe fünf, die Hälfte der Kostbarkeiten, war dahin. Eine mittelschwere Katastrophe bahnte sich an.

„Die schönen Eier" lamentierte Rudolf und Herta nahm die restlichen, ebenso schönen Eier, knallte sie mit Schwung gegen den Rand ihres Litermaßes und schlug mit dem Schneebesen den ganzen Frust aus sich heraus. Die quittegelbe Herrlichkeit ließ sie in die Pfanne gleiten. Dieser Gaumenschatz auf eine Scheibe Brot gebettet, schien Rudolfs Stimmung zu heben. Natürlich würzte er mit Salz tüchtig und gewohnheitsmäßig nach und, - Herta fasste es nicht, er ließ sogar die Finger vom Katchup.

„Vielleicht wäre es bei dem hohen Eiverzehr sinnvoll, ein paar Hühnerchen anzuschaffen und vielleicht ein Hähnchen dazu," dachte Herta. Allerdings hatte sie vorgestern in der Zeitung gelesen, dass ganz in ihrer Nähe eine Frau, ebenfalls Reihenhausbesitzerin und mit einem schmalen Gärtchen dazu, tatsächlich einigen Hühnerchen ein Zuhause geboten hatte, wozu der Hahn nicht fehlen durfte. Die Nachbarn ringsum protestierten, nicht gegen das Gegacker der Hühner, sondern gegen die Hahnenschreie am frühen Morgen und es war lt. Gerichtsurteil unabdingbar, den Schreihals in dem Wohngebiet abzuschaffen. „Armes Deutschland" war Hertas Kommentar zu diesem Zeitungsbericht.

Sie selbst hätte gerne einmal ausprobiert, allein schon, um die Gesinnung ihrer werten Nachbarn festzustellen, wie die sich bei den lustvollen Hahnenschreien wohl verhielten. Experimentierfreudig, wie sie war, würde sie gern ein Hähnchen ausleihen, um es im Falle eines Falles zurückschicken zu können. Rudolf fiel bei ihrem Vorschlag aus allen Wolken. Er bekam nervöses Aufstoßen.

„Wieso kommst du auf diese Scheißhausidee!" brüllte er zwischen den Rülpsern. Er, der von Haus aus selbst sehr geräuschempfindlich war, musste mal wieder laut werden. Trotz eines Hörsturzes, der zum Glück nur sein rechtes Ohr außer Gefecht gesetzt hatte, war er im Grossen und Ganzen mit seinem Gehör zufrieden. Zum Glück knallte ihm sein eigenes Geschrei in dem Moment in sein heil gebliebenes Linkes und er dämpfte sein Getute. Damals hatte er von der Gnade des Alters gesprochen und sich krumm gelacht, als

„Schocking-Omas" Mann, sein Schwiegervater also, fast taub wurde und ein Hörgerät bekam. Wie hatten Rudolf und der Schwerhörige sich darüber lustig gemacht. Er sparte dabei noch Batterien und vor allem, Nerven, hatte der alte Herr seinem Schwiegersohn Rudolf unter vier Augen wieder einmal gestanden. Rudolf hatte sich schon in jungen Jahren häufig taub gestellt, wenn er nicht belästigt werden wollte, wobei Herta fast in Raserei verfallen war.

„Sieh mal, Schneeflocken" erwähnte sie freudig während einer Fahrt durch die winterliche Idylle. Nach geraumer Zeit, etwa eine halbe Stunde später bemerkte Rudolf anscheinend erst die Flocken. Herta war aus der Haut gefahren. „Vor einer guten halben Stunde habe ich dir schon davon geredet", stellte sie fest.

„Ja, spreche ich vielleicht chinesisch?" Rudolf hatte gegrinst und ihr gebeichtet, sie häufig auf diese Art und Weise des Doofstellens mit Erfolg, auf die Schippe genommen zu haben. Alle weiteren Versuche dieser Art stellte Rudolf ein, nachdem er sich aus welchem Grund auch immer, diese Freude selbst vermasselt hatte und Herta nicht mehr auf ihn „ansprang." Seit dem büßte er einiges an Lebensqualität ein.

DIE FASZINATION DES EIES

Herta konnte nicht verstehen, das heißt sie wollte nicht verstehen, wieso ein weich gekochtes Frühstücksei von so außerordentlicher Wichtigkeit sein sollte. Wenn Rudolf oben zu lange duschte, beim Rasieren bummelte, oder sonst wie abgelenkt wurde, übernahm sie die verantwortungsvolle und schwierige Aufgabe des Eierkochens.

Er machte auch gleich aus einer Mücke einen Elefant, wenn das Ei ein Quäntchen zu weich war, schlürfte mit Leichenbittermiene und demonstrativ erst den Dotter und später das Eiklar aus. War das Ei zu hart, schnitt er es unter nicht wenigen Seufzern klein, legte die Scheiben auf seine Brotschnitte und warf Herta während des Kauens Blitze zu, die nur noch von Zeus übertroffen werden konnten.

Ihm war jedenfalls der Tag verdorben, der mit einem solchen Ei begann. Pfui Teufel!

Immer noch bekümmert, begab sich Rudolf nach oben, wo er sich von seinen mit ihm trauernden Katzen und schmollend auf die Tagesdecke seines Bettes legte.

Herta suchte nach dem Abräumen des Tisches ebenfalls die obere Etage auf. Durch die Ritze der fast geschlossenen Schlafzimmertür konnte sie die drei beobachten. Rudolf hatte sie kommen hören und flink die Augenlider geschlossen. Das hieß:

„Der Laden ist zu, man störe mich nicht!" Er lag dort wie tot, nur Herta wusste, dass er noch unter den Lebenden weilte.

In ihm pochte es. Er hätte sich selbst zerreißen mögen und wurde nur schwer damit fertig, wieso seinen mehr als bescheidenen Anordnungen nicht Folge geleistet wurden.

So doof konnte noch nicht mal Herta sein, um ein Ei nicht in den Zustand zu versetzen, der ihm, als Verzehrer, Wohlbehagen bereitet hätte.

Ihm musste etwas einfallen. Er wollte einen idiotensicheren Eierkocher kaufen, der exakt diesem untüchtigen Weib den rechten Weg weisen würde. Er als Technikfreak, wusste sich in allen Lebenslagen zu helfen, und ging spontan in den nächsten Laden, der Eierkocher anbot.

Am nächsten Morgen füllte er höchstpersönlich Wasser ein, stellte die Skala auf „weichgekochte Eier" und wartete der Dinge, die da kommen sollten, aber nicht kamen, wie Herta mit Kennerblick und nicht ohne Häme feststellen konnte. Das Gerät tat keinen Mucks. Nach einer endlos erscheinenden Zeit vernahm Herta ein merkwürdiges Zirpen, was sie voller Entsetzen mit einem Riesensatz auf den Puck neben dem Kochherd springen ließ. Sie glaubte, eine ihrer Katzen hätte ihre Beute mal wieder unterwegs verloren. Es war aber keine Maus. Herta fasste sich ans heftig pochende Herz, während Rudolf wohlgemut die Eier abschreckte. Und siehe da, sie waren hart wie Kruppstahl. Herta wusste, sie musste sich in acht nehmen, um Rudolf nicht zu reizen. Um nicht lachen zu müssen, studierte sie aufmerksam die Dekore ihres Frühstücktellers. Sie wagte nicht ihrem Ehegatten in die Augen zu schauen. Sie wäre vor Lachen geplatzt und Rudolf vermutlich auch, wenn auch aus anderen Gründen.

Ja, seine hochgelobte Technik! In seiner impulsiven Art schleuderte Rudolf den Eierkocher zu Boden, wo er zerschellte, was ihn sofort zu beruhigen schien. Dieser Versager würde ihn jedenfalls in Zukunft nicht mehr aufregen. Gut, dass Rudolf sich nur an Gegenständen vergriff, dachte Herta und ließ es gut sein.

DIE BESTE EHE VON ALLEN

Herta freute sich schon auf das nächste Treffen mit ihren Freundinnen, wo sie die Story vom exakt gekochten Ei zum besten geben würde.

Zwei der Damen ihres Kreises, die ältesten übrigens, waren inzwischen verstorben. Immerhin hatten sie ihre weitaus älteren Männer um Längen überlebt und ihre Restzeit somit genossen.

Edelgard, die nun amtierende Älteste war inzwischen in ein Wohnstift, man muss schon sagen, in eine Wohnresidenz gezogen. Regelmäßig kam sie aber immer noch zu ihren Treffs.

Ihr neues Domizil lag mitten in Köln, in Domnähe und bot allen Schnick-Schnack, wie sie betonte.

„Das hat natürlich seinen Preis!" sagte Edelgard, schürzte ihre Lippen, wobei sie ziemlich affektiert wirkte. Sie sog an dem goldenen Mundstück ihrer Zigarette, die längst ausgegangen war.

Ihr stattliches Haus mit seinen 250 qm hatte sie kurzerhand verkauft, einen mehr als günstigen Preis erhalten und deshalb gar nicht lang gefackelt. Ihre Kinder waren versorgt, der Sohn als Kieferorthopäde, den übrigens Herta gern zum Schwiegersohn gehabt hätte, war gut bestückt und die Tochter war, kein Wunder in der heutigen Zeit, als Psychotherapeutin voll ausgelastet. Und weil Geld zu Geld wollte, wie die Residenzbewohnerin bekräftigte, war ihre Tochter mit einem Aufsichtsratsvorsitzenden einer großen Firma, deren Name ihr entfallen war, verheiratet.

Auch Edelgards Erwin war lange Zeit im Aufsichtsrat gewesen, was sich in Edelgards Pension niederschlug.

„Ich hätte mir auch statt dieser neunzig qm und dem

Inklusivpreis von viertausendfünfhundert Euro pro Monat auch eine Wohnung von hundertfünfzig Quadratmeter leisten können, mit einem Unterschied von lächerlichen tausend Euro, aber sagt mal ehrlich, was soll ich allein mit soviel Raum? Herta schickte der „Bescheidenen" einen belustigten Blick zu. Ihr fiel der Witz ein, wo ein Strunzsack seinen drei Freunden versicherte: „Ich habe für diese Flasche Wein hundertfünfzig Euro hingeblättert," was einer seiner Freunde mit dem Kommentar:

„Ja, ja, wir müssen uns alle heutzutage einschränken," bedacht hatte.

Zum Schluss mussten sich die übrigen Damen noch anhören, wie teuer doch die umliegenden Kaffees um den Dom herum wären.

„Die verlangen doch Apothekenpreise! Da nehme ich meinen Nachmittagskaffe doch lieber in der Residenz ein," stellte die „Sparsame" bekümmert fest. Edelgard erinnerte Herta an ihren Rudolf, der in kleinen Dingen kleinlich, in großen großzügig war.

„Der Teufel scheißt immer auf den dicksten Haufen" wusste Herta, ließ das aber natürlich nicht verlauten im Kreis dieser gutbetuchten Damen. Sie selbst war zwar nicht arm, aber immerhin nur eine Reihenhausbesitzerin, was an sich kein Makel war.

Helena, eine aufgedonnerte und geliftete Altschöne meldete sich zu Wort. Sie mokierte sich erstmalig über ihren Mann, wozu sie sich noch nie bisher hatte durchringen können. Sie hörte meist mit Luchsohren zu, lachte herzlich mit, wenn es was zum Lachen gab, war auch sonst ein lebensfrohes Persönchen, aber total verschlossen, wenn es ums Eingemachte ging. Diesmal spitzten die anderen ihre

Lauscher und es lohnte sich.

„Stellt euch das mal vor! Mein Heinrich hat eine Liaison!" Ich habe ihn überwachen lassen, seit er urplötzlich seinen Wagen wieder selbst fährt. Dieser Lumpsack ist doch tatsächlich beim ersten Versuch dem Detekteifritzen entwischt. Ist einfach abgebogen, in eine Tankstelle gefahren, während der Detektiv auf den Gegenverkehr Rücksicht nehmen musste!" Helena war nicht wiederzuerkennen. Sie hatte etwas Vulgäres an sich, wenn sie ihre Mundwinkel nach unten zog, was Herta noch nie aufgefallen war. Auch wie sie ihre Stirn in Falten legte, die sie an Pergamentpapier erinnerte, gefiel Herta nicht besonders.

„Ich habe mich echt schon länger gewundert, wieso Heinrich selbst seinen Wagen fährt, wo er doch einen Chauffeur gestellt bekommt!" schob sie noch nach.

Herta und ihre langjährigen Freundinnen saßen wie angewurzelt da.

„Der treue Heinrich, nicht zu glauben!"

Hatte diese Person nicht immer und ewig davon geschwärmt, wie einzigartig ihre langjährige Ehe doch wäre. Bis zum Überdruss war ihnen die Legende „vom heiligen Heinrich" vorgekaut worden und nun das, zudem der Lüstling nach seiner Pensionierung nur noch beratend tätig war!

Na, das konnte ja heiter werden. Wurde es auch.

„Beim zweiten Versuch fuhr ich im Wagen des Detektivs mit. Klar, dass er das Modell gewechselt hatte. Wir verfolgten den Mistkerl bis auf die Autobahn, wo er nach einigen Kilometern an einer Tankstelle hielt und wer steigt bei ihm ein?"

Helena schaute in die Runde, vergewisserte sich der Aufmerksamkeit ihrer Zuhörer.

„Nun sag schon, Helena, wer stieg denn ein?" Herta konnte sich nicht mehr bremsen.

Bevor sie die Bombe platzen ließ, wedelte die Betrogene eine Hitzewelle fort, nippte, um die Spannung zu erhöhen an ihrem Glas, verschluckte sich zum Verdruss von Herta auch noch, die ihr kräftig zwischen die Schulterblätter schlug und flüsterte dann heiser:

„Die Kowalski, seine Sekretärin. Ich dachte, so etwas gäbe es nur in Kitschromanen!"

Schon wieder fing sie an zu husten.

„Nein, wer hätte das von deinem Heinrich gedacht", meinte nicht ganz ohne Wonne die rothaarige Edda, deren Mann sie in grauer Vorzeit mit ihrer Erdnussfreundin betrogen hatte.

Ihr Hund, der „Verräter" war längst dahin und auch sein Herrchen. Kurz nach der Scheidung und noch bevor sie ihm hatte verzeihen können, war er verstorben. Herzinfarkt! Wie sie gehört hatte, soll er in den Armen von Charlotte seinen letzten Atemzug getan haben.

„Und wie hast du reagiert Helena" wollte Herta ehrlich interessiert wissen. Sie nahm sich ein Mettbrötchen machte es sich bequem und wartete auf Antwort. Diese Quelle sprudelte selten genug. Man durfte sie nicht zum Versiegen bringen. Es war einfach zu schön, und vor allem Musik für die Ohren derjenigen, deren Männer sich auch ähnliche Mätzchen erlaubten und die sich schon in diesem Kreis darüber Luft gemacht hatten.

Was soll`s. Ihre Kerls waren schließlich immer wieder an den heimischen Herd zurück gekehrt. Zudem verschliss das Teil, auf das es offensichtlich ankam, ganz sicher nicht.

„Ich habe ihn natürlich im Beisein dieser Nutte zur Rede gestellt. Wie zu erwarten, leugnete er. Man wollte sich privat kennen lernen. Was Dümmeres konnte sich der Heinrich nicht einfallen lassen. Ich habe die beiden zusammengeschissen, als Heinrich urplötzlich aufschrie!"

Meine Güte, die vornehme Helena war nicht wiederzuerkennen.

„Heinrich klappte wie ein Taschenmesser zusammen, stöhnte. Er hauchte, er hätte das Gefühl, glühende Kohlen im Leib zu haben und verlor das Bewusstsein. Er erlitt einen Magendurchbruch!" Helena schüttelte den Kopf.

„Ich fühlte mich an seiner Misere mitschuldig und schickte ihm, ich weiß nicht wie viele, rote Rosen in die Klinik. Sehen wollte ich ihn nicht nach seiner OP. Sein Krankenzimmer roch vermutlich wie die Insel Mainau, wo wir in guten Zeiten einmal waren. Gleich nachdem Heinrich wieder auf seinem Zimmer lag, die Augen aufschlug, erblickte er die vielen Rosen. Er glaubte aufgebahrt worden zu sein. Zu seinem Entsetzen betrat eine weiße Gestalt, den Raum. Der Engel beugte sich zu ihm nieder, als er eine Stimme fragen hörte,:

„Wie geht es uns?" Da kamen wohl seine Lebensgeister zurück und er antwortete der Medizinerin: „Mir geht es den Umständen entsprechend gut, wie es Ihnen geht, kann ich nicht sagen!" Helena musste lachen und wirkte um Jahre jünger.

Die Geschichte war aber noch nicht zu Ende. Alle wussten, Helena war rachsüchtig.

„Ich nahm mir kurzerhand Heinrichs langjährigen Chauffeur zum Geliebten. Der ist ledig, ich weiß ja, was sich gehört. Ich sorgte dafür, dass Heinrich uns in flagranti ertappte.

Den Aufstand hättet ihr mal erleben sollen. Mein beherrschter Heinrich! Natürlich wollte er den Mann rausschmeißen, nur mein Veto: Wenn du den Mann entlässt, verlasse ich dich, hielt ihn davon ab. Das Risiko wollte er keineswegs eingehen. Womöglich wäre seine Sekretärin an ihn zwecks Heirat herangetreten. Ich verdonnerte ihn dazu, das Verhältnis zu beenden. Ja, so ist das nun, meine Lieben. Männer können nun mal nicht anders, wie mir scheint. Lasst uns jedenfalls unser Leben weiter genießen, wer weiß, wie lange es noch hält!"

Helena wirkte wieder völlig seriös, hob ihr Glas, schaute in die Runde, und ließ sich zuprosten.

Donnerwetter, das war harter Tobak. Jedenfalls hatte Herta wieder allerhand zu erzählen, als sie nach Hause kam, und Rudolf tat wieder total desinteressiert, obwohl er diese Neuigkeit wie einen Schwamm in sich aufsog.

Noch vor der Goldenen wollten beide Eheleute um ein paar Pfündchen leichter werden. Rudolfs Smoking war trotz der großzügigen Anordnung der beiden Knöpfe, die noch eine kleine Dehnung zuließen, einfach zu eng geworden.

Herta gefiel sich auch nicht mehr so sehr und „ohne Mühen kein Erblühen" wurde ihnen zum Leitsatz. Wenn sie einmal schlapp gemacht hatten, sich vom Heißhunger überrollen ließen und sich vor allem mit Süßigkeiten überschütteten, musste wieder kürzer getreten werden. Suppen, für die Herta von ihren Freundinnen und Verwandten stets ein dickes Lob bekommen hatte, waren längst nicht mehr das, was sie einmal waren, obwohl Diätköche behaupten, beinahe ohne Fett, nur durch die Zugabe von viel Gewürzen, einen guten Geschmack erzielen zu können. Rudolf klagte seit einer sehr starken Erkältung und schon seit Monaten über Riech- und Geschmacksstörungen. Deshalb war es für Herta leicht, diese beinahe fettlosen Suppen sprichwörtlich an den Mann zu bringen. Sie glaubte Rudolf seine Ausfälle nicht mehr so ganz, seit er darüber klagte, dass ihre Speisen neuerdings irgendwie geschmacklich „tot" wären.

„Soll ich dir vielleicht ein paar Würmer oder Schnecken hineingeben," damit sie lebendiger werden, spottete sie. Ihr selbst schmeckte alles was essbar war, Hauptsache ihr Magen war gefüllt und rebellierte nicht.

„Nur die Zunge schmeckt bestenfalls etwas, Rudolf. Der Magen hat überhaupt keine Geschmacksnerven!" predigte sie ihrem Nörgler. Der hatte vordem behauptet, es dürfe einem auf gar keinen Fall schmecken, damit man nicht über die Strenge schlagen würde. Welche Logik, eine männliche vermutlich! Es darf nicht schmecken, damit man solide bleibt schmeckt es aber nicht, ist es auch nicht in Ordnung. Herta fiel es ohnehin schwer, das fast fettlose Essen, schmackhaft hinzukriegen. Gemüse wäre Grünfutter und für Kaninchen bestimmt, meinte Rudolf und ging brummend nach oben, um sich am Computer abzulenken.

Herta jedenfalls liebte Gemüse in jeder Form, mit all den Konsequenzen, die vielleicht eine Stange Porree, ein Händchen voll Blumenkohl oder andere Blähgemüse verursachten. Von Zwiebeln ganz zu schweigen.

Rudolf behauptete, immer noch keinen Geruch wahrnehmen zu können, was Herta nur recht war. Schön, einmal keine Rücksicht nehmen zu müssen!

KLASSENTREFFEN

Noch vor der „Goldenen" bekam Herta, sie wusste nicht zum wievielten Male, eine Einladung zum Klassentreffen geschickt. Immer wieder hatte sie eine Ausrede erfunden und abgesagt. Manchmal waren sie auch tatsächlich im Urlaub gewesen, und Herta brauchte nicht zu flunkern. Mein Gott, sie war um die dreißig Jahre nicht mehr dem Aufruf gefolgt. Sie hätte eher an ihren Tod geglaubt, als dass sie tatsächlich zu dem Zweck noch einmal nach Düsseldorf fahren würde.

Vor dreißig Jahren war sie damals als frischgebackene Großmutter von ihren früheren Mitschülerinnen gefeiert worden.
„Eine alte Kuh bist du mittlerweile selber", sagte sie sich in den vergangenen Jahren „und wer weiß, wie die anderen wohl aussehen mochten?" Sie hatte nie mit sich selbst gerungen, sich im Spiegel niemals grimmig angestarrt und die Falten gezählt. Sie sah sich so, wie vielleicht andere sie auch sehen würden. Ihr Gesicht war nicht sonderlich gefurcht, was sie darauf zurückführte, dass sie Puder und Kosmetika nur selten verwendete, und mit einer Creme der bekanntesten deutschen Marke auskam.
Für Feuchtigkeit hatte sie allerdings stets gesorgt und ein Bierchen hier und da nicht verschmäht. Auch wenn es mal ein Gläschen mehr geworden war, worüber sich vor allem abstinente Frauen mokierten, ließ sie gleich den Werbespruch ab:
„Haut ab Vierzig braucht Feuchtigkeit", worauf sie die Lacher auf ihrer Seite hatte.

Warum sollte sie eigentlich nicht doch noch einmal an einem Treffen teilnehmen?

Herta hatte festgestellt, dass die Einladende ganz in der Nähe ihrer Eltern wohnte und begann die Angelegenheit einzufädeln.

Sie schrieb die Klassenkameradin an und bekam postwendend einen Antwortbrief mit deren Mailadresse, was die ganze Sache vereinfachte.

Kurz und knapp, Herta mailte zurück, dass sie dann und dann im Rheinischen wäre und sie ihr gern einen Besuch abstatten möchte.

Sobald Herta bei ihren Eltern war, rief sie die Freundin an, die ihr bis ins Kleinste den einfachsten Weg beschrieb, war ihr doch in Erinnerung geblieben, wie orientierungslos Herta schon vor Urzeiten war.

So fand sie eine herzliche Aufnahme, auch bei dem Ehemann und stellte fest, dass durch die vielen verflossenen Jahre keinerlei Entfremdung zwischen ihnen bestand. Das war schon mal ein Anfang.

Die beiden Damen erkannten sich auf Anhieb wieder. Vor allem ihre Stimmen waren unverändert geblieben, wenn sie sich natürlich auch nicht mehr so taufrisch vorkamen, wie in ihrer Blütezeit. Herta hatte das Gefühl, sie glichen eher voll aufgegangenen Pfingstrosen, deren rote Pracht bekanntermaßen, kurz danach, abfiel. Das Verblühen stand auch ihnen bevor.

Rebecca hatte speziell ihrer Mama immer wieder bestätigt, wie flott sie noch aussah, im Gegensatz zu so mancher Patientin ihres Alters.

„Ja, die armen Patientinnen befinden sich ja auch in einer besonderen Situation," hatte Herta zu ihrer Tochter gesagt. Wenn Rebecca ihr selbst in ihrer Eigenschaft als Ärztin eine Spritze verpasste, war Herta auch nicht mehr so fit, wie sie sich im Allgemeinen noch fühlte. Vor allem spielte ihr Kreislauf verrückt.

Sie entschloss sich also, tatsächlich und nach Rücksprache mit ihrer mittleren Enkelin Julia an dem wievielten Klassentreffen, sie wusste es nicht, teilzunehmen. Sie war fast nachtblind und nahm nicht nur aus dem Grund ihre Julia mit, sie fühlte sich einfach mit ihr sicherer. Die anderen, die an den regelmäßigen Treffen teilgenommen hatten, waren ihr gegenüber im Vorteil. Peinlicherweise wurde sie womöglich nicht mehr erkannt und kannte mit Sicherheit auch nicht alle wieder. Man hätte die Intervalle nicht zu lang werden lassen sollen.

„Von hätte hat man nix," war schon immer Hertas Devise. Erstaunlich war, dass sie sich nicht im mindesten erregte, wenn sie an das immer näherrückende Treffen dachte.

Je älter sie wurde, desto ruhiger wurde sie. Warum sich so manche vor dem Älterwerden fürchteten, konnte sie einfach nicht verstehen. Sie dachte an all die Belastungen, die dank ihres Alters einfach weggefallen waren und war mit sich und der Welt durchaus zufrieden.

Der monatliche Blick auf den Kalender, wenn das ersehnte Ereignis sich verspätete, oder ganz ausblieb zum Beispiel, war nicht mehr vonnöten. Auch dieses schrecklich Frieren unter dem sie jahrzehntelang litt, wurde von den Hitzewellen abgelöst und von ihr willkommen geheißen. Das Mittagsschläfchen nicht zu vergessen, aus dem sich schon mal ein ausgedehnter Schlaf entwickeln durfte. Sie liebte die Freiheit die sie heute genoss, die früher ein Fremdwort für sie war. Nicht mehr auf die Uhr sehen zu müssen, wenn die Kinder hungrig aus der Schule kamen, oder Rudolf am Mittagstisch pünktlich bedient werden wollte. Die durchwachten Nächte und die Ängste, bis ihre flügggewordenen Kinder wieder in den heimatlichen Gefilden angekommen waren. All das war zum Glück passe´.

Ach, sie mochte keine Überlegungen mehr über die Vor- und Nachteile des Alters anstellen. Sie war nur noch dankbar und mit ihrem Pensionär würde es auch noch, von mal zu mal, besser werden. Auch er musste sich die Hörner irgendwann abstoßen und ruhiger werden, hoffte sie.

Die Hoffnung stirbt ja bekanntlich zuletzt.

Im März war es soweit. Enkelin Julia kam pünktlich wie verabredet am Nachmittag, und fuhr mit ihrer Oma nach Düsseldorf, wo rund um das Treffen in der Innenstadt so gut wie keine Parkplätze zu haben waren. Vor dem Restaurant standen vier Damen, die ihnen zuwinkten. Unter anderem die einladende Schulkollegin, die Hertas BMW von dem Besuch her wiedererkannt haben mochte. Wie dem auch sei. Das war für Herta, deren feuchte Hände sich fest um das Steuer legten, ein Lichtblick. Julia wies ihre Oma in einen winzigen Parkplatz ein. Es hätte keine Zeitung mehr dazwischen Platz gefunden und die Fahrerin war doppelt froh, ihr Enkelkind mitgenommen zu haben. Gleich, wie es im Rheinland üblich ist, wurde Julia sofort einbezogen.

„Ach, da ist ja Hertas Tochter" meinten einige, die Herta nicht gleich erkannte. Sie wäre nicht die einzige Mutter gewesen, die mit über vierzig noch einmal niedergekommen wäre. Wenn sie an ihre Rebecca dachte, war die just mit Neununddreißig Mutter geworden, während sie im gleichen Alter schon Großmutter war. Klar, dass es viel zu erzählen gab. Vor allem sollte Herta bekennen, warum sie den früheren Treffen permanent ferngeblieben war. Ohne „Wenn und Aber" gab sie ihren Spruch von sich, selbst ein altes Weib zu sein und das nicht unbedingt vielfach dupliziert vor Augen haben zu wollen.

„Klar sind wir alle alte Weiber!" meinte darauf Marie-Luise, die als Zahntechnikerin wusste, wovon sie sprach. Sie war schon sehr früh mit den Schrecknissen des Alters in Berührung gekommen.

Welchen Unsinn ihre Oma in der Schule getrieben hatte, wurde prompt der Julia mitgeteilt, die ihre Ohren spitzte.

„Die petzt womöglich", sagte Herta. „Und zerstört mir nur meinen guten Ruf bei meinem lieben Enkelkind nicht."

Sehr schnell stellte sich die frühere Vertrautheit ein, obwohl Herta vor allem ihre liebe Not mit dem Wiedererkennen hatte. Die Gastgeberin saß ihr gegenüber und ab und zu fragte Herta klammheimlich, wenn wieder eine Mitschülerin ihre Nähe suchte, wer denn jetzt wohl wieder neben ihr gesessen hätte. Die meisten erkannte sie an den Augen oder ihrer Stimme. Alles übrige schien verändert.

Es kam ihr vor wie in einem Film, in dem durch die Kunst der Maskenbilder der Protagonist in wenigen Minuten um etwa dreißig Jahre gealtert wurde, wenn es die Rolle verlangte. Hier war durch das Leben selbst und durch Hertas langes Fernbleiben eine ähnliche Situation entstanden.

Die weiteste der Frauen kam aus Wien. Wie immer per Flugzeug. Sie sprach mittlerweile wie eine waschechte Wienerin und liebte ihre Heimat, in der sie über Zweidrittel ihres Lebens verbracht hatte und wo sie auch sterben wollte. Zwei Klassenkameradinnen waren bereits verstorben und eine war an Alzheimer erkrankt, die zwar niemals mehr kam, aber immer wieder aus Anstand eingeladen wurde.

Beim Verabschieden, drückte Herta eine jede herzlich an

sich, klopfte ihr kameradschaftlich, wie zu ihren Schulzeiten den Rücken, ohne in die Idiotie des Küsschen rechts und Küsschen links zu verfallen. Renate, eine Resolute, die schon einige Altbierchen intus hatte, meinte, die Julia wäre ein hübsches Mädchen. Das kaufte Herta ihr gern und mit einer Mischung aus Stolz und Verlegenheit ab. „Julia hat ja auch hübsche Eltern" bestätigte Herta ihr, worauf sie zu hören bekam: „Und eine hübsche Oma!" Donnerwetter, das war Balsam für ein altes Omaherz!

Herta stellte sich vor, wie es wäre, wenn alle diese Damen und sie und ihre Julia irgendwo eingekerkert sein würden, auf engstem Raum. In letzter Zeit trugen kritische Gedanken sie in solch merkwürdige Richtungen. Es musste mit dem Älterwerden zusammenhängen. An und für sich war der Mensch ihrer bescheidenen Meinung nach eher ein „Einzeltier", wie Katzen etwa. Immer wieder hatte auch sie versucht, Kontakte zu knüpfen, immer wieder vermitteln müssen, hatte immer wieder Enttäuschungen erlebt, gerade von denjenigen, die sie am liebsten mochte und von denen sie sich am stärksten enttäuscht fühlte. Gerade jene, die Schwachen meist, denen sie die Stange gehalten hatte, fielen ihr in den Rücken. Wahrscheinlich, weil sie eben schwach waren, was verzeihlich war. Was sie für den Tod nicht ausstehen konnte, war Verrat. Verrat von Freundinnen an ihr oder auch an ihren Lieben. Da kannte sie kein Pardon und löste das auf, was sie irrtümlich für Freundschaft gehalten hatte. Es war meist ein Prozess der seine Zeit brauchte, aber es konnte auch manchmal sehr schnell gehen.

Rudolf hatte nicht so ganz Unrecht, wenn er behauptete, seine Katzen zum Beispiel wären die besseren Menschen. „Und wie ist es mit dem „Zutodespielen" von Mäusen?" hatte sie von ihm wissen wollen.

„Das liegt in der Natur der Sache, Tiere folgen nur ihrem Instinkt, können gar nicht anders! Wir Menschen sind da weitaus grausamer, weil wir überlegen, was wir tun, oder eben oft genug auch nicht, was zu noch größeren Katastrophen führen kann."

Das konnte Herta ihm aus eigener Anschauung durchaus bestätigen.

„Auch kennt ein Tier keine Langeweile und übt sich in Geduld. Auch das ist ihm mitgegeben.

Durch Langeweile können meiner Meinung nach Kriege entstehen!" beendete Rudolf sein Traktätchen über seine Lieblinge und sah Herta dabei bedeutsam an.

„Ach du meine Güte," dachte Herta und ihr wurde klar, warum Rudolf ein Bündel aus Ungeduld sein musste. Ihm fehlte offenbar der tierische Instinkt.

Sei`s drum, ob mit oder ohne Instinkt, fünfzig Jahre, bis auf einen Tag, hatten sie beinahe miteinander verbracht, und zwar unerschütterlich!

LEBENSLÄNGLICH

Dennoch hatte Rudolf manchmal neidvoll darüber nachgedacht, dass selbst ein Lebenslänglicher eines Tages frei kommen konnte. Nicht die Feststellung der katholischen Kirche „Bis das der Tod euch scheidet", war für ihn der Knackpunkt, sondern eher seine eigene Sturheit und auch Konstanz.

„Wer A sagt, muss auch B sagen," war stets seine Devise.

Er hatte damals „B" gesagt und sogar gern, jedenfalls zu dem Zeitpunkt, wie er sich erinnerte. Und damit Basta! Es war wohl eins der Geheimnisse ihrer nun fast fünfzigjährigen Ehe, nahm Herta an. Sollte eine gewisse Zuneigung, vor allem von seiner Seite aus, eine Rolle gespielt haben, leugnete Rudolf das vehement. Er hätte es für Geld und gute Worte noch nicht einmal vor sich selbst zugegeben. Herta war häufig zu dem Ergebnis gekommen, auch ohne Mann ein brauchbarer Mensch geworden zu sein. Vielleicht hätte sie sogar Karriere gemacht, beim Rundfunk oder sonst wo. Das Leben hatte es anders gewollt und sie war keineswegs enttäuscht darüber, brachte es stets fertig aus dem was ihr mitgegeben war, etwas Positives zu machen. Man hatte sich, ihrer Meinung nach, da zu bewähren, wohin man „abkommandiert" wurde. Ihre Selbstverwirklichung war ihr eigentlich erst mit dem Älterwerden möglich geworden. Einige Veröffentlichungen ihrer Gedichte und Kurzgeschichten gehörten dazu und spornten sie an, ihr Leben auch weiterhin für sich sinnvoll zu gestalten. Sie konnte sich ein Leben ohne Kreativität einfach nicht vorstellen und war dankbar für die Zeit, die sie sich gönnen konnte, ohne schlechtes Gewissen gegen Mann oder Kinder haben zu müssen. Rudolf ließ sie gewähren. Allerdings fand er sich nicht damit ab, dass sie mindestens dreimal in der Woche auf „Ritt" war. Neulich nahm sie sogar eine Auszeit, in der Nacht vom 30. April auf den 1. Mai. Früher waren sie und er in den Mai getanzt, heute reiste Herta lieber zum Brocken, zum Hexentreffen, um sich vor der goldenen Hochzeit noch einmal so richtig auszutoben. Sie schrieb ein Gedicht darüber, das sie Rudolf auf den Schreibtisch legte. Sie nannte es Walpurgisnacht. Er las

Ich steig in der Walpurgisnacht
mal wieder auf den Besen.
Reit mit ihm bis zum Brocken hin,
leb dort mein Hexenwesen.

Wir verführen stets mit achtzig Fraun
den Oberhexenmeister.
Packt ihn so manches Mal das Graun.
Uns ist das Scheibenkleister!

Den Satan hab ich auch gesehn,
mit seinem schwarzen Pelze.
Ich find ihn schön, muss ich gestehn,
mit seiner Pferdestelze.

Kerls gibt`s im Harze mehr als satt.
Sind sie auch nur Dämonen.
Wir machen alle total platt.
Der Ritt muss sich ja lohnen.

So freue ich mich jedes Jahr
auf meine Besenreise.
Die Story hier ist wirklich wahr.
(Auf Münchhausens Art und Weise).

Den Ausritt gönnte Rudolf ihr.

„Du müsstest den „Nimbus" 2000 vom Harry Potter haben," scherzte er.

Es schien, als wäre Herta eigens zu diesem Anlass etwas auf dem Nasenrücken gewachsen. Rebecca, die immer recht vorsichtig war, wenn es um die Gesundheit ihrer Eltern ging, empfahl dringend, einen Hautarzt aufzusuchen. Der attestierte Herta in der Tat eine Alterswarze. Leutselig erklärte sie ihm, wie sehr sie sich gerade zu dem Zeitpunkt darüber freute und rezitierte ihre „Walpurgisnacht". Das Lachen des jungen Hautarztes schallte durch die Praxisräume. Die Warze fiel übrigens später von allein ab.

So sahen die beiden Eheleute dem Tag entgegen, der das halbe Jahrhundert ihres Zusammenseins besiegeln würde. Was sollte ihnen wohl noch passieren?

Alle Ehen in ihrem Umkreis waren im Eimer. Sicher, es hatte neben den vielen Scheidungen auch Trennungen der anderen Art gegeben. Der eine oder andere Ehemann hatte sich in allen Ehren vom Acker gemacht, um es mal salopp zu sagen.

Rudolfs aufreizender Kommentar dazu: „Haben die es gut!"

Solche blöden Töne überhörte Herta, die nicht Willens war, sich aufregen zu lassen. Sie glaubte an die Reife und Weisheit des Alters. Sie spürte geradezu die Anwesenheit dieser beiden Damen, die bei ihr immer häufiger zu Gast waren. Auch wenn Rudolf verzweifelt versuchte, sie immer wieder mal in Rage zu bringen, sagte sie ihm in aller Seelenruhe: „Weißt du Rudolf, wenn ich mich über dich aufregen will, dann sage ich es dir vorher. Im Moment ist mir noch nicht danach. Du kannst aber gern in der

Angelegenheit hin und wieder mal bei mir vorsprechen, für wichtige Dinge und für dich habe ich immer einen Termin frei!"

Aber ein einziges Mal brachte Rudolf es doch noch fertig, Herta auf die Palme zu bringen. Es war just am Vorabend zur Feier dessen, was auf sie beide zukommen würde. Er las ihr einen Zeitungsartikel vor, in dem ein Prominenter zu seinem fünfzigjährigen Ehejubiläum befragt wurde und von dem man wissen wollte, was das Geheimnis seiner langjährigen Ehe sei.

Rudolf las unter Prusten noch einmal laut vor, was der Reporter den Prominenten gefragt hatte.

„Sagen Sie, haben Sie niemals in den langen Jahren an Scheidung gedacht!?" Rudolf spitzte seine Lippen, hielt sich eine eingerollte Zeitung vor den Mund. Dann übernahm er den Part des Prominenten, sagte voller Entrüstung: „Wo denken Sie hin, an Scheidung,- nein, niemals!"

Rudolf wurde von einem Hustenreiz überfallen. Lachen bekam ihm offensichtlich nicht. Zu Hertas Beruhigung, lachte er wenig. Er mimte wieder den Prominenten und sagte voller Inbrunst: „Aber an Mord!"

Rudolf wieherte wie ein Ackergaul, schlug sich auf seine angespannten Schenkel. So fröhlich hatte sie ihn noch nie gesehen. Die Tatsache, dass ihr Pensionär zu denen gehörte, die ziemlich selten und falls nötig auch mal ganz gerne im Keller lachen, brachte Herta total in Rage. Die Äußerung des Prominenten fand sie jedoch absolut passend. Der Mann gefiel ihr, sprach er das aus, was Millionen anderer Männer und ganz bestimmt auch ihr Rudolf, mehr als einmal schon, in ihrer langen Beziehungen gedacht haben mochte. „Merkwürdig nur, dass noch niemals eine weibliche Prominente bezüglich dieses Themas befragt worden

war !!"
stellte sie bedauernd fest.

„Welches Glück für mich, dass du kein Prominenter bist, lieber Rudolf!" stellte Herta nicht ohne Ironie fest und hatte damit wieder einmal das letzte Wort.

Das glaubte sie in dem Moment jedenfalls, bis Rudolf sich räusperte, um ihr erschreckend gut gelaunt zu versichern: „Ach Hertalein, ich hoffe, wir verleben noch eine Reihe guter Jahre miteinander und lass uns weiterhin unsere altbewährte Arbeitsteilung betreiben: „Du kochst und ich esse!"

DER PENSIONÄR

INHALT